犀星という仮構

能地克宜

森話社

［カバー図版］上・「アレゴリーNo.1　家族」（恩地孝四郎、昭和二三年）
下・「即興No.1　濡れた舗道」（恩地孝四郎、昭和二四年）

犀星という仮構

＊目次

凡例

・年代の表記については、原則として元号を用い、本文中で適宜［　］内に西暦を補った。

・室生犀星のテキスト引用は、原則として初出に拠った。なお、「鐵集」（第六章）、「弄獅子」（第一〇章）、「蜜のあはれ」（終章）のテキスト引用は初刊本、「女の図」（第八章）、「龍宮の掏児」（第九章）のテキスト引用は新潮社版全集に拠った。

・引用文の旧漢字は作品名、作家名の一部を除き、新字体に改め、ルビは適宜省略した。仮名遣いは原文のままとした。また、引用文中の傍線・二重傍線は引用者によるものとし、引用者の注記は〔　〕で括った。

・書名、新聞・雑誌名は『　』を、作品名やその他の記事・論文名は「　」を用いて記し、そこに含まれる約物などはできる限り原文の表記にそろえた。

序章　室生犀星と自伝小説

小説家室生犀星の文学活動は、幼年期から青年期に至るまでの自伝小説を書くことから始まった。「幼年時代」（『中央公論』大正八［一九一九］・八）、「性に眼覚める頃」（『中央公論』大正八・一〇）、「或る少女の死まで」（『中央公論』大正八・一一）と続くいわゆる初期三部作から、昭和三七［一九六二］年三月二六日に七四歳で亡くなるまで四〇年以上も続いた犀星の文学活動は、今日およそ以下のように三つの時期に区分され整理されている。先の初期三部作にはじまる、小説を書き始めた大正九年前後の前期、「あにいもうと」（『文芸春秋』昭和九・七）、「女の図」（『改造』昭和一〇・三ほか）など、いわゆる〈市井鬼《しせいき》もの〉と呼ばれてきた小説群を発表した昭和一〇年前後の中期、「杏っ子」（『東京新聞』夕刊、昭和三一・一一・一九～昭和三二・八・一八）、「蜜のあはれ」（『新潮』昭和三四・一～四）などを発表した昭和三〇年以降晩年に至る後期である。[1]

これら三つの時期の特色をそれぞれ異なる傾向にあるものと指摘した奥野健男は、「前期の抒情性、官能性」と「中期の市井鬼もののリアリティ・迫力・野生」が後期において「止揚、総合」されていくと整理した。[2]このような見取り図は七〇〇篇近くに及ぶ犀星の小説テクストのうち、新潮社版全集(3)（昭和三九・三～昭和四三・一）に収録されているおよそ一五〇篇ほどの小説を専ら分析対象として整理されてきたと言える。近年の犀星研究の動向を見ると、例えば、山本康治はその区分のうち、「第二期（昭和十年代）、第三期（三十年代）を中心に、これまで光が当てられていなかった作品群に光が当てられるようになってきた」と指摘している。(4)だが、続けて山本は「犀星研究といえどもテーマは彼の営為に比して広範であり、そのすべてを網羅することはかなりの困難を感ずる」と述べているように、全集未収録の小説も含めた犀星文学を横断的に捉え、小説テクストの全体像を提出することはいまだになされていない。

ここで、改めて犀星の文学活動を振り返ってみると、それらの各時期の特色を取り入れるかたちで、およそ一〇年ごとに自伝小説を発表してきたことがわかる。初期三部作ほか(5)を収めた最初の小説集『性に眼覚める頃』（大正九・一、新潮社）から始まり、『生ひ立ちの記』（昭和五・五、新潮社）、『弄獅子《らぬさい》』（昭和一一・六、有光社）、『作家の手記』（昭和一三・九、河出書房）、『泥雀の歌』（昭和一七・五、実業之日本社）、『童笛を吹けども』（昭和二三・五、弘文堂書房）、『杏っ子』（昭和三二・一〇、新潮社）、『私の履歴書』（昭和三七・三、日本経済新聞社）など、晩年に至るまで犀星は自伝小説を書き続けてきた。しかもこれらの多くは自身の幼年時代から書き出されている。まさに、犀星は自伝小説を書くことを通して自らの起源に立ち向かい、自分とは何者であるかということに繰り返し言及し、自己批評し続けてきた作家なのだ。これらの自伝小説を通して窺えるのが、書いても書きつくせない、あるいは書き得ない自己の存在の根源とでも言うべきものを書き記そうとする犀星の文学的営みである。

例えば、「幼年時代」で実父は「なりの高い武士らしい人」と記されていたが、次第に「生みの父親は足軽組頭だつた」（「生ひ立ちの記」(6)）、「僕の父は加賀藩の足軽組頭であつて百五十石の禄高を取つてゐた」（「弄獅子」(7)）

などと、書くたびに詳細な情報が書き加えられていく。それだけでなく、前期の自伝小説の情報は中期の自伝小説によって否定され、そこに新たな「事実」が書き記されていくのだ。

「しばらく眠らせませうね。かあいさうにねむいんですよ。」

と、母のいふ言葉を私はゆめうつつに、うつとりと遠いところに聞いて、幾時間かをぐつすりと睡り込むことがあつた。さういふとき、ふと眼をさますと、わずか暫く睡つてゐた間に、十日も二十日も経つてしまふやうな気がするのであつた。何も彼も忘れ洗ひざらした甘美な一瞬の楽しさ、その幽遠さは、あたかも午前に遊んだ友達が、十日もさきのことのやうに思はれるのであつた。 （「幼年時代」）

「あれは食ふ物なしに死んだのです。」

第二の母は自分の母親をあれといふ言葉以上の敬語を省略してゐたばかりでなく、自分に取つて戴天の母も只の女中としか見てゐなかつた。不思議に自分もあれは何故死んだのか知らと、あれといふ卑俗な言葉の中にさへ親密と尊敬とを感じてゐた。（自分は処女作の中で気の毒げな少年が母を求めてゐる、抒情的な軽蔑に値すべき描写を繰り返してゐるが、それは、あれ（母）を慕ふ発作に違ひなかつた。）（「生ひ立ちの記」）

これまで多くの論者によって指摘されてきたように、『性に眼覚める頃』に収められた前期の自伝小説は、事実とは異なる多くの虚構（嘘）を取り込みながら書き記されている。例えば、「こうありたかった幼年時代といわれる、美化された「過去」がある」といった「幼年時代」に対する中西達治の指摘[8]をはじめ、その虚構は犀星の幼少期を書き記す際に専ら施されており、この「美化」は「永遠に現われない生母に向けて貧困な心と思慕とを物語」[9]るためのものであったと見なされてきた。また、渡部麻実は「幼年時代」が以下のような二種の虚構で構成されていることを指摘している。

犀星の『幼年時代』は幼年期の「私」の嘘―小説内部で「私」自身によって嘘であることが明らかにされている嘘―と、語り手「私」の嘘―小説内部では嘘であることが明かされておらず小説外の要素、すなわち『弄獅子』といった別の小説や詩、あるいは犀星の生母をめぐる研究成果と照合しない限り事実として受容されるであろう嘘（虚構）―という二重の嘘・虚構に彩られた小説であると言うことができよう。[10]

ここで注目したいのは、中期の自伝小説によって前期の自伝小説の情報が更新・変更されることで、前期の自伝小説における犀星の幼少期の情報が虚構であったことが暴露されるが、前期の自伝小説にいかなる過程を経て虚構（嘘）が取り入れられてきたかについては、ほとんど検討されてこなかったということだ。その中で、二瓶浩明は前期の自伝小説集『性に眼覚める頃』に収録された自伝小説を対象に、「室生犀星の〈自叙伝〉は、まず自身のこれまでを描くという、いかにも素朴な素材重視の観点から発想されていたが、次第にそれを書く〈方法〉を見い出して来るのであった。そのとき、〈自叙伝〉は事実に囚われぬ文学、一編の虚構として自立した」と述べている。[11]続けてこの小説集において犀星は、「虚構のうちに自身の歴史を再構成している。つまり、作品に歴史を一致させようとしていたのである。書かれたことが真実なのだ」という、非常に示唆に富んだ指摘をしているのだ。しかし、その後の犀星研究では、それを踏まえ、犀星の中期、後期の自伝小説を虚構という視点から捉えるよりも、例えば、新保千代子『室生犀星ききがき抄』（昭和三七・一二、角川書店）をそのはじまりとするような、中期の自伝小説を事実と見なし、その情報を根拠に犀星の出自をめぐる調査が行われていく傾向が強かったと言える。

確かに、「生ひ立ちの記」や「弄獅子」などの中期の自伝小説には、一見自伝小説から虚構性をいかに取り除くか、そして、事実に忠実な自伝小説をいかにして書き表すかという、虚構から事実へと向かう姿勢を窺うことができる。犀星は「生ひ立ちの記」としてまとめられる自伝小説を書き始める際に、「自分の自叙伝は自分で意識して詩的な出駄羅目を書いて小説にしたが、時期を見て書き直したいと何時も考へてゐた」、「自分は猛烈に最一度自分の本当を書き残すつもりである。そして自分は嘘は書かないつもりである」と書き記していた(12)。だが、中期の自伝小説が全く虚構を排して事実に基づいて書かれていると言うことには留保が必要だ。例えば、本多浩は犀星について言及する際に、「自叙伝から誤解が生じ、その誤解が独り歩きし事実となっていることがある。自叙伝はあくまで小説である」と指摘している(13)。しかし、中期の自伝小説は犀星自身の指摘と相俟って事実として認識され、以後、今日に至るまで犀星の伝記を編む際に必ず引用されてきた。例えば、奥野健男は犀星の生い立ちを自伝小説に基づき以下のように記している。

明治二十二年（一八八九）八月一日、石川県金沢市裏千日町三十一番地に生まれた。実父は小畠弥左衛門吉種といい、もと加賀藩の武士で百五十石扶持、足軽組頭を勤めたかたわら、剣術指南のため藩の経武館にも出仕していた。（中略）犀星が生まれた当時、吉種は六十四歳であった。実母はハルといい、小畠家の女中であった(14)。

一方で、船登芳雄は「弄獅子」において記された実父の職業、「足軽組頭」について、当時そのような役職は存在せず、「犀星一流のフィクションか、さもなければ何等かの誤解に基づく伝承と言わざるを得ない」と述べている。[15]しかしながら、「自叙伝はあくまで小説である」と指摘する本多自身、「〔小畠―引用者〕弥左衛門を犀星の実父とする根拠は、その自叙伝によっている」[16]とも、「『弄獅子』「泥雀の歌」等自伝的小説以外確証を得る資料がない」[17]とも述べているように、犀星の伝記を記す際には、中期の自伝小説を参照せざるを得ないという陥穽から抜け出せないのが今日の現状であると言えよう。

このことについて、川西政明は『新・日本文壇史3　昭和文壇の形成』（平成二二〔二〇一〇〕・七、岩波書店）でこれまで指摘されてきた犀星の生母をめぐる諸説、つまり「新保千代子のハル＝佐部ステ説、〔室生―引用者〕朝子の林ちか説、小畠夏子の池田初説」に言及しているだけでなく、実父もまた吉種ではなくその長男生種である可能性を示す説[18]にも触れ、同書刊行まで犀星の実父母が確定されていないことを明らかにしている。続けて川西は、「犀星が昭和四年に実母の消息を伝える唯一の資料だけを残し、他の資料をすべて破棄したことから実父、実母をめぐる騒ぎは藪の中に入りこんだ。犀星の人と文学の根底を形づくるはずの実父と実母の謎の解明は、犀星が仕組んだ罠でもあった」と指摘している。まさに、小林弘子が指摘している通り、「わずかに実家の所在が判っているだけで、結果的には父親も確認されず、生母は名さえ知れずに行方不明のままという状態」[19]、これこそが犀星の生い立ちに関わる事実であると言えよう。

ここで注目したいのが、川西の指摘にあるように、犀星が「実母の消息を伝える唯一の資料だけを残し、他の資料をすべて破棄した」[20]のが昭和四年であるということだ。前年の昭和三年四月二八日に養母赤井ハツが死去した。養父室生真乗は大正六年九月二三日に死去しており、実父として名が挙げられている小畠吉種は明治三一［一八九八］年三月一五日に既に亡くなっている。つまり、行方や生死の知れぬとされている生母のほか、（養）父母がみな亡くなった後に、自らの出生にまつわるものを処分しているということは、自らの出自となる起源を、この時期に新たに書かれ始める自伝小説の中に閉じ込めていくということでもあり、そこに何ものかを隠蔽していく意識的な姿勢を窺うことができるのだ。さらに言えば、そうした姿勢が中期の自伝小説に見出せるのであれば、そこに何らかの意図に基づいた中期の自伝小説の方法をも読み取ることができよう。言わば、中期の自伝小説に基づいて犀星の語る生い立ちを事実として読み取るということは、そのこと自体が既に犀星の虚構の世界に入り込んでしまっていたということなのである。これこそが、「犀星が仕組んだ罠」であり、犀星にまつわる事実を犀星の自伝小説から追求する作業から離れない限り、この構図から抜け出すことができないだろう。

　このような構図から犀星文学を救い出し、犀星の自伝小説から犀星文学における小説の方法論を導き出すために、初期の『性に眼覚める頃』から中期の「生ひ立ちの記」「弄獅子」への作風の変化を、虚構から事実への内容的変化としてではなく、新たに空白となった犀星の起源からいかにして事実を生み出していくかという創作行為として捉え検討していくことが必要となってくる。そしてそれをいかにして書き記していくかということがそれぞれの時期の作風に変化をもたらしていったと見なすならば、犀星文学の小説テクストにおける全体像はこの自伝小説群における小説の方法の変遷を辿ることで捉えることができるはずだ。

　そこで本書は、犀星にとって自伝小説における虚構とはいかなる意味を持ちえているのか、言い換えれば、犀星が自ら出生の事情を封印しつつ、過去に書いた自伝小説をフィクションとして否定し、新たに自伝小説を執筆し続ける過程[21]で、どのような虚構意識を編成しえたかということを、主に前期の自伝小説から中期の自伝小説の間に書かれた各時期の小説諸テクストにおける方法に専ら着目して考察し、その方法が晩年の小説テクストへと架橋されていくさまを指摘することで、犀星文学の全体像におけるその方法の変遷の意味づけを行っていきたい。あらかじめその虚構意識を提示して見るならば、自らの生い立ちを虚構によって隠蔽し、そこに施された虚構を事実そのものとして示す前期の手法から、血のつながらない偽りの家族の中で育ったという虚構の家族の姿を提示することが事実であるという意識に基づいた中期の手法へ、そして後期に至って、自らが作り上げた虚構の世界に自身を登場させ、虚構の世界に生きる自己の姿を書き続けていくということになるだろう。

そのような犀星文学の全体像を示すために、まずはⅠで後年の伝記的事実や自伝小説群との照合作業をやめ、自らの生い立ちを文学テクストとして書き始める頃から最初の小説集『性に眼覚める頃』刊行に至るまでの言説を辿ることから始めていきたい。詩から小説へと文学活動の場を広げる際に、なぜ自伝小説という方法を選択したのか、そしてそこにどのように虚構を取り入れたのか。これらを改めて確認することによって、これまで指摘されてきたように、犀星は「ただ何となく散文の世界に入っていった(22)」のではないのはもちろんのこと、結婚による経済的事情や芥川龍之介や佐藤春夫など同時代に活躍した作家たちからの影響からでもなく、自らの生い立ちが既に虚構性を含んだものであったことを発見し、それを文学テクストとして書き記していく上で必然的な選択であったことが明らかとなってくるだろう（第一章）。

自伝小説を書き続けてきた犀星は「結婚者の手記――あるいは「宇宙の一部」」（『中央公論』大正九・一）以降、しばらく自伝小説を書かなくなる。その理由を書く時点と書かれる内容が近づいた時に遭遇した他者（妻）を書くことの行き詰まりと捉えることもできるだろう。Ⅱではそうした見方に基づき、主に前期から中期に至るまでの小説創作が他者を書くための方法を探求する場でもあったことを明らかにしていく。「海の僧院」（『報知新聞』

大正九・三・一一〜四・一七）は犀星にとって初めての新聞連載小説である。その執筆過程で感覚・官能描写が用いられ、語り手「私」が他者（主に女性）を傍観するという前期の小説手法の特色が定着していくようになる。また、その手法は、同時代に犀星が関心を寄せた映画を意識して小説世界を構築していくこととも関わっているのである（第二章）。この犀星の感覚・官能描写は同時代の変態心理言説をも参照枠としていた。「香爐を盗む」（『中央公論』大正九・九）では男女の異常心理が交錯することで、これまで一方的に女性を傍観してきた男性的まなざしをもつ語り手の位置を揺るがしていくさまを描いていく（第三章）。さらに「心臓　退屈な孤独と幽霊に就いて」（『大観』大正一一・三）では、語る内容が他者の語りの模倣であることに気づくことで語ることが不可能になっていく語り手を設定し、これまでの男性化した語り手像が揺るがされていくさまを描いていく（第四章）。昭和期に入って書かれた「幾代の場合」（『文芸春秋』昭和三・九）において、犀星は他者（女性）の内面に参入し他者に仮託して自己を語るという手法を確立していく（第五章）。この年から再び執筆された自伝小説では、血縁のない家族の中で育った幼少期の記憶が、家族の側からも描かれ、偽者の家族を語ることが真実の自己を語ることと通底するという、生い立ちを語る認識の深化に至るのだ。

　大正中期から昭和初期にかけて他者を語る手法を獲得した犀星は、昭和初期から一〇年前後にかけて、その手法によって語る内容、語り方、小説の構造について追究していくことになる。Ⅲではまず、刊行時点で犀星自ら最後の詩集とその「序言」で指摘した『鐵集《くろがねしゅう》』（昭和七・九、椎の木社）に収められた詩篇において形成されていく女性像とその表象のあり方に、いわゆる〈市井鬼もの〉と呼ばれてきた昭和一〇年前後の犀星の小説群の原型が見出せることを指摘する（第六章）。この〈市井鬼もの〉と呼ばれる都市下層社会に生きる女性を描いた小説群は、従来の研究史において、「復讐」によって「救済」されるとされてきたが、次第に「復讐」が機能しなくなり「救済」されない世界を生きる女性に焦点が当てられていく。このことを連作小説「女の図」（昭和一〇〜昭和一一）、「龍宮の掏児」（昭和一一）の考察から明らかにしていく（第八章、第九章）。そしてそれは、犀星の代表作のひとつであり、またいわゆる〈市井鬼もの〉の嚆矢としてその中心を担うものと位置づけられてきた「あにいもうと」（『文芸春秋』昭和九・七）が、小説の構造的にいわゆる〈市井鬼もの〉の特徴を備えておらず、その位置づけの変更を迫ることにもなるだろう（第七章）。これらいわゆる〈市井鬼もの〉に描かれた女性たちは、この時期までに新たに書かれてきた自伝小説における養母の造型と重ねられてきたが、むしろ、〈市井鬼もの〉での小説の構成のあり方が、この後にまとめられる自伝小説に活かされていくことにもなるのだ。

Ⅳでは、他者を語る方法、語る内容、語りうる小説の構造を獲得してきた犀星が、再び自伝小説に挑むさまを辿る。「弄獅子」（昭和一一）としてまとめられる四八章からなる長篇小説において、犀星の自伝小説は結実していく。これまで、事実に基づいた、犀星の伝記情報の出典と目されてきた「弄獅子」を同時代の横光利一「純粋小説論」（『改造』昭和一〇・五）にはじまる純粋小説論議の中で捉え、犀星がアンドレ・ジイド受容のなかで体得した〈純粋小説〉の一つの実践例であることを指摘する。ここで、犀星は事実そのものに基づいた純粋な自己などというものは書けない、自己を語ろうとするとそこに付随するさまざまな夾雑物が入り込んでくる、そして、そうした夾雑物を排除せずに自己の一部として語ることが、自身にとっての自伝小説であるという認識に辿り着くのだ（第一〇章）。こうした自己を語ることが他者を語ることでもあり、虚構を語ることが事実を語ることでもあるとする認識は、犀星が初めて上京した際に訪れたある街の特徴そのものでもあった。「泥雀の歌」（『新女苑』昭和一六・五〜昭和一七・二）ほかの自伝小説の中で、上京直後の浅草が繰り返し書き記されている。浅草に生きる人々、浅草の街並、これらはいずれも矛盾に満ちており、それらをかつて犀星は「書物」として捉え、その読解を試みてきたとも言える。犀星文学の原点としての浅草が、自伝小説を書き続ける中でクローズアップされるさまに言及したい（第一一章）。

終章では、これまでの小説の試みが、後期の諸作品の中でどのように展開されているかについて指摘する。「蜜のあはれ」（『新潮』昭和三四・一〜四）はこれまで生い立ちを自伝小説の中に閉じ込めながら虚構作品を作り続けてきた自らが、その虚構物に支配されていくさまが描かれている。〈をぢさま〉の創作物たる〈あたい〉が、実はいわゆる〈市井鬼もの〉の主人公をパロディ化したものであり、しかも〈をぢさま〉という創作主体から再び〈あたい〉がすり抜けていくという構造を持っている。また、犀星による犀星文学のモチーフや手法の模倣がなされたメタフィクションでもあり、こうした書くことあるいは書かれたものに自己言及的な小説が後期に特徴的であることを指摘したい。

これら犀星文学における小説の方法は、常に新たなものを取り入れ、そしてそれらの方法を捨て去り、また新たな小説の方法を取り入れていくという取捨の連鎖によって成り立っている。こうして虚構を書き続けることが、自己の存在を正当化しうる場として機能していく。それこそが犀星文学の方法なのだ。

（1）例えば、奥野健男「室生犀星の文学―評価の方法」（『文芸』昭和三七・八）、本多浩『室生犀星　人と作品23』（昭和四四・六、清水書院）など。
（2）奥野健男「作家と作品　室生犀星」（『日本文学全集33　室生犀星集』昭和四八・九、集英社）。
（3）室生朝子・本多浩・星野晃一編『室生犀星文学年譜』（昭和五七・一〇、明治書院）、室生朝子・星野晃一編『室生犀星書目集成』（昭和六一・一一、明治書院）参照。
（4）山本康治「研究動向　室生犀星」（『昭和文学研究』第五四集、平成一九・三）。

（5）「幼年時代」「性に眼覚める頃」「或る少女の死まで」の他、「抒情詩時代」（『文章世界』大正八・五）、「ある山の話」（『短歌雑誌』大正八・八）、「一冊のバイブル」（『文章世界』大正八・九）、「郷国記」（『感情』大正八・四、初出題「書斎で思ふこと」）が収められている。
（6）初出は「紙碑」（『文芸春秋』昭和三・六）、なお『生ひ立ちの記』収録時に引用箇所は削除された。
（7）初出は「弄獅《ママ》（その一）」（『早稲田文学』昭和一〇・一）。
（8）中西達治「初期小説の世界」（『論集　室生犀星の世界（下）』平成一二・九、龍書房）。
（9）菊地弘「「幼年時代」「性に眼覚める頃」「或る少女の死まで」の再検討」（『論集　室生犀星の世界（下）』平成一二・九、龍書房）。
（10）渡部麻実「『幼年時代』のフィクショナリゼーション」（『室生犀星研究』第三二輯、平成二一・一一）。
（11）二瓶浩明「室生犀星　六つの〈自叙伝〉」（『愛知県立芸術大学紀要』昭和六二・三）。
（12）「紙碑」（注6と同じ）、なおこの引用箇所も『生ひ立ちの記』収録時に削除された。
（13）本多浩『室生犀星伝』（平成一二・一一、明治書院）。
（14）奥野、前掲論（注2と同じ）。
（15）船登芳雄『評伝　室生犀星』（平成九・六、三弥井書店）。
（16）本多、前掲書（注13と同じ）。
（17）本多浩「犀星年譜ノート」（『徳島大学学芸紀要　人文科学』昭和五三・一一）。
（18）川西が参照した資料は以下の二点である。安宅夏夫「室生犀星の、真の母、真の父——伝記に見る捏造と隠蔽について」（『人物研究』一七号、平成一八・六）、森勲夫「小畠生種の富山県在勤時代」（『室生犀星研究』第三二輯、平成二一・一一）。
（19）小林弘子「出生と生い立ちをめぐって」（『論集　室生犀星の世界（上）』平成一二・九、龍書房）。
（20）この資料とは、小畠生種の長男悌一から送られた「貴兄の母は山崎千賀とあるのがさうらしい」と記された昭和四年三月一日消印の犀星宛葉書である（室生朝子「犀星生母新資料」『朝日新聞』昭和五二・八・一六）、「鯛の帯止——犀星母考」(『解釈と鑑賞』昭和五四・二)。だが、船登芳雄が「犀星生母論の周辺」(『室生犀星研究』第一三輯、平成八・四)で指摘しているように、「この葉書の主眼」は自筆年譜を作成するにあたり、犀星の父とされる小畠「吉種の正確な名やかつて所領した石高等の問い合わせに対する返答」にあり、それに対する返信にも犀星は「拝復　オヤヂの名もお送りの履歴にて判明した」(昭和四年三月四日、小畠悌一宛)としか記していない。したがって、「実母の消息」が記されていたから残していたというわけではない。

(21)例えば、奥野健男は「室生犀星の文学―評価の方法」(注1参照)で、「犀星は、ある時期確立した作風を、いつも自分で破り捨て、別の作風をつくり上げて再登場する。」と指摘しているが、このことは各時期に書かれた自伝小説の方法へと集約されていくものであると考えられる。

(22)本多浩「室生犀星ノート――自伝小説を中心に――」(塩田良平先生古稀記念論文集刊行会編『日本文学論考』昭和四五・一一、桜楓社)。

I

第一章 〈自己〉＝〈虚構〉を語ることに目覚める頃——『性に眼覚める頃』刊行まで

一 小説家室生犀星の誕生前夜

大正九［一九二〇］年一月号の『新潮』に掲載された、室生犀星の最初の小説集『性に眼覚める頃』（大正九・一、新潮社）の広告文には、同書が「自伝小説」であることが銘打たれており、以下のように紹介されている。

詩人室生犀星氏は既に定名あり。今や作家として、重きを一代に成すに至れるもの、此の「性に眼覚める頃」の一巻を以て也。此篇は作者が生ひ立ちの記にして、春の若草の如き柔き感情と、磨ける玉の如き輝かしき叡智とが相待つてなせる高貴の芸術品也。世の常の小説の如く、殊に奇巧を弄せず、飽くまでも純粋素樸の態度を以て、一つの霊と一つの肉体との育ち行き眼覚めて行くあとを描く。詩味、情味、宗教味、共に張り溢れて、近来稀に見るの佳篇をなせり。

同書刊行までの言説を辿ってみると、既に「室生犀星氏　長篇「自叙伝」執筆中」（「よみうり抄」、『読売新聞』大正八・五・二三）と報じられていたことがわかる。また、「私の自叙伝は四百枚に達した。この秋出版する」（「編輯記事」、『感情』大正八・七）、「僕の創作集は、今年末新潮社から出るが、自叙伝として私の詩を読んでくれた人人に読んでほしく思ふ」（「六号」、『感情』大正八・一二）などのように、犀星自身が「自叙伝」を執筆していることと、そしてそれが刊行予定であることを告知していたのである。『性に眼覚める頃』はいわば、犀星が第一詩集『愛の詩集』（大正七・一、感情詩社）を刊行し、『抒情小曲集』（大正七・九、感情詩社）、『第二愛の詩集』（大正八・五、文武堂書店）と続けて詩集を刊行していく過程で、詩人として名を成していくまでの成長物語という意味において「自伝小説」として読むことが要請されていたのである。

『性に眼覚める頃』所収の諸小説のうち、例えば、上司小剣は「性に眼覚める頃」を「生ひ立ちの記式のもの」と呼び、「清らかな気流の中に渦を巻いてゐる少年の神経の細い糸が、美しく可愛らしく鳴り響くのを感じた」と指摘している。[1]また、宮島新三郎は「或る少女の死まで」について、「或る一詩人の自叙伝の一部として見られるべきものである」と述べている。[2]ここから、同時代の読者はこれらの小説を、まさに「自伝小説」として読み取っていたことがわかる。

「自伝は何よりも先ず、文学的テクストとして現れる」と指摘するフィリップ・ルジュンヌは『自伝契約』（平成五［一九九三］・一〇、水声社）において、自伝を「実在の人物が、自分自身の存在について書く散文の回顧的物語で、自分の個人的生涯、特に自分の人格の歴史を強調する場合を言う」と定義している。この自伝の定義に倣えば、『性に眼覚める頃』は犀星が自身の過去について散文形式で書き記しており、しかも、作者のみならず、出版社や読者までもが、それを「自伝小説」として読むことを期待・認識していたと言うことができる。

しかし、犀星は最初から「自叙伝」を小説として書き始めたわけではない。まずは、詩の形式で自らの生い立ちを表現しようと試みていた。例えば、「滞郷異信」（『樹蔭』大正二・一）には、「友よ、むしろ悲しきわれを生める／その母のひたひに七たび石を加ふるとも／かなしき出産はかへらざるべし[3]」と生母に対する、あるいは自身の出生に対する否定的な感情が記されている。だが、なぜ母を嫌悪しているのか、なぜ自らの出生を「かなしき」ものとしているのかについて、その理由は書き記されていない。

また、「自分の生ひ立ち」（『文章世界』大正六・四）でも自らの生い立ちを詩で表現しようと試みていることがわかる。

僕はある会社の小僧に住み込んだ
僕は百人の人人の茶碗を洗つた
僕は百人のために朝毎に茶をくんだ
僕は色の白い少年であつた
みんなから可愛がられて
頰の紅かつた僕
冬も夏も働きつづめに労いた
僕はそのころから本を読んだ
僕の忍耐は爆発した

僕は力をかんじた
僕は椅子を地べたに叩きつけた
僕は大きく哄笑した
僕は会社を飛び出した
お！　父上と母上
その間ぢう僕はあなたがたを怨んだ
勉強させてくれない貴方方を怨んだ（後略）

ここでは母に対する否定的感情の原因が自分を生んだことではなく、「勉強させてくれない」ことへと変わっている。さらに、なぜ「ある会社の小僧に住み込んだ」のか。また、なぜ「僕の忍耐は爆発した」のかなど、自己を取り巻く背景が具体的因果関係をもって記されていないため、自身の位置づけがはっきりとできていないのだ。このような詩作を試みながら、犀星がその文学活動において初めて「自叙伝」という言葉を活字に示したのは大正七年四月であった。

僕は「幸福の門地獄の門」と云ふ、大きなものを考へてゐる。僕の自叙伝詩のやうなもので、これは或いは詩でないかもしれない。多分秋までには全部書けあげ（ママ）られるだらうと思ふ。このタイトルで第三詩集を出したいと思つてゐる。

（「編輯記事」、『感情』大正七・四）

結果的に、三冊目の詩集として刊行されたのは前掲『第二愛の詩集』であり、この「自叙伝詩のやうなもの」、あるいは「詩でないかもしれない」とも呼ぶ「幸福の門地獄の門」は、第三詩集としてまとめられることはなかった。ここに、犀星が自らの生い立ちを語ろうとするにあたって、何らかの手法あるいは視点が欠落していたさまを窺うことができる。そして、それは『性に眼覚める頃』刊行時には既に体得していたものでもあるのだ。

本章では、その手法がいかなるものであるのか、また、生い立ちを語るにあたり詩から小説へと転換していく過程にその手法がどのように関わっていたのかについて、「自叙伝」詩を書き始めてから『性に眼覚める頃』刊行までの犀星の試み、及び同時代の「自叙伝」をめぐる言説を参照しながら考察していきたい。

二 〈自伝の時代〉と同時代の自伝テクスト

太田善男は「自己表出に就て（上）」（『読売新聞』大正七・九・二八）で「自叙伝」の評価軸を、以下のように書き手と関連付けて指摘している。

> 厳密に云へば、自叙伝の本統に面白い点は、最後の書いた人の個性に牽き付けられる面白味が主であらう。事件が面白いものでも、表現の形式に創作的苦心の見えたものでも根底は著者の個性の暴露されてゐる所に、興味を感ずるからである自叙伝《（ママ）》必ずしも事実の真相を語るもので無い。必ずしも偽らざる告白でない。著者が自己としての提出してゐるものが、実際に於いて自己でない場合が多い。併しそれでも其の人の個性は、不用意の間に暴露されてゐる。

続けて太田は「自己を偽つて抽出する作者があるとすれば、如何に巧に偽られてあるか否かも、一つの芸術的価値を定める問題」であり、「如何に巧妙に綺麗に自分を欺き自分を飾り、自分に就いて虚言するかが、ある作品の価値である」と述べている。[4] 犀星がこの記事を読んだかは定かではないが、初期三部作のうち、最も虚構性が高いと言われている「性に眼覚める頃」[5]に言及した、以下のような同時代評を見ると、犀星の小説において「如何に巧妙に綺麗に自分を欺き自分を飾り、自分に就いて虚言するか」が概ね成功していたと言えよう。

室生犀星氏の『性にめさめる頃』は、作者の素直さと、純真な感情と、滑かな、すが〱しい筆致とで、あの長篇を安々と、而も少しのたるみもなく読ませた。佳い作だと思つた。（中略）熱情的な溌剌としたところはないけれど、柔和に素直に少年から青年時に伸び移り行く主人公の心持が、誇張もなく感傷もなくよく書けて居た。作全体から受ける感じも、主人公の人となりと同じやうなもので、柔かな天鵞絨の様な手ざはりと、すが〱した味とをもつた作品だつた。[6]

いずれにせよ、犀星が自伝小説を書くにあたって、虚構を排さなくてはならないという制約は、同時代においてなかったと言える。

ところで、これまで詩を書き続けてきた犀星が、自伝小説を書き始める過程で参照しうる同時代の自伝小説とはどのようなものであったか。例えば、宮沢賢治は論文「幼年時代［室生犀星］」（三好行雄編『日本の近代小説Ⅰ』昭和六一［一九八六］・六、東京大学出版会）で中勘助「銀の匙」（『東京朝日新聞』大正二・四・八〜六・四（前篇「銀の匙」)、大正四・四・一七〜六・二(後篇「つむじまがり」))を挙げ、「銀の匙」と「幼年時代」は、どちらも「幼児世界に、読者をひきこむ際に、母といったものを軸としている手法において共通項をかかえている」と指摘している。さらに言えば、両作品とも文字に対する執着を示す挿話が書き記されてもいるのである。

鉛筆でひとつふたつずつ簞笥に平仮名の「を」の字を書く癖がついたのが、しまひには大きいのや小さいのや無数の「を」の字が行列をつくつた。(中略)平仮名の「を」の字はどこか女の坐つた形に似てゐる。私は小さな胸に、弱い体に、なにごとかあるときにはそれらの「を」の字に慰藉を求めてたので、彼らはよくこちらの思いを察して親切に慰めてくれた。(7)

(「銀の匙」)

私はしらずしらず教壇の方へ行つて、ボールドに姉さんといふ字をかいてゐた。私はその字をいくつも書いては消し、消しては書いてゐた。

その文字が含む優しさはせめても私の慰さめであつた。

(「幼年時代」)

両者ともに文字に対するこだわりが記されているのであるが、決定的に異なるのは、「を」の字が増加しその痕跡が残されていく「銀の匙」に対して、「幼年時代」は「姉さん」という字が書いては消され、文字としての痕跡が残されないことである。そのことは、「銀の匙」の「私」の周囲に「私」の「ひとりぼつちになりたい気もち」を察してくれる「彼ら」という複数の家族の存在を暗示していることに対し、「幼年時代」の居残りという形で教師に強制的に一人にさせられた「私」の孤独さ、そして家へ戻ってもその孤独を癒してくれる存在が

「姉さん」一人しかいないということと通底している。いわば、「幼年時代」には「私」の孤独を強調させるような作為を窺うことができるのだ。

また、十川信介は「を」の字源が「遠」であることを指摘した上で「銀の匙」の「私が「を」の行列を作ったことは、無意識のうちに、満たされない自分をあたたかく包んでくれるはずの「を」、つまり実際には遠い存在で、だからこそ憧れであるお母さんを求める切なさが、この子の心のうちに潜んでいたのではないか」と述べ、「母恋いの物語」の系譜に「銀の匙」を位置づけている。(8) しかし、「幼年時代」をその系譜に位置づけてみると、姉は「私」にとって行方不明の母の代替物であり、母と共に生活している「銀の匙」の「私」に比べ、母は遥かに遠い存在となっていることがわかる。

こうした先行する自伝小説を同時代において確認できるだけでなく、伊原青々園、小川未明、小杉天外、中村星湖、平塚明子等、様々な文学者たちの生い立ちを記した言説も確認することができる。「銀の匙」が前篇と後篇の間で休載していた大正三年に『読売新聞』で「予が生ひ立ちの記」と題した記事が四月一三日より毎回月曜日に断続的に七月六日まで掲載されていた。例えば、六月二二日の「予が生ひ立ちの記」には、『性に眼覚める頃』所収の「抒情詩時代」「一冊のバイブル」が掲載された『文章世界』の編集に携わる加能作次郎の記事が見られる。

次の話は私の記憶にないことです。物心がついてから聞かされたことで。
今でも帰郷した時など、よく話されることです。
私は生れた年に母を失ひ、それから一年ほど、今の母が出来るまで貰ひ乳で育ちました。（中略）母の愛といふものを味ひ知らぬといふことが、私の生涯に可なり大きな背景をなして居ます、母の愛に憧れる念が年を取ると共に強くなつて行きます。

犀星と同じ郷里の加能作次郎の生母に対する愛情の喪失を記した「予が生ひ立ちの記」は、後に自伝小説を書くことになる犀星にとっては看過できない内容を含んだものとなっている。[9]

だが、これら以上に直接的な、犀星が自伝小説を書くきっかけが、トルストイや北原白秋の影響にあったと考えることができる。後に犀星が自伝小説としてまとめた『生ひ立ちの記』と同題のトルストイの書物には「幼年時代」「少年時代」「青年時代」が収められており、徳田（近松）秋江翻訳により明治四一［一九〇八］年九月（幼年篇・少年篇）、明治四五年三月（青年篇）、共に東京国民書院より刊行されている。犀星は大正六年頃、文学の道に進むために本格的に勉強したことを以下のように記している。

私は郊外の百姓家の離れに住居をうつすと、もう一刻も遊んでゐられない気で、読んで読み通した。できるだけ勉強をした。私を最も惹きつけたのはトルストイ、ドストエフスキイであつた。そのなかには、まだ自分の内にあつて猶ほ知ることのできない自分を知ることができた。すくなくとも胸をわななかせるやうな高い鼓動が、すぐそれらの書物から自分の胸につたはつた。[10]

犀星はトルストイを読んでその文学だけでなく、自身と似たような境遇にあったことも知るのである。そのことについて、笠森勇は以下のように述べている。

トルストイは二歳にならぬとき妹が生まれたが、このときの難産で母を失っている。「幼年時代」はそれを中心にして書かれているが、犀星の「幼年時代」がこの影響をもろに受けていることはまず間違いないところである。(11)

こうして犀星はトルストイから文学の方法を学んでいくのであるが、そもそも、犀星が『新声』や『文章世界』などに詩歌・俳句を投稿していた投書家時代を経て、中央の文壇に登場する機会を得たのは北原白秋との交流があったからだと言える。(12)室生朝子・本多浩・星野晃一編『室生犀星文学年譜』(昭和五七・一〇、明治書院)によれば、初めて投稿ではない形で中央の雑誌に詩が掲載されたのは、白秋が同人の一人であった雑誌『スバル』(明治四三・二)に掲載された「尼寺の記憶」であった。その後若山牧水編集の雑誌『創作』に詩が数篇掲載されているが、犀星の名を一躍有名にしたのは白秋主宰の雑誌『朱欒《ザンボア》』である。犀星の詩は大正二年一月号から終刊の五月号まで各号に掲載され、五月号には「小景異情」が掲載されている。その後も白秋は自身が主宰する雑誌『地上巡礼』『ARS』を創刊する度に犀星、萩原朔太郎、大手拓次らいわゆる白秋門下三羽烏に発表の場を提供していたのである。(13)

その白秋が詩集『思ひ出』(明治四四・六、東雲堂)において、自伝的内容を記していたことは注目に値する。後年犀星は白秋の「『思ひ出』から何かの言葉を盗みだすことに、眼をはなさなかつた」(14)と述べているが、白秋の『思ひ出』から犀星が学び取ったのは詩の手法だけではなかった。ここには、自伝小説を書くことを触発させるような内容が記されていたのである。例えば、『思ひ出』所収の「わが生ひたち」には以下のような記述が見られる。

「生の芽生」及「Tonka John の悲哀」に輯めた新作の幾十篇には幼年を幼年として、自分の感覚に抵触し得た現実の生そのものを拙ないながらも官能的に描き出さうと欲した。従つて用ゐた語彙なり手法なりもやはり現在風にして試みたのである。畢竟自叙伝として見て欲しい一種の感覚史なり性欲史なりに外ならぬ。

そして、「生の芽生」内に収められた詩「青い鳥」の末尾には注目すべき句及び注が書き記されている。

『棄児の棄児の TONKA JOHN、[15]
真実のお母さんが、外にある。』

註　わが幼き時の恐ろしき疑問のひとつは、わが母は真にわが母なりやといふにありき。ある人は汝は池のなかより生れたりと云ひ、ある人は紅き果の熟る木の枝に籠とともに下げられて泣きてゐたりしなど真しやかに語りきかしぬ。小さき頭脳のこれが為めに少なからず脅かされしこと今に忘れず。

犀星が敬愛する白秋の詩は、犀星の生い立ちとは異なり、母親が本当の母親でなかったら、という仮定のもとで自叙伝詩が成立している。だが、犀星にとっては、白秋におけるその仮定が自己の生い立ちそのものであった。白秋から自己を語るという題材を得た犀星であるが、複雑な生い立ちゆえに、率直に詩の形式で具体的に書き記すことができなかったのである。まさに、中西達治が指摘しているように、「白秋にならって、自分の世界の感性を育んだ思い出の世界を語るべく、さまざまな試行を重ねた末、結局のところ白秋ほど素直に、直接的に思い出を語れないことに気付いた犀星に残された方法は、フィクションしかなかったのだ」[16]。つまり、自らの生い立ちを語る上で不可欠なものとして、フィクションが選択されたのである。

三　語りえないものの発見

それでは具体的にどのようなフィクションが自らの生い立ちを語る際に取り入れられていったのか。そのきっかけの一つが、この時期に自らと同様、過酷な運命の中で一四歳で亡くってしまう一人の少女の物語と出会うことにあると考えられる。犀星はその少女について、以下のように記している。

彼女は十四歳で、ワーニャ等によつて抱かれて死んだ。持前の癲癇の発作があつてからであつた。胸のお守護袋には、公爵のみなし児である証拠ともなる母親の手紙が緘ぜられてあつた。けれども、彼女は最後までその生涯を、じめじめした灰色な騒騒しいペテルブルグの夕方をあちこち逍ふ「どこか品のある美しい険しい顔」の乞食のやうにして送つた。

（「少女ネルリのこと」、『感情』大正六・五）

犀星はこの時期トルストイとともに読み耽ったドストエフスキーの小説「虐げられし人々」の登場人物ネルリに非常に高い関心を寄せていた[17]。そして、その作者ドストエフスキーについて、前掲「少女ネルリのこと」には「子供を描く力と、子供の微妙な性格とに衝き込んで洞察《みぬく》ことと、鋭い理解と温かい不断の心とを持つてゐた」

とも記している。それからおよそ半年後、犀星はドストエフスキーについて言及した詩「ドストイエフスキイの肖像」（『文章世界』大正六・一〇）後半で、より鮮明な自らの生い立ち、つまり、自分の境遇がどのようなものであったのか、何が起っていたのかを記すことになるのだ。

自分は生れ落ちるとすぐに
よそへ貰はれて行つた
自分はそこで母や父を新たにした
兄も姉もあつた
そこは富有で慈愛に充ちてゐたに関はらず
ほんとの母のゐる家へ
うら町の緑々した家を訪ねるのであつた
そこにはほんとの母と父とが坐つてゐた
はつ夏のことで
深い緑をつけた杏の頂には
赤く熟れた実がきらきら光つたり
熟れすぎてうまさうなのがひとりでに落ちて来たりするのであつた
自分は母にもたれてゐた
どことなく眠りを誘ふやうな六月の風は

私の顔や母のやせた胸を吹いた
しばらくしてから私はまたこそこそと
新らしい父や母のところへ返るのであつた

自分はほんとの母を訪ねたことを
いつも隠して云はなかつた
毎日行くことは出来ず
しまひには禁じられた

自分は二つに分けられた愛の中に
どちらにも強い牽引を感じながら
それらが何故に合理的にならないのか
いつまでもそれらの苦しさを持ち
どうすることの出来ないのを感じた

自分の愛は不具と不完全とで育つた
あゝ自分はふりかへることを恥ぢた
自分はほんとの母がいつ死んだか
どうして死ななければならなかつたかも

いまも知ることが出来なかつた
自分は高い空を眺めたり、漠とした想念に捉はれたりしたときに
強烈に母をしたうた
永久である愛の実体を恋うた
自分を生みつけ
自分を生みつけただけの資質が
自分に何者を与へるかと云ふことを
自分は求めあこがれた

おお　自分の前には
いま自分に接近してゐるドストイエフスキイが立つてゐる
これと自分の生ひ立ちとは関係はない
しかし自分が行き
現存し
いかに正しく生き得べきかと云ふこと
いかに自分が人類の一員として
為すべき多くの仕事を持つてゐるかと云ふことを
あの可憐な母の胸にもたれてゐた自分とを較べ微笑するのであつた

ここで注目したいのは、この詩で語られていることが小説「幼年時代」と重なる内容であるだけでなく、「強烈に母をしたうた」という少年時代の「自分」が最も強く母に愛情を抱く様を記す直前で、読点を用いるほど言葉数が増え、もはや詩の形式では収まりきれなくなっているということだ。犀星が小説を書き始めるにあたって自伝小説というジャンルを選択したのは、自身にとって書きやすいものであったからではなく、その生い立ちが詩で書くことのできない内容であったからこそ、言い換えれば、詩では書きえない自らの過去を語ろうとする意志ゆえに、詩から小説へという道筋を切り開いていったのである。さらに言えば、自己の生い立ちを問う際に、ドストエフスキーを作中に登場させていることは、「虐げられし人々」をはじめとしたドストエフスキーの小説が持つ虚構性によって、自らの生い立ちを語る契機を得たことを物語っている。ここに自己を語ろうとする言葉の延長線上に虚構が引き寄せられていくさまが窺えるのだ。

四　『性に眼覚める頃』の作為――矛盾と隠蔽

これまで見てきたように、犀星が自らの過去を語ろうとする姿勢が小説という形式を選択したと言うことができるが、そこにはどのようななかたちで虚構が取り込まれていったのだろうか。『性に眼覚める頃』の「序」は「私はいつか自分の生ひ立ちを書いておきたいと思ひながらゐて、つい書きなれない文章のことゆゑ、永い間それを果すことができないでゐた」という一文から書き出されており、大正八年の春に、近所の「小学校の唱歌室の前」を通った際に、自らの幼少期を想起し、そこから「あのころのことを是非書きたいと思つた」と書き記している。ここには、「大正八年の春」に自らの幼少期を書くことを志したとする時間的作為が施されており、それによってこれまで見てきた大正六年から始まる「生ひ立ち」の試作化とその失敗が隠蔽されていく。さらに言えば、この「序」には図らずも『性に眼覚める頃』が虚構を含んだ小説群であることも書き記されているのだ。

さうして此の自伝的小説が今一冊にまとまつたのである。この書物は私の生涯のなかでも他のものに較べて決して劣らないものである。もう再度とかけないものだといふ気がする。幼年期や少年期の苦しみ悩みもいまは酬いられ慰められてゐるやうな気がする。

出版広告で「自伝小説」と銘打たれた『性に眼覚める頃』は、犀星自身によって「自伝的小説」であることが明らかにされている。つまり、題材や境遇を限りなく犀星自身の生い立ちと重ねながら、犀星の過去そのものが再現されているわけではないことを「的」という言葉によって表現しているのである。このことについて、本多浩は次のように述べている。

「的」という意味を犀星はそれほど意識して使ったとは考えられないが（後に同じ作品を自伝的小説、自伝小説と混用している）やはり自伝小説ではなく、自伝的小説であった。本名の室生照道の名前を使って主人公は描かれているが、そこには虚構と抒情的美化がほどこされている。(18)

続けて本多は、後に犀星が『性に眼覚める頃』の改版にあたり、収録された「幼年時代」「性に眼覚める頃」

に記された「室生」という固有名を消し、別の少年の生い立ちの記として成立する物語に書き換えた点[19]を挙げ、以後の自伝小説「弄獅子」や「泥雀の歌」ではそれが置換不可能であるところに初期自伝小説との決定的差異を見出している。[20]逆に言えばそれは、『性に眼覚める頃』に収められた小説群が、犀星に固有の生い立ちとしてではなく、普遍的な少年の物語として読むことが可能な構造を持っているということだ。しかし、こうした見方は「如何に巧妙に綺麗に自分を欺き自分を飾り、自分に就いて虚言するかが、ある作品の価値である[21]」という同時代の自伝小説に対する認識を看過した見方となっているとも考えられる。『性に眼覚める頃』には普遍的な少年の物語として読むことが難しいほど、犀星にまつわる固有名が随所に書き記されている。また、既に見たように、犀星は普遍的な物語としてではなく、「自叙伝として私の詩を読んでくれた人人に読んでほしく思ふ[22]」とも断言していた。したがって、「自分の意図したフィクションとしての表現が、あたかも事実であるかのように読まれてひとり歩きし、以後の自分が、初期作品の構図に呪縛されることになった[23]」と考えるのではなく、犀星が意図したのは、フィクションとしての自伝小説が事実であるように読まれることであり、その構図を温存させることであったと見るべきだろう。そのように考えてこそ、『性に眼覚める頃』の虚構性を抉り出すことができるのだ。まさに、「自己を語らうとする時には自己は隠れ、自己を隠そうとする時反つて自己を顕す[24]」のである。

「幼年時代」において、最も記述が混乱しているのが、生母に対しての場面である。七章冒頭は以下のように書き出されている。

私の母が父の死後、なぜ慌しい追放のために行衛不明になつたのか。しかも誰一人として其行衛を知るものがなかつたのかと云ふことは、私には三年後にはもう解つてゐた。あの越中から越してきた父の弟なる人が、私の母が単に小間使いであつたといふ理由から、殆ど一枚の着物も持ちものも与へずに追放してしまつたのであつた。この憺めな心でどうして私に会ふことができたらうか。彼女はもはや最愛の私にもあはないで、しかも誰人にも知らさずに、しかもその生死さへも解らなかつたのである。

まず指摘しておきたいのが、引用末尾で生母の「生死さへも解らなかつた」と記していることだ。前掲の詩「ドストイエフスキイの肖像」には、「自分はほんとの母がいつ死んだか／どうして死なななければならなかつたかも／いまも知ることが出来なかつた」とあり、既に生母が死んでいることを前提として記されている。ここから、既に亡くなっている生母を行方知れずとすることによって、幼くして生母と別れた少年の、ありえたであろう母子の関係を前景化していくさまを窺うことができよう。また、先の引用の直前、すなわち六章の最後に「明治三十三年の夏、私は十一歳になつてゐた」とあるが、実父が亡くなったのは「九歳の冬」である。五章には、先の引用と同様の内容が記されているのだ。

ある日、私は実家へゆくとゴタ〳〵してゐて、大勢の人が出たり入つたりしてゐた。母は私にお父さんの弟さんが越中から来たのだと言つてゐた。四五日すると母がゐなくなつて、見知らない人ばかりゐた。母は追ひ出されたのであつた。

母は私にも別れの言葉もいふひまもなかつたのか、それきり私は会へなかつた。母は父の小間使いだつたので、父の弟が追ひ出したことがわかつた。

ここから、既に九歳の時点で実父の「小間使い」だった実母が「父の弟」によって追い出されたことを、「私」は理解していたことがわかる。先の引用にあるように「三年後」ではなく、実父がなくなって数日後のことである。このように、「幼年時代」では、生母の記述に混乱が生じており、ここに何らかの作為を窺うことができよう。生母のことを書き記すことによって、生母にまつわる何ものかを隠蔽していく。この作業の過程で虚構が生み出されていたのである。

その後、「抒情詩時代」「性に眼覚める頃」「ある山の話」と少年期の「私」が書き記されており、そこに文学に対する目覚めと性に対する目覚めを読み取ることができるのは、既に多くの論者によって指摘されている。そして、「或る少女の死まで」「一冊のバイブル」によって東京での荒んだ生活を記した青年期の「私」へと続いていく。

このような構成を持った『性に眼覚める頃』であるが、刊行直前の大正八年一二月号の『中央公論』に、犀星は後に「青き魚を釣る人の記」(『青き魚を釣る人』大正一二・四、アルス)と改題される「自叙伝奥書——その連絡と梗概について——」(以下、「奥書」と記す)を書き記している。これを執筆した動機は以下のように記されている。

私はとうだう《ママ》自叙伝小説をかき終へた。比較的長篇であるこれらの小説を発表し得たのはみな滝田〔樗陰——引用者〕氏の激励と好意とである。いつも詩壇の一隅に無名でゐた私にとつて花やかすぎる此舞台に値しないことを恥ぢる前ゐに私の肩をもつて突き出すやうにして貰つた滝田氏に感謝します。——本篇は主として小説のたてとよこの連絡をとるために奥書として発表することにしました。滝田さんからのお話もあつたからです。

つまり、『中央公論』の編集者滝田樗陰の尽力により発表の機会を得た初期三部作の「たてとよこの連絡をとるため」に書かれたのがこの文章で、幼少期から「一冊のバイブル」に記されている養父室生真乗の死までが記されている。確かに、初期三部作では書き記されていない出来事が、それぞれの小説間の時間を埋めているが、例えば、「性に眼覚める頃」自体に既に時間的作為が施されている以上[25]、「奥書」に記された時間も確かなものと言えない。犀星が金沢での生活に次第に満足できなくなってきた頃について、以下のように書き記されている。

私がだんだん僧院の寂しい空気をいとひはじめたのは、もう二十ころで、いろいろな家庭の事情から一月の寒いある日、京都へ、旧友をたづねて逃げて行つた。西陣のきたない旅籠屋にあてもないおどおどした日々を送つてゐた。〔藤井―引用者〕紫影先生をたづね上田敏先生に会つたのもそのころであつた。敏先生は、当時北原兄の「ザムボア」といふ雑誌に出した私の詩をほめたりして、手づから、せんべいを菓子皿からつまみ出しておどおど震へてゐる私に呉れた。

犀星が『朱欒』に詩を掲載したのは大正二年一月から五月であり、上京前に『朱欒』に詩を寄せてはいない。したがって、初期三部作同様、「奥書」にも時間的な作為を読み取ることができよう。さらに言えば、「梗概」としての機能を持つはずのこの「奥書」には、初期三部作の記述内容を否定している箇所も見られるのだ。例えば、「奥書」の冒頭は以下のように始まっている。

明治二十六年の八月朔日の朝、金沢の市街はづれの家並みがだん〳〵田畑に近づいてゆく裏千日町に、静かな果樹園にかこまれた家があつた。そこの奥座敷で、小間使のおはるさんが難なく美しい男の児を産んだ。そのとき、この家のあるじは六十に近い老齢ではあつたが、出産の室をきよめるため、魔除けの一腰を床の間に供えたりして、まめまめしく若い産婦をいたはつてゐた。

『性に眼覚める頃』所収の小説群とは異なり、三人称で書き出されるこの「奥書」冒頭は、それが一つの創作であるように始まる。(26) その後、一人称に戻り、「四歳くらゐまでは何一つ記憶してゐない。唯何かしら不分明ながらも、母の乳房をいじくつたことが今も指さきに記憶されてゐるやうである」と不確かな記憶を書き記していく。その不確かな記憶は以下のように続いていく。

やはり畳だの障子だのの記憶がある。ことに柱につかまつてやつと立たうとした記憶がある。(しかしそれはその当時の自分になくて今私に醒された感覚かもしれない。) 何かしら犬のやうな白い生きものゝ類や、青い木のやうなものもある……。

不確かな記憶が当時のものであるのか、それとも「奥書」を書いている現在の感覚なのか定かではないという告白は、「幼年時代」において「父の愛してゐた白といふ犬」という確かな存在だったはずの犬をも「何かしら犬のやうな白い生きもの」という漠然とした生きものとして記憶の中で溶解させていく。「私はこの生きものと一緒にゐると、何かしら父や母について、引き続いた感情や、言葉の端々を感じ得られるのであつた」というように、「私」と実父母を結びつける唯一の絆であるはずの「シロ」が「奥書」によって定かならぬものへと変えられていくのである。

また、「幼年時代」における姉の部屋の匂いに「ドキドキ」したこと、「性に眼覚める頃」において表悼影が劇場で女性を口説いたり、自分の家の寺の賽銭を盗む女を窃視し、その女の下駄を盗む時に感じたりした、これらの性に対する目覚めもまた、書き換えられていくのだ。

私の性欲の眼覚めたいちばん初めを問ふ人があれば、やはり母の肉体から教へられたと答へる外はない。性欲がまだ生のまま、ほんのすこしばかりの芽をふいたころだ。あの乳房をにぎつたときや、母のかみの毛をくしやくしやにしたりしたときなどに、正しい性が育つてゆかうとしつつあつたのだ。三四歳で地上におろされた。

自伝小説群の一つの特徴であった性に対する関心のはじまりを、あえて記憶が定かでない「三四歳」の頃の母との追憶へと引き戻す操作からは、「連絡と梗概」というよりも、断絶と内容の更新・書き換えといった作用が働いているように窺える。つまり、犀星は『性に眼覚める頃』刊行の直前で、既に自己の生い立ちの事実を否定し、忘却された記憶のなかにその出自を閉じ込めていたのである。

五　おわりに――現実と虚構のはざま

これまで見てきたように、犀星の最初の小説集『性に眼覚める頃』は、自らの生い立ちから詩人として成功するまでを書き記した自伝小説だが、そこには意図的な虚構が施されていた。しかも、それは自伝小説を書き上げる上で必要なフィクションだったのである。自らの出生にまつわる書きえないものを空白とし、そこにありえたであろう理想の幼年時代といった虚構を加えることによって埋めていく。しかもその空白は詩では埋められないほど多くの言葉を必要としていたのである。『性に眼覚める頃』は「自叙伝」として読まれることを求めていく一方で、それがフィクションであることも同時に語っている書物である。犀星にとって事実とは書かれた内容にあるのではなく、書く行為そのものによって生み出されていくものであった。

このような作用が犀星の小説創作における出発点にあり、眼前に実像を作り出しているかのように見えながら、実際にはそれが虚像であり、しかも虚像に向けてこの時期の犀星の求心力が働いていた。このことは、犀星の文学を考える上で看過できない問題となっている。なぜなら、『性に眼覚める頃』において、犀星が自らの文学的出発点を置いた詩の中に、既にこうした構造が見出せるからだ。

犀星の代表的な詩「小景異情　その二」が第二詩集『抒情小曲集』（大正七・九、感情詩社）に収められる際に改稿されたテクストに、そのことを読み取ることができよう。

ふるさとは遠きにありて思ふもの

そして悲しくうたふもの
よしや
うらぶれて異土の乞食となるとても
帰るところにあるまじや
ひとり都のゆふぐれに
ふるさと思ひ涙ぐむ
そのこころもて
遠きみやこにかへらばや
遠きみやこへかへらばや

初出（『朱欒』大正二・五）では、結末が「そのこころもて遠き都にかへらばや／とほき都にかへらばや」となっていたが、「遠き都」から「遠きみやこ」への改稿は、単なる校訂以上の意味を見出すことができる。『抒情小曲集』は犀星が自伝小説を書き始める頃に出版されており、自分にとっての〈みやこ〉とは、そして〈ふるさと〉とはどこか、ということを認識していく契機がこの改稿から窺えるのだ。

このテクストにおいて実像として、言い換えれば、実在の場として示されているのは漢字で「都」と記された部分のみである。詩作の場としての今ここである実際の故郷金沢においてうたわれた「ひとり都のゆふぐれに／ふるさと思ひ涙ぐむ」には、帰郷前の東京で繰り返された実体験と、今後も経験する可能性のある心情が重ねられているのだ。冒頭の「ふるさと」は、これから向かう先の東京で思いを馳せる幻想としての「ふるさと」であり、実在の故郷ではない。「遠きみやこ」もまた、今ここではなく遠くはるかな理想をこめた東京を指す。岡庭昇はこの詩に「故郷――その共同体的規範――への憎悪」が表出されており、「憎悪のふるさとが、都市を媒介することによって対象化されている」と指摘している。(27)だが、媒介しているのは「都市」だけではない。実在の場が幻想や理想といった虚構を媒介することで現れ、幻想や理想は現実を媒介に立ち現れている。そして、現実の都＝東京に自身の身が置かれた時、「都」は再び「みやこ」へと化す。『抒情小曲集』三部に収められた詩「室生犀星氏」は以下のように始まる。

みやこのはてはかぎりなけれど
わがゆくみちはいんいんたり
やつれてひたひあをかれど
われはかの室生犀星なり(28)

自ら「蹉跌と悪酒と放蕩」に浸る「暗黒時代(29)」と呼ぶ東京での生活の中で、あらゆる現実感が遠く隔たり、自らの名前だけが都市に浮遊していく。「とほくみやこのはてをさまよひ」歩く身体は自身であると同時に自身ではないものとなり、やがて「銀製の乞食(30)」という虚構の存在として自らを語るようになる。「乞食の眼に触るるの林檎パインアツプルの類／もしくばカステイラ・ワツプルのたぐひ」。しかし、「それらは総て味覚を失」っており、やはり現実感の伴わない虚構の存在なのだ。「銀製の乞食」という虚構の中に自らを閉じ込め、再び「遠方へ遠方へ去」っていくが、そのような試作を通じて、詩人室生犀星は世に出ることになるのだ。

このように、「小景異情　その二」をはじめとした『抒情小曲集』所収の詩には、現実から虚構へ、そして虚構から現実へと反転していく犀星文学の特質が過たず象徴されていると言えよう。繰り返して言えば、犀星の文学は、虚構を構築することで現実を作り出すが、その現実は虚構によって支えられていく。犀星にとっての現実とは、書くことにのみ存在する。そのことは犀星文学全体を見通すことによって、よりはっきりと提示されることになるのだ。

（1）上司小剣「仲秋の創作を読む＝一抱へあれど柳は柳かな＝（八）」（『読売新聞』大正八・一〇・一二）。
（2）宮島新三郎「◇障子に射す日（七）―岩野、加能、室生、近松の諸氏―」（『時事新報』大正八・一一・一二）。
（3）初出誌『樹陰』は原本の閲覧が困難な雑誌のため、引用は船登芳雄「雑誌「樹陰」と掲載の犀星詩をめぐって」（『室生犀星研究』第一九輯、平成一一・九）に掲載された翻刻に拠った。
（4）太田善男「自己表出に就て（中）」（『読売新聞』大正七・一〇・一）。
（5）例えば、星野晃一は「性に眼覚める頃」における女性が賽銭を盗む場面及びその女性の下駄を「私」が盗む場面について、「明らかに「自伝的」な世界からはみ出しており、その二章を含みもつことによって、それは当時の新文明・新知識を摂取することによって成り立った意欲的・実験的な作品であった」と指摘している（『室生犀星　何を盗み何をあがなはむ』平成二一・四、踏青社）。
（6）加能作次郎「文壇の印象」（『文章世界』大正八・一二）。
（7）引用は『中勘助全集』第一巻（平成元・九、岩波書店）に拠った。
（8）十川信介『『銀の匙』を読む』（平成五・二、岩波書店）。
（9）船登芳雄は『室生犀星論――出生の悲劇と文学』（昭和五六・九、三弥井書店）で、「犀星とは大正七年頃より親交を深めている」とする加能作次郎が、同年に「創作活動を活発化し、十月『読売新聞』に「世の中へ」を連載、翌年二月新潮社より一本として刊行、いわば出世作となる」と述べ、「犀星「幼年時代」の発想を考えるとき、作品の素材傾向は、当時の〔芥川―引用者〕龍之介や〔佐藤―引用者〕春夫よりむしろ作次郎・〔島田―引用者〕清次郎のそれに類するものと言える」と指摘している。

(10) 室生犀星「自叙伝奥書――その連絡と梗概について――」(『中央公論』大正八・一二)。

(11) 笠森勇「「自分の本道」――犀星がトルストイから得たもの」(『室生犀星研究』平成二一・一一)。

(12) 笠森勇は「「異土の乞食」から「銀製の乞食」へ(上)――室生犀星『抒情小曲集』成立考――」(『室生犀星研究』第一五輯、平成九・六)で、犀星の「『抒情小曲集』という詩集名が、北原白秋の詩集『思ひ出』の副題「抒情小曲集」からきていることはまず間違いないことである」と指摘している。

(13) 例えば、新保千代子は「「朱欒」は廃刊しても白秋門下の三羽烏として大正三年九月の「地上巡礼」創刊に先んじて新人たちの活躍舞台を大きく拡げた実力が、白秋の存在を鮮やかに印象づける」と述べている(「評伝　私の中の室生犀星」、『石川近代文学全集3　室生犀星』平成一〇・一〇、石川近代文学館)。

(14) 室生犀星『我が愛する詩人の伝記』(昭和三三・一二、中央公論社)、初出は『婦人公論』(昭和三三・一)。

(15) 「TONKA JOHN」とは、『思ひ出』所収の詩「穀倉のほめき」の注によれば「大きい方の坊つちやん、弟と比較していふ、柳河語。殆どわが幼年時代の固有名詞として用ゐられたものなり」とある。

(16) 中西達治「「幼年時代」の論」(『室生犀星研究』平成三・一〇)。

(17) 木村幸雄は「室生犀星――ドストエフスキー受容をめぐって――」(『日本文学』昭和五〇・九)で、「少女ネルリの出生と境遇と性格とが、犀星自身のそれと身近なものとして感じられ、切実に迫って来るものがあった」と指摘している。

(18) 本多浩「室生犀星ノート――自伝小説を中心に――」(塩田良平先生古稀記念論文集刊行会編『日本文学論考』昭和四五・一一、桜楓社)。

(19) 後に「性に眼覚める頃」が収録された単行本のうち、例えば『生ひ立ちの記』(昭和五・五、新潮社)、『性に眼覚める頃』(昭和八・四、改造文庫)では、小学校で教師に居残りを命じられる際に、「室生、かへつてはいけない。」と記されているが、『室生犀星全集』巻七(昭和一一・一〇、非凡閣)、『性に眼覚める頃』(昭和一三・四、新潮文庫)では、「君はかへつてはいけない。」と改稿されている。

(20) しかし、後に書かれる『弄獅子』もまた虚構性の強い自伝小説であることが窺える。詳細は本論第一一章で論じる。

(21) 太田、前掲論（注4と同じ）。

(22) 室生犀星「六号」（『感情』大正八・一一）。

(23) 中西、前掲論（注16と同じ）。

(24) 太田善男「自己表出に就て（下）」（『読売新聞』大正七・一〇・二）。

(25) 例えば、二瓶浩明は「室生犀星『性に眼覚める頃』の方法」（『大正文学1』昭和六二・三、大正文学会）において、作中に「明治三十七年処女作」と記された詩を引用しているが、それは「大正八年、本作が執筆された時点に制作されたもの」であるという見解をふまえ、「文学の眼覚めを描く自伝的な小説を書こうとするとき、犀星は自身の俳句＝文学の眼覚めの時、「明治三十七年」を強く意識し、この事実に作品の時間を一致させようと企てた、と考えるのが最も説得力ある見方だと思われるのである」と指摘している。

(26) 笠森勇は前掲論（注11）において、「三十九歳の「おはる」が次第に成長してゆく男の子と幸せに暮らす様子が描かれ」、「その実一編の短編小説である」と述べている。

(27) 岡庭昇「近代的自我と「ふるさと」」（『解釈と鑑賞』昭和五三・二）。

(28) 初出は『詩歌』（大正三・五）。

(29) 室生犀星「『抒情小曲集』覚書」（『抒情小曲集』大正七・九、感情詩社）。

(30) 室生犀星「銀製の乞食」（『地上巡礼』大正三・九）。

Ⅱ

第二章　〈官能描写〉の物語――「海の散文詩」から「海の僧院」へ

一　はじめに――書きえないものとの遭遇

室生犀星の小説創作は、幼年期から結婚生活までの自伝小説を書くことから始まった。しかし「結婚者の手記――あるいは「宇宙の一部」」（『中央公論』大正九［一九二〇］・一、以下「結婚者の手記」と略す）発表以降、自身が主人公であることが明確な自伝小説が書かれなくなる。その代わりに書かれ始めたのは、専ら以下のような小説であった。

金次と女が、妙に一つかたまりになつてゐるやうに思はれたので、よくよく見ると、女が金次の肩さきに両手をかけて、（中略）妙に昂奮してゐるらしい様子で「……」と何か呟やきながら、ゆるい春の波のやうにゆらゆら揺つているのを見た。金次もまた、女とおなじやうに肩さきから手をやつて、両方から殆んど蒼褪めるほどな、窒息的な衝動的状態で、いつまでも何か言ひながら、「……」戯談めいたことに上気せたやうな薄笑ひを一杯にひき伸しながら、かなり永い間さうしたことを続けてゐた。

右に引用した「二本の毒草」(『雄弁』大正九・四)は鮎釣りの毛針職人金次とそこに同棲する女の日常生活を、知人で近所に住む語り手「私」が主に自室から垣間見て、金次とこの女との別れまでを描いている。「私」は自室から金次や女をいわば傍観するだけで、金次や女と関わることはない。また、「美しき氷河」(『中央公論』大正九・四)では、語り手「私」が姉の嫁ぎ先である、遊女屋近くの料理屋に滞在し、遊女たちとの日常の交流を描いている。その冒頭近くに以下のような一節が見られる。

夏の晩方の長くつづく青白い光線のなかに肌ぬぎになつて化粧してゐるのが能く見られた。それらは皆いちやうに鏡台から反射された青白い光で、胸もとから頷首へかけて実になまなましい隆起された部分が、ことさらに蒼白く、かつきりと別な強い呼吸をしてゐるもののやうに見えた。みな一様に一心になりながら鏡を凝視してゐるので、やや俯向き加減に暗みがかつてゐる髪のところに、まざまざとぽつたりした白い露き出しな腕が、いろいろな曲りくねつた恰好で、暗いねんばりした藻のやうな髪を引きのばしたり、びんの前髪をたぐつたりするのが、ときどき香油に練りつけたやうな髪の地に鈍い光をにじませるほかは、室の内部のくらみに雑りまぎれて、ただ、綺麗なぐなぐなな白い手つきだけが、青い矮い袖垣のよこからと、その故意と破れを見せた雅やかな隙間から、ちやうど、田舎の洗ひ場であらはれてゐる大根のやうに、美しい加之も絶え間なく微動する光線のあひまに、ちらちらと透いて見えた。

作中「私」は遊女たちと交流していくようになるが、「私」のまなざしは「二本の毒草」同様、対象となる遊女たちを官能的に捉えていく。こうした犀星の小説について、発表当時、性欲的な〈感覚描写〉あるいは〈官能描写〉[1]と指摘されていた。そして、「近時の文章壇に官能描写の筆を謳はれつゝある室生氏[2]」、「この作者は小説はしつこい感覚描写から成立つものだと思ひ込んではゐないか[3]」などと、次第に否定的に受け止められていくようになる。例えば、青年期の犀星を描いた「或る少女の死まで」が「別にとりたてて云ふほどの技巧的構想もなく素直に書き綴られた一つの物語詩である[4]」と指摘され、犀星と妻とみ子の生活を題材にした「結婚者の手記」が「美しくやさしく書かれてゐるにはゐるが、然しだれでも感じさうな平凡な描写にとどまつてはゐまいか[5]」と指摘されていたのと対照的であると言えよう。

ところで、犀星はこの年、小説を書くことについての以下のように書き記している。

私が小説を書くやうになつてから、その文章がこれまでになく、殆ど私自身にさへ気附かなかつたスタイルを発見することができた。ほんとに私は私の文章を掘り出し発見し得たのは、小説や散文をかきはじめてからである[6]。

犀星の自伝小説は幼年期から始まり結婚生活までを書いていった。現在の自己に近づくにつれ自伝小説が書けなくなっていくのだとしたら、そこには「結婚者の手記」に記された妻という他者の存在が大きく関わっているとも考えられる。例えば、大塚博は「結婚者の手記」の妻について、「主人公「私」の成長と人格形成をはかる上で真の他者となりえているとは言い難いのだが、少なくとも「私」にとってその存在を掌握しきれぬものとして対置されている」と指摘している。[7] また、児玉朝子は「私」と妻との認識が次第にずれていき、二人の「関係性の崩壊へと向かうメインストーリー」の中で、「私」が妻の内面を語ってしまう場面があることを指摘し、「一人称から三人称への展開の可能性」を示しながら「不完全な自然主義的〈告白〉小説」に留まっていると指摘している。[8] つまり、「結婚者の手記」において、現在の自己と直接関わりのある他者を書き記す際にこれまでの手法が行き詰まり、それを乗り越えようとしたが「不完全」な形でしか表現できなかったと考えられるのだ。自伝小説を書き続けてきた犀星が「発見」した「スタイル」が〈官能描写〉の方法だとするなら、それによって自分を書くことから他者を書くことへの転換が可能となったとも考えられるのではないだろうか。

そこで指摘したいのが第一小説集『性に眼覚める頃』所収の自伝小説と同時期に発表された未完の散文詩「海の散文詩」（『感情』大正八・七）から小説「海の僧院」（『報知新聞』大正九・三・一一〜四・一七）への改稿である。「海の散文詩」は「金沢の市街」から「二里離れた」海岸近くの尼寺に、「脳病」の転地療養のために「十九の少年」である「私」が下宿し、その渚や漁船、魚といった海辺の光景を書き記すところからはじまる。

私はいつも美しい渚を愛した。洗はれた砂地はいつも新しく整へられて、一つの汚点もなく波を吸ふ砂地のしんといふ微妙な音ばかりが、波がひいたあとに波の音のあひまに静かに特別な美しい音をしのばしてゐた。私にとつてまだ誰も踏まない新しい砂地の上を歩いてゆくことは、潔よい楽しさを散歩ごとに感じさせるのであつた。長い渚は遠く砂丘のふもとから急に弓なりになつて、それから又続いて、美しい直線になつて果もなく続いて見えた。その陸と波打際とのさかいめの、時おり洗はれた鈍い光をもつた一線が、私には限りもなく懐しい想念をつづつてくれるのであつた。私はその果をいつもいつも眺めてゐた。

「海の散文詩」では、専ら「私」の心情が書き記されていく。外界の風景に見出される「清朗な精神」は自身の内面である「自分の孤独の優越さ」として表出される。そして、尼寺で生活を送る尼僧たちとの交流がはじまるのであるが、彼女たちを詳細に書こうとするところでこの散文詩は未完となる。まさに他者を書き記そうとして書けなくなるさまが窺えるだけでなく、「小説というより、金石の宗源寺周辺と尼僧たちのことを書いた随筆(9)」という見方も生じてくるのだ。

しかし、改稿された「海の僧院」には冒頭から物語を語ろうとする意志がはっきりと記されている。

その尼寺は砂丘のかげのやうな位置に建つてゐて、すぐ松林のすそにもなつてゐました。二千戸ばかりの海岸の町から、たつた一軒離れて建つてゐるので、村から町へゆく人などが折々通るほかは、全く人通りとてもない寂しいお寺でした。私はそこの二階を二間つづけに借りて、ある年の春から秋まで住んでゐました。尼さんは、庵主と小尼さん二人と、それに隠居さんが一人居ました。庵主は四十近い上品な静かな人で、小尼さんは、二十の丹嶺といふのと、十六の順道といふのとが居ました。

「海の散文詩」の冒頭に見られた渚の描写は消え、全ての文末が「ゐました」「居ました」で統一され、「私」が過去のある時点で生活をした尼寺とそこに住む尼僧たちについてこれから物語ろうとする姿勢を窺うことができる。この「海の散文詩」から「海の僧院」への改稿には小説を書こうとする意志が現れており、それを明らかにすることが、自伝小説から〈官能描写〉の小説への転換を意味づけることにもつながってくるように思われるのだ。

後年犀星は「海の散文詩」について以下のように書き記している。

> 大正六年の春だつたかに自分は当時「新潮」にゐた水守亀之助君あてに「海の散文詩」といふ十七枚の散文を頼まれないのに送つて「新潮」に掲せて貰ふやうに手紙を添へて出したが、一週間ほど後に水守君から原稿を返送して来てどうも長くてこまると云ふ返辞であつた。自分は試作的に散文を書いた折であるから失望も大きかつた。[10]

この記述から「海の散文詩」が大正六年の春、つまり「幼年時代」や「性に眼覚める頃」よりも前に書かれていたことが窺える。それゆえ、小説として表記や構成において稚拙なものであったことは疑いえない。しかし、犀星は続けて「自分は中央公論に書くやうになつてから、水守氏が、自分の原稿を断られたことの正当を感じた。ああいふ粗雑な原稿をあの時に水守君から返されなかつたら、自分は安住をして碌なもの（ママ）しか書けなかつたであろう」とも書き記しているのだ。この改稿の機会が犀星の小説家としての活動の転機となっていると考えられる。

本章は「海の散文詩」を再び小説として完結させるために、どのような方法を「海の僧院」で用いたのかを明らかにし、それがこの時期の犀星文学の特質としてどのように意味づけられるかを考察していきたい。

二 〈官能描写〉の獲得、新聞小説の方法

まずは、「海の散文詩」について具体的に検討していきたい。前節で引用したように、冒頭から始まる海辺の記述が「海の散文詩」の半分以上を占めた後、その海辺近くの尼寺の二階に下宿する「私」とその尼寺に住む人々との交流が書き記されていく。この尼寺の庵主は「人柄のよい四十近い身長の高い人」であり、丹嶺は「私とは一つ年上の」二〇歳の、「蒼白い柔和な尼僧」で「陰気な余りよく話さない人であつたが、話すとしみじみした人であつた」。その丹嶺が「私」に「遠くへ行くかもしれないの」と、「茨木」の寺で庵主として独立することを告げる。その時の丹嶺の「蒼白なむくんだやうな寂しい頬」から「私」はその出世を丹嶺が望んでいないものと感じるのだ。「私」と丹嶺は日常的な会話をする程度の間柄である。恋愛感情に発展することもなく、「いつものやうに」丹嶺は「私の床をと」り、そのまま階下へと下りていく。この尼寺には庵主と丹嶺の他に隠居と「もう一人の」尼僧、「小さな活発な」順道がいた。順道は「血色のよい」、「まだ十五になつたばかりで、よく肥えた二つの頬と、よく働く二つのがつしりとした肉つきのよい手とをもつてゐて、凡てが快活」な少女として描かれている。

この尼寺で生活する五人のうち、「私」以外はみな女性であり、庵主はよく丹嶺と順道が二階へいくと「男くさい」と言っていることを「私」に告げる。これらの記述からは、何ら性的な印象、官能的な表現は見出せない。「海の散文詩」で物語が展開する可能性を見出すとするなら、先述した丹嶺の庵主として独立し一寺を構える「茨木」行きが挙げられる。「朝の雑談」の賑やかな雰囲気の中で、丹嶺だけが「淋しさうにしてゐた」。庵主は

丹嶺に「お前、行きたくないなんて言はないで行きなさい。いつまでも子供のやうな気ではいけないからね」と言うと、丹嶺はただ「ええ」と答えるのみで、「黙つて茶を飲」み「私を見て淋しさうに微笑した」。丹嶺は七歳の時に「ひどい貧窮な家庭から拾はれて育てられた」のである。だから庵主を母親のように思い、独立することに寂しさを感じないわけにはいかなかった。だか、前述の丹嶺が「私」に見せた微笑で「海の散文詩」は「（次号完結）[11]」と記され未完のままとなる。この丹嶺の寂しさと独立問題に結末をつけるということは、丹嶺の成長の物語を書くことでもあるが、そのために必要な物語の構成力と作中人物の捉え方が不足しているがゆえに、「海の散文詩」は未完となっているのである。

では、「海の僧院」はどのような形で尼僧たちの物語を完成したのであろうか。

「海の僧院」は、『報知新聞』に三四回にわたって連載された小説である[12]。「海の僧院」はこれまで「法衣に身をつつみつつも、それぞれの人生の哀歓を刻む三人の尼僧との出会いと別れを、描いたもの」と指摘されてきた[13]。「私」が頭の病気の転地治療のため、身を寄せていた海岸近くの尼寺が舞台となっており、そこには四〇に近い上品な庵主と、小尼の丹嶺（二〇歳）、順道（一六歳）、そして隠居さんの四人が生活をしていた。「海の散文詩」から舞台や登場人物といった枠組みや設定が引き継がれているのであるが、特に物語性や描写面においては明らかな相違が見られることは、前節で引用した冒頭部分から窺うことができよう。

例えば、船登芳雄は、「官能的な感覚描出を適度に抑制する一方で、青春の哀愁感をきわだたせる手法が、作品の叙情的特質を高める」と指摘しているが[14]、むしろ、丹嶺と順道を書き記す際に、性的な〈官能描写〉が用いられ、「私」は二人の小尼から放たれる官能性を捉えている傾向が極めて強い。丹嶺の「若い妙齢の肢体は、禁欲されたからだの上にも、動かすことのできない重い花やかさ」が表れており、「その重いからだのふくらみなどが、妙にかう肥り工合から来る一種の物悩ましげに見え」た。また、順道の「若い高い少女らしい優しい角をもつた艶々した声」、「なまなましい少女らしい声」が、静寂な本堂での読経という行為と対置させた表現によって、その官能性を高めていく。

この尼寺に住む四人の女性のうち、若い丹嶺と順道は「私」を「男くさい」と笑う。「海の散文詩」でも同じ記述が見られるが、そこでは「ほんとに男くさいんですもの」という順道の発話によって「私」は「ではなるべく注意しませう」と答えるだけであったのが、「海の僧院」では「彼女らは鋭い嗅覚をもつてゐたとはいへ、やはり異性そのものからくるものが、彼女等の無自覚な瞬間にその急所を衝いたもののやうに」「私」は思い、二人の異性に対する敏感さを感じていく。庵主にも「私」は「普通の女性にも見ることのできない美しい味はひ深い女らしさ」を感じていた。

「海の僧院」では、「私」の下宿先の尼寺の他に、近所にもう一軒の尼寺を配置させている。そこには五〇近い庵主と朱道という二〇に近い若い尼が住んでいた。この朱道を物語内容に展開をもたらす人物として登場させていると共に、朱道の描写に特に官能性が表れているのである。朱道は「私」に会うと、「何処か美しさの潜んだ嬌態のある目を」投げかけたり、「さつと顔を赧め」たりして、「しつこい情愛」を「私」は朱道の表情から感じ取っていた。朱道の微笑みは「決して清浄な僧院生活者としての微笑ではなく、むしろ純然たる娼婦性のやうな微笑のやうに私には思」え、「其しつこい寧ろ脂肪性なねちねちしたやうな微笑の美しい魅力に富んでゐたことには、私自らでさへ慄然とするほどな烈しい快感を」感じていた。

尼僧の性欲という一見タブー視されるような問題を朱道に与えることによって、遊女や娼婦といった女性よりもさらに強い官能性を引き出していく。だが尼の性欲という問題は、僧である以前に人間であるという、尼たちの本能的な側面を描き出している点で、かえってそこに現実性が感じられるのだ。「私」は順道の誦経に「ぢつと聞いて居れば居るほど温かい優しさと、あどけない少女性のある声」を感じ、尼としてではなく少女として順道の美しさを見出していく。だから、「なんだか彼女がかうして毎日のやうに経を読んでゐるのは、美しい処女期を目に見えないものに捧げてゐるやうな、どこか、惨たらしい犠牲を強ひられてゐるやうで、私はいつも痛痒いやうな寂い心できいてゐ」たのである。

しかし、「海の僧院」はこうした〈官能描写〉によって作中人物に官能性を与えているだけではない。丹嶺が独立し、「茨城」の尼寺へと旅立とうとするように、作中人物たちの変化も書き記されているのだ。この独立には庵主の配慮が施されていた。朱道は尼寺に出入りしていた村役場の男と関係を持つようになり、やがて懐胎する。同じ年ごろの丹嶺にもこうした感情が表れるのを危惧した庵主の計らいが早急な独立を促したのだ。そして、「私」もまた、朱道と男が密会している場面に遭遇してから、その官能的な衝撃に以後も取りつかれていくようになる。

私がいつも朱道のことを考へるとき、何んだかいらいらと節ばつた枯草のむれのなかに、露き出しにされた大きな白い乳房が、この世にはとうてい見られないほど、蕭篠としたなかに、重く白々しく映つて見えるのでした。その乳房の先端がぐみのやうな紅みと、こりこりな小ちやい凝固まりとを、そつと私のてのひらに感じさせるほど強く私を刺戟するのでした。その乳房のなやましいのに乱れてへばりついたやうな枯草、それらに透いて見える白い肉体、さういふ風に何故だかそれらのものが一緒になつて、あるひは木立の株にあるくさむらや、砂丘の裾などを取りまいた雑草を見るごとに思ひ出すのでした。

朱道の身体は、「いらいらと筋ばつた枯草のむれ」「木立の株にあるくさむら」「砂丘の裾などを取りまいた雑草」という視界を遮る「草」によって「大きな白い乳房」「ぐみのやうな紅み」「こりこりな小ちやい凝固まり」など、部分的に幻影として立ち表れていく。朱道の「白い肉体」は「草」との対照性の中で、「柔らかい一つのかたまり」となって表れ「私」を「悩まし」ていくのだ。この対照性が官能性を引き立てる様について、大橋毅彦が「前景化された「私」の眼前にまつわりついてくる枯草のもつれあった光景、およびその中に透けて見えるなやましい乳房や白い肉体のイメージ」を「猫簇」（『電気と文芸』大正一〇・一、二）の冒頭に見られる「蔓草の絡みつくイメージ」や「白い猫が草の茂みの中に潜りこんでいく光景」と「ほんの一跨ぎの距離にある」描写と指摘し、この時期の小説の特徴の一つとして「絡みあう植物群」を「性欲のメタファー」として捉えている。[15]

この幻影が「私」を捉えてやまない一方で、朱道が「今誘ひ出されるままな美しい性の歓びをしみじみ味はつてゐるかと思へば、正しく寂しい処女期を送つて行つた丹嶺を何かしら気の毒にも哀れに」感じており、そこで、「やはり尼さんにも一人づゝの男の住職をあたへたいと思ひ、それによつて性欲上の完全な整理をしたあとで、よき伝道や、その存在をよりよくしたいとも考へ」るようになる。ここに、尼僧である前に一人の女性として、その性欲を満たしていくことが必要であるという認識に辿り着くのである。

この事件の後、順道にも変化が見られるようになる。

その眼つきにも、からだの上にも、烈しい空想になやまされてゐるらしく、いつも血色のよい皮膚をほてらしながら、（中略）何を凝視するといふこともない的のない目つきで、砂山や松林を縁側からぢつと見つめてゐるかと思ふと、こんどは台所の能く拭きこまれた板の間にべつたりと餅のやうに坐つて、盛りあがつたよく肥えたまるまるした膝の上に手を置きながら、永い間、さうした茫乎した姿勢をつづけてゐることがありました。

順道にははっきりと朱道が懐胎したことは告げられておらず、二軒の尼寺の庵主の間で解決への手順が進んでいた。だから、この事件について、何も知らされていない順道は朱道に目覚めたものが性欲であることすらわからずに、煩悶していたのである。しかしながら、順道の「目のそこには、これまで見なかつたハツキリした燃えるやうなきらきらした光がさし」、「朱道の目の底にも光つてゐた情欲に近いもの」が表れていることを「私」は見出している。

また、「私」は朱道を「寂しげな尼さんとして」ではなく、「美しい快楽」がもたらされた時の姿を脳裏に刻み、「この女を美しくするには異性が要るのだ。それに会はなければ一切が生きてこないのだ」という結論に至る。しかし、順道に関しては、確かに「あの美しい声のなかに一切がある。どうにもならない情欲の身悶えや、その生涯を封じ込めたやうな重い処女の肉体がある」とは思いながらも、これ以上この尼寺に留まることは順道が同じ経験へと進むことになると思い、私は「市街」へ帰ることを決意する。尼に性欲が必要であると考え、朱道の選んだ道を最善と判断した「私」ではあるが、順道から溢れる官能的な肉感を感じるだけで、尼寺から去り、「私」が順道と関係を持つことはない。「海の散文詩」を性的な〈官能描写〉を用いることによって「海の僧院」へと改稿することができたが、「私」と作中人物の間には〈傍観〉できるだけの一定の距離は保たれているのである。

ところで、「海の僧院」には新聞連載小説として、その独自な小説の方法も見ることができるのだ。周知のように新聞小説は雑誌に掲載される小説と違って、新聞というメディアの特徴を生かした物語構造をとっている。すなわち、毎日の一回分の掲載量に毎回山場を設定していくことによって読者を惹きつける構成を前提としているのである。犀星は『中央公論』の編集長滝田樗陰に見出され、小説を発表する場を与えられていった。当時樗陰のもとで記者をしていた木佐木勝の「木佐木日記」によると、樗陰は「幼年時代」を「近来出色の作品であると激賞し」、「性に眼覚める頃」を「非常に異色のあるもの」と述べ、「新発見の犀星に対して大へん力こぶを入れて」いた。[16] 大正九年に犀星は『中央公論』以外にも、総合雑誌、文芸誌、婦人雑誌、その他の雑誌などにおよそ四〇篇ほどの小説を発表していく。まさに犀星は短篇小説作家であった。その犀星が書いた初めての新聞小説では、その毎回の山場と〈官能描写〉が結びついて物語内容を魅力あるものにしていくことが行われているのである。

第一回は主な作中人物の紹介に費やされており、読者をこれから始まる「海の僧院」の物語世界に引き入れようとする導入的機能が見られる。さらに、ここに丹嶺や順道に対して官能的な表現が表れており、尼の「なまなましい」声、「若い妙齢の肢体」によって読者を一層惹きつける働きを担っているのだ。第二回では、作中人物のうち、隠居さんの経歴について記述されており、実在した人物「銭屋五兵衛の妾として送った彼女の八十年の生涯」を披瀝することで、その波乱に富んだ人生と、丹嶺や順道の女性性とを関連付けるような印象を読者に与えていく。また第二回と第三回にまたがるかたちで庵主の経歴と性格が記述されている。第二回の結末では庵主を「なりの高い男らしい品のある一寺の庵主としての重みをもつた人」[17]と記述し、第三回冒頭では「しかも、その物腰や言葉と舌たらずなところなどに、永久に処女がもつやうな初々しい声音がこもつてゐる」とあり、「男」

と「処女」という矛盾した表現を用いることで、庵主の男性的側面と尼としての女性的側面を引き出し、それを二日に分けて発表することで、読者に庵主の二面性を印象付けているのだ。

第四回から六回にかけて、「海の僧院」の主軸となる朱道が登場して物語を牽引していくとともに、第六回の結末部分に朱道が「何処か美しさの潜んだ媚態のある目をちよつと私に投げながら別れて行つた」と記述することで、朱道にも性的な表象が与えられていく。このように連載当初においては、毎回の山場と物語展開、随所に尼の官能性などを記述し、新聞小説の特徴に則って発表していることがわかる。だが、その特徴の悪しき点、つまり一日の分量を充たすための引き伸ばしも見られるのだ。例えば第九回や第一〇回には、物語の展開は見られず、下宿先の尼寺での一夜が記述されている。雨戸を叩きつける風の音に殊更大げさな反応を示す尼僧たちが描かれているのだ。しかし見方を変えれば、その「庭さきの末枯れた草を掻き分けるやうな、かさかさといふ乾いた音」、「莢のある草にでもふれたやうなときと、笹の葉ツ葉をわけるやうな音」が、朱道の官能性を引き出す例の「草」のイメージを想起させ、この尼寺の丹嶺や順道にもその誘惑が襲いかかるようなさまを伏線的に記述していると見ることもできよう。いずれにしても、新聞小説の形式に従った小説の構成がなされているのだ。

その分、冗漫な語り口や、間延びのした記述も散見されるのだが、回を追うごとに物語は展開され、丹嶺を「茨城」に送ること、朱道の密会と懐胎、そして「私」の幻影による煩悶、順道の性的な芽生えなど、それぞれのトピックが配置されていることがわかる。特に第二九回から最終回の第三四回までには、毎回のように朱道または順道が官能的に描かれており、物語の山場へと導く物語構成と〈官能描写〉が一体化して「海の僧院」が完成するのである。

このように、「海の僧院」は、〈官能描写〉によって他者を語る方法が獲得されただけではなく、新聞小説というメディアの特徴を生かした構成をとることによって、未完の詩から完結した小説へと転換することができた、以後の犀星の小説創作の方向性を示す重要な小説となっているのである。

三　〈傍観〉する語り手——映画的手法の発見

前節で見てきたように、犀星は自伝小説の一つの系譜として、金沢市の海岸沿いにある金石に下宿していた時期を舞台とした「海の散文詩」の中で、尼寺に住む尼僧たちを書き記そうとしたが、彼女ら他者を書き上げる方法を持ちえていなかった。しかし、新聞連載小説「海の僧院」として、改めて書き直していく過程で、女性を性的に捉える〈官能描写〉の方法を身につけ、さらに、新聞小説固有の方法をも手にしていったのである。特に、〈官能描写〉については、自己を書くことから他者を書くことへの小説の方法の転換を決定づけるものとなっていく。そして、この傍観者的立場に立って対象を書き記すという方法には、例えば、十重田裕一が、こうした犀星の小説におけるまなざしについて、「暗闇のなかで自分がまなざされることとなく、対象を一方的に見ることのできる閉ざされた空間＝映画館と密接なつながりをもつ」と指摘しているように[18]、犀星の映画への関心が深く関わっていると言えよう。

「大正三年の後半から翌四年にかけての約一年間、室生犀星の詩篇にチグリスという名の凶賊が出没する」ことに注目した井上洋子は、「その詩を生み出す熱気を含めて犀星は〈チグリズム〉と呼んでいるが、それは我々になじみ深い抒情小曲詩人としての犀星像に大きな修正を必要とするほどの変貌ぶりと言わなければならない」と指摘している[19]。そしてそれが映画からの影響であることを明らかにしている。生涯にわたり詩友として犀星と親交を深めていた萩原朔太郎は、犀星と共に見た映画「『T組』の凶賊チグリス及び美人探偵プロテヤ（浅草電気館）の一代記は詩人室生犀星をして狂気する迄に感激せしめた」と指摘している。[20]朔太郎の指摘する「T組」とは、一九一二年にイタリアのイタラ社で製作された"Tigris"という「T組の首領リベラツクと探偵ローランドとの大活劇に、リベラツクの妹リデイアとローランドとの甘い恋を絡らました探偵劇[21]」である。犀星はこの映画に刺激され、詩「凶賊TICRIS氏」（『アララギ』大正三・一〇）を発表した。後に犀星自身が自伝小説「泥雀の歌」（『新女苑』昭和一六［一九四一］・五〜昭和一七・二）の中で、「電気仕掛の壁が開くと、チグリスは妹の部屋に逃げ込んだ」が「手入れはつひに妹の部屋まで闖入したとき、チグリスはこれも電気仕掛になつた床の一部がそのまま、深く深く地下道に陥ち込む仕掛けになつたところに、落ち込んで自殺する」と解説する映画の結末部分は「凶賊TICRIS氏」で以下のように記されている。

金曜日午前チグリス氏在宅。
すずしき秋のあしたなり。
妹は紅茶を兄ぎみにまゐらす。
妹はチグリスの肩にもたれ
にくしんの接吻を為す。
いもうとよ
おんみはなにごとも知らず
またとこしへに知ることなかれ。

おんみの座し
おんみの臥すところの室内の器具。
すべては動き
すべては舞ひはじめるとき
電気仕掛の衝心するときあらば
おんみが肉身であり
世界にとりて凶賊であるわれの終だ。
おんみとも別るるの日なり。

壁や床が開きチグリスが逃げ込む場面が詩の形式では具体的に映像化しうる程度には十分に記されてはいない。しかし、この「T組」が一人三役の俳優によって撮影されているということは、後年に自伝小説を書く際の手法に大きく影響してくると思われるのだ。例えば、安智史は、朔太郎と犀星が観た「T組」をはじめとするこの時期の映画の特色について、以下のように指摘している。

「T組」登場前後の映画における同一人物の二重化（複数化）というモティーフ（中略）は、十九世紀後半以降の視覚的複製メディアの自己言及にほかならず、十九世紀視覚メディアの発達の極にあらわれた映画というメディアに、もっともふさわしいモティーフであったといえよう。(22)

いずれにせよ、犀星の大正初期の映画体験は「海の僧院」をはじめとした大正半ば頃の犀星文学の特色として反映されていくようになるのである。また、犀星は自身の創作活動と映画の関わりについて以下のように書き記している。

毎日のやうに仕事をして草臥れると、何処かへ行きたくなる。さういふとき大概私は活動を見にゆく。それは一つには誰も知つたひとのゐないところだけに、ゆつくりと気をおちつけることができるからである。いつも活動館のなかは人で一杯であるが、ふしぎに余り知人にあはない。から気が置けなくていゝ。たいがい浅草へまで出かける。雨でもふるとなほ行きたくなる。気持ちよく仕事の幾枚かを書きあげると、まづい楽隊と一しよに変に青白いかげをもつてゐる映画を考へるのである。電気館がいちばん落ちつけるやうな気がする。ずつと以前は下の土間の三等に坐つてゐたものであるが、このごろは特等にきめてゐる。帝国館もいゝが電気館ほどおちつけない。キネマは寒い。ズックの服をきたやうに寒い。千代田館へこのごろ、ちよい〳〵出かける。だいぶ親しみを感じ出した。(23)

映画が犀星の執筆活動には欠かすことのできないものとなっていること、そして、当時の浅草の映画館の様子をここから窺うことができる。続けて、犀星は「活動写真は、これから次第に変化することと思ふ。だから大概なものはどん〳〵禁止しないで貰いたいと思ふ。ことに浅草の活動館の西洋専門をやつてゐるところは、もうかなりに智識階級の看客が多いやうに思ふ」と記し、この時期に娯楽としての映画から、芸術としての映画へと変化しつつあることを感じ取っている。例えば、山田和夫は大正一〇年前後の映画界の動向について、以下のように指摘している。

一九一八年、帰山教正や村田実らの「映画芸術協会」による〝純粋映画劇運動〟がはじまり、小山内薫の「松竹キネマ研究所」が設立され、一九二一年に日本映画史の画期的な作品『路上の霊魂』が生まれ、栗原トーマスや小谷ヘンリーなど、ハリウッドがえりの映画人によって、アメリカ映画の撮影や編集の技術が日本映画にもちこまれた。(24)

このような映画技術の革新をはじめ、大正一〇年にはドイツの表現主義映画「カリガリ博士」が上映されるなど、特に大正一〇年は映画に関して特筆すべき年であった。続けて、山田は大正七年から昭和二年にかけての時期は、「日本映画の映画発見時代といえよう。それは一方において、とくにハリウッドの影響によって日本映画が映画自体の表現技法を学びとっていった時代であり、他方では新劇界の鬼才小山内薫らの映画進出によって、日本映画の創造内容を支配していた歌舞伎と新派に、西欧近代劇のリアリズムが対置され、導入された時代でもある」と指摘している。(25)

このような情勢のなかで、映画に関心を持つ文学者も出現した。大正九年、谷崎潤一郎は大正活映株式会社の第一回作品「アマチュア倶楽部」の原作を書き、以後顧問として大正活映の映画製作に携わるようになる。犀星もまた映画の魅力に惹かれた。だが、犀星は谷崎のように映画制作には携わらなかった。犀星は映画の手法を自らの小説に取り入れていったのである。

当時、犀星と親密な交際のあった百田宗治は、犀星について次のように述べている。

彼は主題から書かずに場景から書く作家である、その見地が一定してゐるだけに、或るちよつとしたシーンを摑へたゞけでも、五十枚百枚位はわけなく書けて行けさうな気がする、（中略）彼は足元から一歩一歩仕上げて行く作家である、概念から出発したものは感心しない、人道的と云ふやうなものは彼とは会はないと思ふ、言を換へて云へば、彼は思想、哲学、科学の作家でない、観察、色彩、シーンの作家である、室生の世界は形状（触覚）、色彩（視覚）、空気の三つだ――[26]

百田は別の論でも、犀星の描写に対して「それは究極写実である、奇怪な、光線と匂ひの加はつた写実である、幻影ではない、詩的描写と云ふものでもない、厳密に云へばそれは室生犀星独特の一種の写実描写なのである」[27]と指摘する。原仁司は「もし本当に犀星が「映画的」手法を活用していたとするのならば、各部分の描写の連続は何らかの細胞性ないしは有機性を保持し、ある一人の具体的な女性像として我々読者の前に顕現したはずである」とし、この時期の「犀星の描く女性の外貌は、一個の自律した人間像を有していたことが殆どなく、顔や身体の部分を印象的なショットで配列することにより、情念的インパルスだけが読者の方に伝播する態であった」と否定している。[28]しかし、それが犀星の他者をいかにして書きうるかという模索・実験段階における小説手法であり、本書後半で論じるように、後年映画的手法を完全に克服していく過程に位置づけられるものであるならば、このことは同時代の新たな試みとして評価することもできるだろう。犀星の描写は「シーン」に重きを置いたもの、つまり、映画の一シーンを撮影するかのように、一文ずつあるいは一場面ごとの描写に力を入れていく。犀星自身、「部分々々でもいいから、しつかりした気もちのいいものを書きたいのだ。どういふ作のなかにもその部分にきつとよその人にないものが現はれてゐるものだ。それさへあれば、その作は生きると思ふのだ」[29]と述べており、映画という新しい芸術の手法を取り入れることに積極的な姿勢を窺うことができるのである。

ここで犀星が映画に関する、あるいは映画的手法を用いた小説をいくつか挙げてみたい。

映画館で働く女性たちを描いた「藍いろの女」（『国民新聞』大正一〇・一・一）の冒頭は以下のように始まる。

藍いろの空気にはさまざまな女が生息してゐた。なかば洋風にこしらへあげた同じ藍いろの著衣は、肘からさきが露き出されるやうになつてゐて、うす暗がりの椅子のすみずみや、重いカーテンのかげや、階段の上や、その他いたるところの腐れた空気のなかに、あるものは生白く浮き上がり、あるものは踞み、あるものは重い西洋緞子のカーテンの埃深いかげで、ばちばちする南京豆を齧ってゐた。

何度も浅草の映画館に通いつめた犀星は、そこで働く女給たちを観察するだけでなく、映画館の雰囲気を醸し出すために「藍いろ」と表現していく。「うす暗がりの椅子」「重いカーテン」「腐れた空気」、そうした暗い鬱蒼とした館の中で働く彼女たちが見せるのは、「持前の悲しげな表情」であり、彼女らは、悲哀性を持ち合わせていたのである。彼女らは、時に、「お互ひにカーテンの隙間から布面をながめ合つて、いつとなく手を握り合つて涙ぐ」み、「あたし悲しくて――。」と「抱き合ふやうな姿勢で話す」ことがある。いつも「館内の藍いろのくらがりに慣れてゐるせゐか、どういふ女を見ても、皆いちやうに沈んだ開いた瞳孔をして」いる。「暗がり」の方が仕事が進み、観客の品定めもうまくいく。すべてが影の世界に属するように見える彼女たちであるが、その「藍いろ」の館内で輝くスクリーンの向こう側に、彼女たちは光を見出しているのだ。

胸元に黒子を描いたり、首筋に黒星を描くのは、スクリーンに映る女優からの影響であり、カフェで「コオヒイ」を飲む時も、映画女優を意識したような「妙な気取つた手つきでコオヒイのさじを把る」のである。しかし、幻惑的な月の光には、映写機のランプに似たほの暗い黄味がかった妖しい光を感じる。眺めながら、「あたし悲しいのよ」とセンチメンタルな気分に浸るのである。映画の幻想性とそこで働く彼女たちの「暗がり」が「藍いろ」という独特な色で表現されているのである。

『国粋』（大正一〇・四）に発表された「映像三品」は「幻影」「十字街」「雪虫」の三篇から成り、三つの映像を言葉で表現しようと試みたものである。全体的には一貫したストーリーがない。それぞれがカメラによって撮影されたシーンを集めて映写機にかけているような、映画的要素を積極的に持ち込んだ作風となっているのである。

「幻影」は、妻の死を望む夫が、妻と「郊外の停車場」への近道の「枯草の崖」を降りる場面から始まる。何の脈絡もなくそこから話が始まるので、どういう理由で妻の死を望むのか、男の考えを窺い知ることができないまま、場面は山手線の車内に移る。夫と離れて座る妻に、酔っ払った二人の労働者が絡んでくる。二人が執拗に妻につきまとう状況を夫は静観し、「にがい顔をしながらも、どの程度まで酔つぱらいが巫山戯るものであるかということを考へながら眺めてゐた」。電車を上野で降り、一度は車に轢かれそうになった妻を、「かばふやうに」したのだが、その後また「ひと息にあの自働車に引つかかればそれきりだつたが……」と妻の死を願うのである。この不可解な状況、不可解な夫婦関係、それらが何の脈絡もなく記されており、非常に筋が辿りにくい。そして、場面を切り取って提示したことによって不可解さが強調され、この夫婦の関係を異様なものにしていく。その違和感は夫の困惑を引き出していく。夫はその後夫婦の後を追う二人の酔っ払いの影を感じていく。その影に「ひと晩ぢゆう」「おびやかされた」夫は、静観していた電車内の光景を記憶に留めたままでいた。こうして夫の内面が開かれようとした瞬間、話は「十字街」へと移っていく。冒頭は以下のように書き出されている。

うす寒い晩方であつた。

本郷三丁目の電車交叉点に、一つの黒い影がちよろちよろと歩いてゐた。霜解けのあげくで軌道は濡れてゐたので、その影は、長い尾と四つの足とをもつてゐた。と見る間に、誰も気づかないうちに巣鴨行きがその小さい影の上を轟然と通り過ぎた。しかし彼れは吃驚したやうに此度は真砂町の方へ走り出した。その時上野広小路ゆきが静かにかれの小さな姿を覆ふた。

まず、路面電車や自動車が行き交う「交叉点」を、「黒い影」を持った「不思議な生きもの」が移動する様が映し出される。二方向からくる電車がその「黒い影」に近づき、「黒い影」はそれに轢かれまいと身をかわす。その「交叉点」には「信号手」「巡査」がおり、停留場では「婦人」が電車を待つ。これらの三人が映し出された後、再び「黒い影」が登場する。「黒い影」は「交叉点」を「やはりちよろちよろ動いてゐた」。自動車が「交叉点」を通過する。「黒い影」はそれを避ける。そうした光景に「信号手」も「巡査」も「微笑」し、「婦人」も停車場から「静かに眺めてゐ」る。「黒い影」はこの「交叉点」から抜け出さずに、電車や自動車を避けて「交叉点」を移動していく。「何処かの小僧」がこの「黒い影」を間近で見ようと「交叉点」へと走り出す。「小僧が近づくと、生き物は逃げやうとした。小僧は足で蹴りつけやうと、三度も空足をつかつて蹴りそこねたのであつた」。「信号手」の「危ない」という声に反応した「小僧」はすぐにそこから離れたのであるが、「生きものは、やはり轢かれもせずにちよろちよろ動いてゐた」。「幾台も電車」が通った後、「小僧」が「黒い影」のそばへ寄ってみるとその「黒い影」は轢かれて死んでいた。「巡査も信号手も、白い毛糸の婦人も何時轢かれたものであるかが分らなかつた」。しかし、「黒い影」が死んだ後も「かれら」の目にはその「黒い影」が「ちらつきながら動いて映つて」見えたのである。

いつ死んだのかが分らず、しかもこの「交叉点」から抜け出そうとしない「黒い影」は、それ自体が「交叉点」に映し出された幻影であるかのように、言い換えれば、この「不思議な生きもの」は映写機からスクリーンへ写し出される際の光の点滅のように、「黒い影」となってその場に居合わせた人物の網膜を刺激する。光と影の「交叉」する地点、都市の交通路が「交叉」する地点、そこは近代以降の都市空間に出現した、それまで体験したことのない速度を出す自動車や電車が、「幾台も」縦横に通過する場所である。眼前を車が通過する、その速度によって人間の目には車体もまた出現と消滅を繰り返すように映し出される。この「黒い影」は、そうした視覚の錯覚によって生み出された幻影の象徴であるのみならず、「小僧」が「足で蹴りつけた」ことで、実体化した存在でもあったことがわかるのだ。

「雪虫」は会話のみで構成されている。最後にのみ「兄ひとり寂しく微笑す」とト書きのような一文が加えられている。犀星が戯曲を書き始めたのは大正一三年からであるが[30]、大正一一年には小学生向けの童話的対話劇を二本、『小学男生』に載せている[31]。だが、それよりも以前に対話作品として「雪虫」を発表しているわけである。これを犀星戯曲の萌芽として見ることができるだろう。二人の少年「彌つちやん」と「すず子」の兄が炬燵に入って雪虫を見ている。そこに「すず子」が登場し、子供らしいとりとめのない話をしていく。この「雪虫」は子供たちの会話のみで記されいく。「彌つちやん」と兄の会話、「彌つちやん」と兄と「すず子」の会話、兄と「すず子」の会話と、大きく三つのシーンに分けることができよう。会話のみによる登場人物の性格分けを試みているとみるならば、大方成功しているといえるのではないだろうか。

四　おわりに——小説の方法の潜在性

これまで見てきたように、大正九、一〇年に発表された犀星の小説には、自伝小説を書くことによって遭遇した、他者を描くことの困難さを、傍観する語り手の位置から、性的な〈官能描写〉、映画的手法を駆使することで克服していったことが窺える。やがて、これらの方法もまた克服されていくのであるが、これらの試みの中に、犀星が後年見出した自伝小説の方法が垣間見えるのだ。しかもそのことに、犀星自身は気づいていなかったのである。

例えば、前節で見た映画的手法によって記された作中人物は、幻影が実在のものとして作中で機能していく可能性を持っており、そのことは、人工的な影（虚構）が現実を作り出しているという関係に当たると言えよう。また、〈官能描写〉によって記された女性表象にも、ある特質が窺えるのだ。「海の僧院」で記された丹嶺や順道のように、この時期の犀星の小説には、相反する性格を二人の女性に分けて描くことが多かった。例えば、「美しき氷河」には半玉のお吉とお鶴が対照的に描かれている。

お吉のからだからはいつも脂こい匂ひがしてきたが、わたしはその執こいむんむんするものが好きだつた。悩ましく苛々と心にまで絡んでくるやうな匂いだ。私はその匂ひをかぐときに、私のからだからもそれと同様な匂ひが発せられて、それが雑つて湧き立つやうにおもはれた。

「私」は一四歳のお吉に対して、「むず痒い性欲的な、どろどろな穴へおしこめられるやうな気もちになつて、ぢつと闇の中に咲いた黒ずんだ牡丹のやうな顔を見するゐるごとに、いきなり飛びつきたくなるやうな、烈しい情欲をかんじ」ていく。それに対し、お鶴は、「暗い陰気な話になるとお鶴が急に元気にな」ったりして、お吉とは対称的に陰鬱さが表れており、「私」とお吉が海岸ではしゃいでいるのを「寂しさうにこちらを向いて眺めてゐる」のである。密かに「私」に好意を寄せているかのようなお鶴に「私」も気にかかってはいた。芸妓学校では一番成績のよいお鶴を、その姉は半玉よりも学校の教師に向いていると思っている。「私」はお吉には感じる性欲をお鶴には感じられず、むしろ「精神的な美しさ」をお鶴に見出そうとしている。こうした肉体美と精神美をそれぞれ個別に称揚していくさまが窺える。この女性に対する美について、犀星は「精神的の美は永久性があつて肉感的美は瞬間の幻のやうな気がします(32)」と書き記している。第一〇章で述べるように、犀星は後年、一人の作中人物が持つ相反する感情に関心を寄せることになるが、この時点では永久と刹那という相反する状態を一人の作中人物に当てはめるまでには至ってはいなかったのである。

無論精神美と肉感美を完全に備へてゐる女が好きですけれど、併しさう云つて容易に理想的な人があるものではありませんから、何処か一つの美、たとへば眼とか、手とか、表情とかの美や、心の美とか云ふやうなものがあれば好いと思ひます(33)

傍観的な立場から他者を捉えていく方法によって、犀星は他者を書き記すことが可能となったが、外側から対象を捉える限りにおいて、人物の一面しか捉えられないことは言うまでもない。他者の内面を捉える方法に至るまでにはもう少し時間が必要だったのである。

また、犀星が初めて書いた新聞小説「海の僧院」では後年自身が自覚的に行っていくようになる新聞小説の方法に則っていた。「海の僧院」連載の後、犀星は大正一〇年に二作[34]、大正一一年に一作[35]、昭和期に入って戦前には四作[36]新聞小説を書いている。この新聞小説について犀星は後年以下のように書き記している。

新聞の連載小説に縁のない私は大毎に一度、報知に一度、都新聞に一度書いたきりで作家生活十八年のあひだに、私はまるで新聞小説といふものとは凡そ関係のない、薄莫迦みたいな生活をしてゐた。何処からも私を起用してくれる新聞社もなかつた。何人も作家は新聞小説を書いて物質的には気を腐らせずに、その日その日の分量を護つて十分に好きなことを書いて、十分に能く眠つて、十分に手腕を揮ふ時を得なければならないのに、私は四年前、都新聞に書いた前後十年間はまるで新聞小説を書いたことがなかつた。[37]

しかし、最初の新聞小説「海の僧院」で新聞小説の方法に従った完全なるフィクションを書き上げたことは既に述べた通りである。例えば、これまで「海の僧院」について、「前年に、作家としての出発を遂げたばかりであるから、自伝的な初期作品の範疇に「海の僧院」も入るのは当然[38]」という見方がなされてきた。しかし、「海の僧院」には自伝小説を書こうとして書き得なかった他者を、〈官能描写〉によって書きえたということ、そして新聞連載小説として読者に物語を提示しようとする意図を見ることができる。また、「海の僧院」が収められた小説集『蒼白き巣窟』（大正九・一一、新潮社）には犀星の以下のような序が付されている。

「蒼白き巣窟」は私の自伝小説の第二部としてもよい。また別な創作集としてもよい。しかし内容については、さきの集と引き続いた心持や体験が交はり流れてゐて、第二部とした方がおとなしさうに思へる。また、性《（ママ）》に眼覚める頃」から私のだんだんに歩いた道を知ることもできるからである。

この〈官能描写〉は自伝小説集として読むことを求めていく犀星の意図とは離れ、自伝小説として括ることのできないものとして見なされていくようになる。[39]『蒼白き巣窟』は〈自伝小説〉として宣伝された『性に眼覚める頃』と同じ新潮社から刊行されており、「異常驚く可き官能描写の極致を此の集に看よ」という広告文[40]によって発売されている。〈官能描写〉の成功が〈自伝小説〉として読むことを制限しているだけでなく、犀星自身がこの〈官能描写〉の小説を書き続けることからも、こうした戦略に意識的に参加しているようにも考えられるのだ。事実犀星の小説は、「あゝ無茶苦茶に沢山な作品を発表されると、手あたり次第目についたもので批評するより他仕方がない[41]」と評されるように、数多くの〈官能描写〉による小説を発表していくようになる。

室生氏の『蛇性』と云ふ作物はヒステリックな出戻の女に、とかげや幽霊のやうな男をあしらつて、性欲と凄ごみ半々の傀儡劇を例の魚臭いペンで書き上げた御手軽な官能描写で、例へやうもなく不必要な、不真面目な感じを与える作物だ。或る姉妹が画家と関係したと云ふ『悩ましい』事実を、何の目的があつてあれほどの遊戯文学で読者に読ませる必要があるかは疑問である。[42]

次第にこれらの同時代評のような批判が犀星の小説に向けられていく。しかし、犀星の小説は〈官能描写〉が可能となる語り手の、対象を傍観する姿勢をも次第に揺るがしていくことになる。第三章で述べるように、これまで一方的に見続けてきた立場を転倒していく小説「香爐を盗む」や、第四章で述べるように、他者を語ることが自己を語ることになるという小説「心臓　退屈な孤独と幽霊に就て」によって、これまでの小説の方法を乗り越え、新たな小説創作に取り組むことになるのだ。

（1）生田長江・森田草平・加藤朝鳥共編『新文学辞典』（大正七・三、新潮社）所収の「感覚的描写」の項目には、「感覚を主として描写すること。又官能描写ともいふ。」と定義されており、〈感覚描写〉と〈官能描写〉はほぼ同義で用いられていた。藤井淑禎は「『それから』の感覚描写」（『漱石研究』第一〇号、平成一〇・五）で、「明治四十一、二年頃を境として感覚描写の試みは目立つようにな」り、「大正二年頃の「感覚芸術」ブームに向けての流れをかたちづくっていく」と述べ、田村俊子の大正初年代の小説によって「すでにそれ以前からいろんな作家によって試みられつつあった感覚的な表現や描写が、「感覚描写」の台頭・隆盛、というかたちで総括されることになった」と指摘している。犀星の場合、それが特に性的なものに対してなされていたと言えよう。
（2）道村春川（加藤武雄）「前月文章史」（『文章倶楽部』大正九・六）。
（3）尾山篤二郎「――四月の創作を評す――△「鮫人」「秋」其他（上）」（『時事新報』大正九・四・一七）。
（4）岡田三郎「十一月文壇の印象」（『文章世界』大正八・一二）。
（5）原田実「二月の創作（僅かに自分の読んだものに就いて）」（『早稲田文学』大正九・三）。
（6）室生犀星「草の上にてする文話」（『文章倶楽部』大正九・八）。
（7）大塚博「室生犀星稿（二）――「結婚者の手記」と二つの系譜――」（『跡見学園短期大学紀要』二二号、昭和六一・三）。

（8）児玉朝子「室生犀星「結婚者の手記」考」（『室生犀星研究』第二二輯、平成一三・五）。
（9）本多浩『室生犀星伝』（平成一二・一一、明治書院）。
（10）室生犀星「加能作次郎氏」（『天馬の脚』昭和四・二、改造社、初出未詳）。
（11）「海の散文詩」掲載号の『感情』（大正八・七）「編輯記事」には「私の散文詩は、来月十頁ほどで完結する予定」とあるが、『感情』誌上で完結することはなかった。
（12）『報知新聞』の第一面に連載小説の欄があり、「海の僧院」の前には宇野浩二「女人国」が、「海の僧院」の後には徳田秋声「春から夏へ」が連載されている。
（13）船登芳雄「「海の僧院」」（『室生犀星研究』第七輯、平成三・一〇）。
（14）船登、前掲論（注13と同じ）。
（15）大橋毅彦「絡みつく蔓草の変奏空間」（『室生犀星への／からの地平』平成一二・二、若草書房）。
（16）木佐木勝『木佐木日記―滝田樗陰とその時代―』（昭和四〇・一二、図書新聞社）。
（17）初刊本『蒼白き巣窟』（大正九・一一、新潮社）では「男らしい」のままだが、犀星没後に刊行された新潮社版全集第一巻（昭和三九・三）以降「女らしい」と訂正されている。
（18）十重田裕一「顔のマニア――犀星の昭和初年代への視角」（『昭和文学研究』第三五集、平成九・七）。
（19）井上洋子「〈凶賊チグリス〉の行方――室生犀星と言語革命――」（『日本近代文学』平成五・一〇）。
（20）萩原朔太郎「所感断片」（『上毛新聞』大正四・一・一）。
（21）『キネマ・レコード』（大正三・六）。
（22）安智史『萩原朔太郎というメディア――ひき裂かれる近代／詩人』（平成二〇・一、森話社）。
（23）室生犀星「活動写真雑感」（『電気と文芸』大正一〇・一）。
（24）山田和夫『映画芸術論』（昭和四三・五、啓隆閣）。
（25）山田、前掲書（注24と同じ）。
（26）百田宗治「変態性欲の現はれ」（『新潮』大正九・七）。

(27) 百田宗治「室生犀星論　この自由なノートを以て犀星論に代へる」(『サンエス』大正九・一〇)。
(28) 原仁司「映画」(『論集　室生犀星の世界（下）』平成一二・九、龍書房)。
(29) 室生犀星「作者の感想　霊魂と精神の燃焼」(『新潮』大正九・六)。
(30) 大正一三年六月、『我観』に掲載された戯曲「人物と陰影」が最初の戯曲とされている。
(31) 「対話　蝿と蟻との話」(三月)、「対話　甦つた蝿――蝿と蟻との話、その二」(四月)はいずれも『室生犀星文学年譜』では「童話劇」とされている。
(32) 室生犀星「女性の美に就て（上）」(『読売新聞』大正九・五・一四)。
(33) 室生犀星「女性の美に就て（下）」(『読売新聞』大正九・五・一五)。
(34) 「蝙蝠」(『大阪毎日新聞』夕刊、大正一〇・三・二九〜五・六〔三三回〕)、「金色の蝿」(『報知新聞』夕刊、大正一〇・七・二八〜一〇・一三〔七五回〕)。
(35) 「走馬燈」(『大阪毎日新聞』夕刊、大正一一・二・二一〜五・二〇〔四五回〕)。
(36) 「青い猿」(『都新聞』昭和六・六・一一〜八・二二〔七三回〕)、「人間街」(『福岡日日新聞』夕刊、昭和一〇・七・一六〜一一・二四〔一〇九回〕)、「聖処女」(『東京朝日新聞』夕刊、昭和一〇・八・二三〜一二・二〇〔七八回〕)、「大陸の琴」(『東京朝日新聞』昭和一二・一〇・一〇〜一二・一〇〔六一回〕)。
(37) 室生犀星「新聞小説に就いて」(『新潮』昭和一〇・一一)。
(38) 船登、前掲論（注13と同じ）。
(39) 澤正宏は「『青白き巣窟』を構成する九作品には自伝小説としての相互に緊密で有機的な関連性があるとはいえない」と述べ、それでも冒頭に収められた「青白き巣窟」には「堕落した生活からはい上がらせてきたものの確認という動機で書かれた、小説集『性に眼覚める頃』に続く自伝作品ということになる」と指摘している(「「蒼白き巣窟」論――二番目の自伝小説の意味について――」、『室生犀星研究』第五輯、昭和六三・七)。なお、「蒼白き巣窟」は『雄弁』(大正九・三)で内務省の検閲により全文削除となり、同年一一月に全文のうち約一万字が伏字のまま、短篇集『蒼白き巣窟』(新潮社)に収録された。なお、全文の公開は『蒼白き巣窟』(昭和五二・五、冬樹社)によってなされた。

(40)「あらゆる淫蕩と、あらゆる汚濁と、あらゆる罪悪とを集めたる売春窟の生活を活写して、その淫蕩と汚濁と罪悪の裡に、なほそれ等を超えて美しく輝く人間性を描き出せる長篇「蒼白き巣窟」を巻頭とす。この篇さきに某誌上に公にするや。官憲の忌むところとなりて忽ち発売を禁止せらる。今、一二の改訂を加へ、本書に収めて再び世に出でたる也。鋭敏を極め精緻を尽したる異常驚く可き官能描写のこゝに好箇の題材を捕へて、遺憾なく作者の特色を発揮し尽せるもの、近時創作壇の一大収穫として珍重す可く、これに添へたる「二本の毒草」「泥濘の町裏にて」等、亦作者が近業中最も会心の諸作也。敢て大方の愛読を待つ。」(『新潮』大正九・一一)。

(41)中戸川吉二「二月の文壇評(一)」(『時事新報』大正一〇・二・三)。

(42)前田河広一郎「普通席から見た文壇(五)」(『読売新聞』大正一〇・一一・二一)。

第三章 〈変態〉を表象する〈感覚〉——「香爐を盗む」の方法

一　性欲と犀星文学の〈感覚〉

千葉亀雄が「新感覚派の誕生」（『世紀』大正一三［一九二四］・一二）で横光利一、川端康成ら『文芸時代』同人の文学を新感覚派と命名する際に、彼ら以前に〈感覚〉を有する作家として唯一名を挙げていたのは室生犀星であった。「人生における直接官能の働らきを、ことに鋭く重く視る作家」として「一時の文壇に、一種の悚動を与へた」と指摘している。しかし、「室生氏の創作は、官能の享受においては異常な敏感があつたが、それを感覚として発表するには、まだ醇化しきらない混濁と古さとがあつた」と留保することで、犀星文学の〈感覚〉は新感覚派に対して「未成長」なものとして差異化され、以後もその〈感覚〉の内実は具体的に検討されてこなかったと言える。

一方で、犀星の小説に見出されるのは「性的雰囲気の描写に於いて不思議な効果を出してゐる」「特異な感覚」[1]であり、やがて「視覚的な言葉をもつてしては充分特性附けられない」「触覚型の作家」[2]と見なされていくようになる。このように次第に性欲的、官能的なものに焦点化されていく犀星文学における〈感覚〉は、犀星が小説を書き始めて間もない大正一〇年前後に特に目立っていたと言える。例えば、「女はもう卅に近かつたが、白い餅肌を思はせるやうな、豊富な脂肪質で、しかもやや近眼にありがちな心持ち出目な、非常に強度な金縁眼鏡をかけてゐた」（「二本の毒草」、『雄弁』大正九・四）という一節や、「私も女と同じく長長と寝そべつて、その細長い顔と中肉の堅く緊つた頰やあごや、絶えずぴくぴくする喉のあたりをながめた。それは胸や腹ばかりではなく、腰から太股のあたりまで人間の呼吸が波うつてゐるものであること、ことに踵や其指さきまでも呼吸をしてゐるものであることを、私はしみじみ眺めた」（「夏葱」、『文章世界』大正九・八）という一節には、女性の身体の官能性、肉感性を強調していく〈感覚描写〉〈官能描写〉がなされている。この時期「室生氏は其の蒼白い繊細な官能描写に文壇を驚倒せしめ」[3]ており、「どうかすると室生の芸術そのもの迄が一種変態性欲の特殊の現はれではないか」[4]、「女を描けば必ず姦淫を思はするものは室生氏なり」[5]というように、犀星は「変態性欲」作家と称されていたのである。

だが、この時期の犀星の文学に見られる〈感覚〉は性欲的、官能的なもののみを表象していたわけではない。「従来の室生氏の作品とは、一寸傾向を異にしたもので」「性欲的描写をワザと避けたもの」[6]と評された小説「香爐を盗む」[9]（『中央公論』大正九・九）は、発表当時「氏の新しい境地」[7]「一つの飛躍」[8]を示すものと見られていた。物語は女と長年一緒に暮らしてきた男が酌婦のもとへ毎晩のように通い、二人が不仲となっているところから書き出される。家に一人残された女が嫉妬心から男の外での行動を想像していくうちに神経が研ぎ澄まされ、やがて幻聴、幻視を来していく。結末で女は、幻視した男の行動を男が持ち帰った香爐の蓋の存在によって事実であると確認し狂死するのである。女の嫉妬心がもたらした幻聴、幻視や、それをめぐって男の神経や感覚が狂わされていくことなど、この小説では性的なものよりも登場人物たちの異常心理の様相に注目させられる。そして、女の嫉妬、幻聴、幻視、ヒステリーといった異常心理を描くことが、おそらく奥野健男がこの小説の「女性の深層心理のとらえ方」に見出していた「文学的冒険」や「実験」性[10]の内実となっていると思われるのだ。

これらの異常心理現象は、「変態性欲」と同じ精神病理学説に基づいた当時の「変態心理」言説によって意味づけることができる。「変態心理」とは、雑誌『変態心理』を創刊した中村古峡によれば「普通の精神状態から逸脱してゐる有らゆる異常な、若しくは特殊な心理作用を総括している名称[11]」である。そして、そのような異常心理によって生じた精神的疾病の一つが「変態性欲」なのだ。本章は「香爐を盗む」における女の異常心理を「変態性欲」および「変態心理」言説に沿って考察することで、これまで「変態性欲」作家の小説とされてきた大正一〇年前後の犀星の文学が持つ〈感覚〉の内実として、性欲や官能といった表象が登場人物たちの抱える「変態心理」によって意味づけられる〈感覚〉であることを明らかにしていきたい。そして、そのことは、「変態性欲」を含む「変態心理」言説に広く関心を寄せていた犀星の〈感覚〉を、千葉亀雄の指摘する新感覚派の感覚とは異なる観点から捉え直す契機となっていくだろう。

二　性欲の時代と「変態」言説

「香爐を盗む」のテクスト上で目立つのは、女の身体が「白葱のやうな首すぢ」、「つめたい亀のやうに痩せた皺」、「長い蛇のやうな白い手」、「乾した鰯のやうにほそれきつて」など、専ら性的イメージとかけ離れた身体表象によって語られていることである。そのことは、冒頭近くから女の様子が以下のように「病的」な様相を呈していることと通底しているのだ。

実際、女は日に日に痩せおとろへてゐたのである。あごの尖つたのや、ほつそりと顔全体が毎日鉋をかけたやうに剝がれてゆくのや、病的に沈みきつて蒼みをもつた皮膚が、きみの悪いほど艶を失つて喉のあたりまで白く冷たく流れこんでゐるのや、それらは永く正視できないほど憂鬱に凝り上つてゐるものに見えた。

これら過剰なまでの女の病的な身体表象は、それ自体がグロテスクであるとともに、女の神経が異常を来しているさまをも窺うことができよう。また、この時期の犀星の小説に顕著な専ら男性化された語り手によって女性の身体が語られていくという構図も踏襲しているのである。[12] 児玉朝子は「香爐を盗む」の「女が変質的で非人間的な存在として語られ」る理由を「語り手と男の視線」によるものだとし、それは語り手が「能動的性をもつ女への嫌悪」を見出しているからだと言う。[13] たしかに、「香爐を盗む」の不気味な女性表象は「語り手と男の視線」によるものには違いない。だが、後述のように物語後半においてこれまで女を不気味な存在と見なしてきた男が、常に女に観察されているのではないかという強迫観念にとりつかれ、やがて幻聴・幻視という女の症状が感染していくことを考えると、この表象は「嫌悪」とは別の観点から捉える余地があると思われる。そこで参照したいのが「変態性欲」「変態心理」言説なのだ。

古川誠が指摘しているように、「〈性欲学〉の登場・流行」によって最も「性をめぐる言説の中心に性欲が位置するようにな」った大正一〇年は、「性欲の過剰、欠如、衰退そして異常にたいして人々の意識が集中していく」年であった。[14] そして、厨川白村が「文芸と性欲」（『日本一』大正九・一〇）で「近代人の疲労、退廃性、病的性質、敏感な神経質から、性欲は文芸に現はれた人間生活の更に一層大きい重要な一現象として取扱はれるに至つた」と指摘しているように、社会の近代化によって蝕まれていった人々の精神の「病」が性欲への関心を高めていくという見方が強まっていた。そのことを「刹那的享楽主義」と呼ぶ米田庄太郎は『現代人心理と現代文明』（大正八・七、弘文堂書房）の中で「不知不識に性欲を濫用するに至れる現代人は、性欲的興奮を助長し、性欲的情緒を強める補助手段として、是れ又不知不識にポルノグラフイック、リテラチユアや、肉感挑発的な、或は肉感挑発的な意味に解し得らるゝ文芸上の著作、又は芸術上の製作を要求し、歓迎するに至れるもの」と推察しているのである。

このような性欲言説が隆盛していく中で、「変態」が前景化してくる契機となったのは、やはり「脳神経系をその座とする「性的衝動」（Sexualtrieb）の病理として、性における心理的精神的疾病を位置づけた」[15] クラフト＝エビング“Psychopathia Sexualis”の日本語訳『変態性欲心理』（黒沢良臣訳、大正二・九、大日本文明協会）であろう。斎藤光によれば、この翻訳書が出版されたのち、「より通俗的で、一般的に手にはいる、「変態性慾」をテーマとした書物」羽太鋭治・澤田順次郎『変態性欲論』（大正四・六、春陽堂）の出版と、「一般の人々を読者として、しかし、学術色を完全には脱色させない、「変態」をテーマとした雑誌」『変態心理』（大正六・一〇〜大正一五・一〇）の創刊によって、「「変態心理」「変態性慾」そして「変態」が、大正中期に、思想と世相の流行となっていったのである。[16]

「変態心理」言説の中心となっていた雑誌『変態心理』には「夢、性、幻覚、妄想、催眠、狂気、犯罪、迷信、宗教、暴動、等々、合理的には説明できない個人集団としての人間のさまざまな変態心理現象を広く拾い上げ、それらをあくまで科学的に解釈しようとする姿勢」が見出されると言う。[17] 例えば、創刊者の中村古峡は『変態心理』誌上の狂気に関する論文で幻視や幻聴を以下のように定義している。

幻覚は一口に虚偽の感覚と定義される。例へば患者は実際に存在しない事物を見、又は想像的の声を聞くのである。幻覚は其の虚偽の感覚の現はれる器官に応じて、これを幻視、幻聴、幻触等と名づけられる。中でも幻聴が最も普通である。其の「声」は或は愉快な性質の言葉であることもあり、又不愉快な性質の言葉であることもあるが、要するに其の患者の日常生活に最も密接な関係ある事物に関することが多い。[18]

「変態心理現象」として「科学的」に定義された幻聴や幻視は、一方で、「変態性欲」言説においても定義されていた。「変態性欲」言説の流行に寄与したとされている前掲の羽太鋭治・澤田順次郎『変態性欲論』には、嫉妬、幻聴、ヒステリーがいずれも「色情的精神病」という「精神の障礙より、色情に異常を来たせるもの」として記されている。別名「妄想狂」とも言う「偏執狂」の「主なる症候としては妄想を有し、而して其の妄想は、初めは不定なるも、漸次日を経るに従ひて、確定し、遂には動かすべからざるもの」となる。この妄想には「色情妄想」「嫉妬妄想」「姦淫妄想」「被強姦妄想」があり、いずれも「情欲」に関わる妄想であると見なされているのだ。また、幻聴は「衰弱狂」によるものだとされている。

又の名を妄覚狂と称す。意識は明瞭なれども、突然に幻聴現はれ、隣室又は空中に於いて、己れを誹謗し、或ひは男女の耳語、自分の妻が、他人と密会しつゝある気勢など、手に取るが如くに聞こえ、或ひは遠方より命令を発するもののあるを聞くことあり。

「衰弱狂」もまた「色欲は多く亢進し、或ひは病的異常となりて、猥褻行為をなすことあり」ということが記されているのである。そして、ヒステリーは「比斯的里狂」のこととされており、「特に婦人に多く、謂はゆる比斯的里性格を呈す。比斯的里性格とは、感受性甚だ亢進して、落ち著かず、動作軽率、想像力強大にして、虚言を為すこと多きものを謂ふ」と書かれているのだ。「比斯的里性発作」には「幻覚性錯乱状態」が、「比斯的里性諧謔妄状態」には「妄覚」が多く現れるという。ヒステリーもまた「嫉妬妄想」という「色欲」を伴う「病」とされていたのである。

雑誌『変態心理』誌上のヒステリー言説にも「ヒステリーは感情の変態であるから従て肉体的感情にも種々の異常があつて、色欲異常（亢進、欠乏、倒錯）や食欲異常其他のものゝ起る事がある」という指摘[19]が見られる。「変態性欲」「変態心理」言説においては嫉妬、幻聴、ヒステリーは異常性欲をもたらすものだという見方が強かったのである。幻視、幻聴、ヒステリーといった現象を犀星が小説の題材に選んだということは、犀星がことさら「変態性欲」言説のみを受容していたというわけではなく、「変態心理」言説も含めて広く「変態」言説に関心を寄せていたのではないかということが窺われるのである。

三　犀星と「変態」の接点

ここで嫉妬、幻聴、ヒステリーが「香爐を盗む」においてどのように描かれているのかについて見ていきたい。

「男の出掛けぎわに故意と視線を外らしたことや、口へまで出てわざと黙つた素振りをしたことなど」を女は「上目をしながら神経深くなつて」次々と考え込んでいく。些細なことに向けられていく女の神経は、「男の室に、男のゐないときに不思議に起る咳の音や、畳ずれのすることや、何か小言をいふらしいけはひなどが、よく空耳を襲う」幻聴となって現れる。やがて、女の神経は男の行動をも見通していくようになっていく。例えば、男が夕方外出のために着替えをしていると、勝手口で食器を洗っている女の「手がぴりぴりと震え」、大きな水瓶に溜まった水を「さかんに燃えるやうな一つの火になつたかと思ふほど、眇になるほど、強烈な凝視をつづけ」た後、男よりも先に玄関に向かうのである。

男が酌婦に会っている頃、女は「永い間壁や障子を見つめて」いるうちに、「影のやうなものを障子や壁のそとに映し」出し、男と酌婦の姿を幻視していく。「壁のうしろに（実際はそこは隣りとのさかひ目であるが。）もう一つ室があつて、そこには電燈があかるく吊されてあり、白々した光を放つてゐるのまで瞭然と目にうつつてくるのであつた」。女の幻視の世界では「何よりもはつきりと目に見えるのは男の姿」であって、酌婦の姿は実際に見たことがないゆえ、以下のようにしか幻視できない。

女のはうは影のやうにぼんやりして、いくら能く見ようとして眼をすゑても、だんだん小さくちぢんで遠くなつてゆくやうな気がした。しかしその不分判なむしろ朦朧とした顔つきにも、にんがりと踏みつぶしたやうな妖艶な微笑がうかんで、ことに黒ずんだ部厚な唇はまるで一疋のゐもりのやうに跳ね返つて、はげしい肉情のまとになって見えてくるのであつた。

ここで注意したいのは、女の「異常な精神」によって幻視されたものが、クローズアップされた酌婦の「真赤なゐもりのやうに泳いだりする微笑された口もと」であるということだ。酌婦の唇はそれ自体性的象徴としてテクスト上で機能している一方で、「肉情のまと」として女の嫉妬心を駆り立てていく。[20] 酌婦を性的に幻視するという「嫉妬妄想」を現出させる女の異常な神経状態がまさに「変態性欲」なのである。

また、「ゐもりのやうな唇をしてゐる女」を幻視した夜、女は男が寝静まった後に以下のような行動をとっている。

女は着物をきかへながらほつそりした胸を鏡にうつして、女自身もふしぎに痩せほそつたからだをつくづく眺めこんだ。ちいさい乳房や鳩胸のさびしい高まり、それに喉ぐちがほつそりと上へ向けて伸べられてゐた。喉のうへにはれいの蒼白い首があつた。女は全身のなまなましいからだから放つ紙のやうな白さを、夜更の冴えた電燈にさらしながら、ながい間見つめてゐるうちに、

ふふ……と微笑んで見た。また、こんどはきつとした真面目な緊張した表情をして、目をいからして見た。かと思ふと、またきうにうつとりと媚びたやうな艶めいた目つきをしたが、それらをいきなり取り崩すやうに又微笑つてみせた。白い歯があらはれた。寒かつた。

ここには女が鏡に映し出した自身の「痩せほそつた」裸体に性的なイメージを重ねようとしていることが窺える。犀星は後年になって、「僕は変態性欲の作家ではないが、さういふ種類の心理を描いたことも屢々あるし、変態性には少からぬ興味を持つてゐる」と述べた際に右の一節を引用し、女の行動の「動機が性生活から発想さ

れてゐて、或る意味で大抵の女が持つ常態でない変質的な気持であつて、変態性が全然皆無な人間がゐないことの一例にもなるのだ」と説明している。[21] もちろん、作中では男女間の「性生活」は描かれてはいない。だが、「ゐもりのやうな唇」という「肉情のまと」を幻視することが「嫉妬妄想」であったように、この行動は女がかつて行われていたであろう男との「性生活」を思い描き、自身の裸体に性的なものを見出そうとする「色情妄想」として意味づけられるのだ。

このように、「香爐を盗む」における性欲的、官能的な表象は、これまで犀星が書いてきた女性の肉感に迫る〈感覚描写〉とは異なり、異常心理が異常性欲を生み出していくという「変態性欲」「変態心理」言説に寄り添ったものとなっていることがわかる。その後、女の神経は外出先から帰宅する男の足音までも「一歩、二歩、三歩……。」と正確に把握することができるようになっていく。そして、毎晩数時間も行われる「恐ろしい驚くべき緊張と凝視との世界」は、ますます女の神経を衰えさせ、しまいには男の足音が「一二三四五……。」と女の無意味な独り言として「何の理由もなく繰りかへされ」るようになるのだ。ここにきて女の症状は医者から「脳神経衰弱」、「殆精神病者に近い憂鬱症」と名づけられるのである。

ところで、犀星の「変態性欲」への関心は、犀星が一五歳の少年の頃を描いた自伝小説「抒情詩時代」(『文章世界』大正八・五)において既に見ることができる。面と向かって女性と接することが苦手で、雑誌の挿絵などに描かれた女性に愛情を注いでいた「私」は、やがて芝居に関心を寄せていく。その際以下のような「私」の性癖が語られている。

私はまるで女のやうに、女形になる役者が好であつた(私は後にクラフト・エービング氏のものを読むやうになつて私の性欲を理解した)。(中略) その腰つきや、声音などから来る不思議な、感覚を偽られてゐるに拘はらず、私を魅惑して来る力は大きかつた。

犀星が少年時代に感じたものは、後に読んだクラフト゠エビングの書物によって「変態性欲」として意識されていたことがわかる。また、犀星はこの時期エビングだけではなく、海外の「変態心理」言説を意識的に受容していたと考えられる。長篇自伝小説「弄獅子」の一節に結婚直後の経済的困窮から「自分は恩地孝四郎が持つて来てくれた仕事で、性欲学といふ当時の洛陽堂から出る書物の原稿を書き、エリスやフツクスなどを調べ、変態心理の実例を録するために毎日頭の悪くなる原稿を書くのであつた(22)」とある。

例えば、藤森淳三が「室生犀星論」(『新潮』大正九・八) で「室生氏の感覚描写が肉感的であることは、彼が性欲の旺んな人であることを意味する」と指摘していたように、時に自らの人格と重ねられ、犀星の「変態性欲」言説の受容の中で、特に〈感覚〉における性的、官能的側面が強化されていく。しかし、そこには米田庄太郎が前掲『現代人心理と現代文明』で指摘した、読者が性欲言説との参照関係において文学作品に「肉感挑発的な意味」を見出せるものはすべて「かゝる意味に解して、之を歓迎し要求する隠微なる傾向」によって犀星の文学を性欲文学と見なしていく同時代の力が加わっていたとも考えられるだろう。

だが、「香爐を盗む」には、そうした性欲作家という固定化された評価を突き崩す可能性が見出せるのだ。それだけでなく、同時代における女性のヒステリーを題材とした小説と比べても、一線を画したものとなっているのである。大正九年八月号の雑誌『変態心理』に掲載された森田正馬「ヒステリーの話」には、当時ヒステリーが女性に特有の病であるという見方が一般的であったことを、かつて「子宮が体内を徘徊するものと考えた」からだと指摘している。しかし、森田は続けて「子宮は決して精神病やヒステリーと直接の関係のあるものではない」ことを強調している。例えば、語り手「私」が同棲する彼女のヒステリーに悩まされることを描いた宇野浩二『苦の世界』（大正九・五、聚英閣）では、「彼女のヒステリイがもつともはげしく起こる彼女の毎月の病気の時」をことさら忌避していること、「神様、阿房とヒステリイに飲ます薬はないものですか」とヒステリーを「変態性欲」言説とは突き放して捉えていることが窺える。そのことは、宇野の小説における女性のヒステリーが「外面からばかり描写されて」いることを明らかにし、「あゝ云ふ女をもつと内面的に其心理状態や、其生理状態なぞも考へて描いたらもつと深刻な悲痛なものが出来はしないでせうか」という批判を招くことにもなる。(23)

それに対して、犀星の「香爐を盗む」は同じく女性をヒステリー状態に置きながら、「ヒステリー」という語彙を全く用いずに、衰弱していく不気味な身体表象や、異常な神経によって男の姿を幻視していく、いわば女の内面にも着目していることが指摘できよう。さらに言えば、「香爐を盗む」では女の異常心理が単なる症例として描き出されているだけではない。男が女の異常心理に接することによって、その異常心理が男に感染していくところに「香爐を盗む」の一つの特質を見ることができるのだ。

四　交錯する「変態」現象

冒頭近くでは「男の目にうつる女のやつれやうの烈しさは見るからにいたいたしく」、男は同情や「後悔と羞恥」をもって観察していた。だが、女を観察する男は観察することで次第に女の視線を意識するようになる。外出する際に常に女が玄関で待ち受けていることの不気味さや、仕事道具の鑿を紛失した時に男が見た「あまりに劇しい凝視と、気でも狂れたひとのやうな怪しい光」を放つ女の表情などから、痩せ衰えていく女の身体と凝視する女の姿が男の行動を見通してしまう力によるものだと思うようになると、「男はそとへ出てゐても、すぐ女の青白い顔がうつり出してきて落ちつかな」くなり、他人の顔がすべて「家にゐる女のかほ」に見え出してくる。こうして男は女に常に監視されているという強迫観念にとらわれ、酌婦と顔を合わせている時も女のうめき声が幻聴として聞こえてきたり、「何か影のやうなもの」を幻視するようになっていく。そこで男にとってこれら「くだらないこと」を忘れるため、男は床の間に置いてある香爐の蓋を手にする。

蓋のうらには精細な、美しい男と女とが温かに抱き合つてゐる赤絵がゑがかれてあつて、ふしぎに男はそれをみてゐるうち、からだに別なちからと精力が湧き出すのがつねであつた。鬱々したときはいつもその白い二疋のむつれあつた魚のやうにぬらぬらしたものに、永い間ひとみをさらすのであつた。

ここで、女が初めて男と酌婦を幻視した際に「唇に唇を合せようとしたりする苛々しい二つの影」によって「異常な精神」状態となっていたことを想起すれば、その「二つの影」と重なってくるこの香爐の蓋に描かれた赤絵が、再び女の神経を異常にさせていくことが予測できよう。事実、男が酌婦の前で香爐の蓋を手にとって眺めている際に、以下のような現象が生じていくのである。

男は蓋をとりあげると、まじまじと眺めた。これを見てゐると、くだらないことを忘れてしまへるからいいのだ。かれはそれを横にしたり透かしたりしてゐると

「おかしいわ。そんなに見ちや、は、は、は。」

女は微笑つて引つたくらうとした。と、かつきり描かれたやうなゐもりのやうな腹赤な唇が、男の目にいきいきとうつつてきたのである。男はぐなぐなな手をとらうとする。そのとき、ぴつしりと打叩かれた。いつもそんなことをしない女なんだが。

「莫迦。何をするんだ。」男は叩かれた手をさすりながらいふと
「何んにもしなくてよ。誰か叩いたやうだつたわね。」

「誰かが叩いたやうだとは――。」

「あたしぢやないわ。こつちの手に煙草をもつてゐるでせう。だから叩くことができないわ。おかしいわね。は、は、は。」

男は女の左の手を見ると、指とおなじい長さと白さをもつた紙巻が挟まれて、しづかに煙をあげてゐた。


男の目に映った「かつきり描かれたやうなゐもりのやうな腹赤な唇」とは、既に見た通り、酌婦の顔を知らない女が幻視の世界で作り上げた酌婦のイメージである。つまり、女の幻視によって作り出された酌婦の姿が、男の視覚に入り込んで占拠・支配しているということなのだ。それだけでなく、男は隔たった距離にいる女によって叩かれており、女の神経は空間を超え男の神経に同化していると言ってよいだろう。そして、帰宅した男から香爐の蓋を奪った女は「奇声ともいふべき高い猿のやうな叫びごゑ」を上げ、あるいは「崩れるやうにげらげら笑ひ出し」、または「そこらぢうを転がりはじめ」ていく。これまでの女の幻視の内容が香爐の蓋に描かれた男女の性的な赤絵と重ねられているということは、この香爐の蓋こそが女の異常心理と異常性欲とを結びつける場

として機能しているということなのだ。

また、これら女の異常心理が女から男へと感染し、これまで一方的に観察する側だった男の視覚を支配していくようになるということは、これまで女性が性的対象として語られることの多かった犀星の小説の中で一つの転換を示していると言えよう。女が狂死する際の結びの一節、「蒼白い顔がぐんにやりと潰れたやうに古い畳に滅り込んで、瞳がどんよりと開けられたきり動かなかつた。」には、狂死してもなお男を見続けようとする女の執念を読み取ることができるのだ。そのことは、奇しくも犀星の小説の特質である「「見る」ことへの執着[24]」を統括する男性化された語り手の主体性を揺るがしていくことになるのである。

五　犀星の〈感覚〉の射程

「変態性欲」や「変態心理」といった異常心理を扱った犀星の小説は、「香爐を盗む」だけではない。「香爐を盗む」の四ヵ月前に発表された「愛猫抄」（『解放』大正九・五）では、男と女が飼い猫の死によって神経に異常を来たし、死んだ猫や見ず知らずの女の幻影を見るようになっていく。猫の死後、男は晩になると「ちらちらした白い生きもの」の幻影を見始め、次第に一緒に住む女の姿までも「これはおれの女ではない」と疑うようになっていく。結末に描かれた埋葬した猫を掘り起こそうと決意する女の姿からは、「生理的、神経的な不安や戦慄[25]」を窺うことができる。また、「星座の下」（『電気と文芸』大正九・一一）には山の手線の運転手佐伯佐十の奇妙な性癖が描かれている。運転中佐伯は女性客に対して「性欲的」な「美しさ」を見出したり、運転席から土手沿いの住宅の中を視姦的にまなざしていく。これらの行動に見られる性欲的なものは、結末で佐伯の「沈鬱性な極度の神経衰弱」に起因していたことが明かされ、「運転手病」と名づけられるのである。そして、次章で取り上げる「心臓　退屈な孤独と幽霊に就いて」（『大観』大正一一・三）において、犀星の「変態心理」小説は一つの結実を迎えることになる。語り手「私」が、下宿の隣人たちが独り言や詩吟を絶えず発することでそれらに悩まされ、いかに隣人たちが異常者であるかを語っていくのだが、そのような隣人たちの声を反復して聞かされることで「私」にも同じ症状が現れ発狂し、語ることそのものが不可能となっていくのである。

犀星が「変態性欲」作家と称されてきた大正一〇年前後は、「変態性欲」と「変態心理」の言説が多くの点で重なっていた。その時期に書かれた異常心理と異常性欲の不可分な関係を女性表象によって表した「香爐を盗む」は、これまで性欲、官能的なもののみに着目されてきた犀星文学の〈感覚〉が、それらを生み出す異常心理全般を捉えたものであったことを示す小説だということができる。そして、犀星の「変態性欲」「変態心理」への関心と、それらの言説が高まっていた大正一〇年前後という時代の中で機能していた犀星文学における〈感覚〉は、以後大きな展開を遂げることになる。第五章で述べるように、犀星は新心理主義文学の枠組みの中で女性を描くことになる。その時、「香爐を盗む」で試みた身体表象によって捉える女性の心理から、女性の内面そのものを記した心理小説へと新たな一面を見せることになるのだ。

（1）谷川徹三「日本文学史概説（六）現代」（『岩波講座日本文学』昭和七・九、岩波書店）。
（2）小林英夫「触覚文学」（『文学』昭和一三・一〇）。
（3）柴田勝衛「今年の文壇を顧みて」（『早稲田文学』大正九・八）。
（4）百田宗治「変態性欲の現はれ」（『新潮』大正九・七）。

（5）菊池寛「文壇春秋―室生犀星氏のエロチシズム―」（『新潮』大正一〇・四）。
（6）板谷治平「秋風を逐ふて（七）＝九月の創作＝」（『やまと新聞』大正九・九・一四）。
（7）井上康文「生の現実　九月の創作批評（八）詩と小説の境地」（『国民新聞』大正九・九・一八）。
（8）百田宗治「室生犀星論　この自由なノートを以て犀星論に代へる」（『サンエス』大正九・一〇）。
（9）本章では表記の煩雑を避けるため、「香爐を盗む」「愛猫抄」に登場する「女」、「男」をそれぞれ女、男と記すことにする。
（10）奥野健男「室生犀星の文学―評価の方法」（『文芸』昭和三七・六）。
（11）中村古峡『変態心理の研究』（大正八・一一、大同館書店）。
（12）このことについては第四章を参照されたい。
（13）児玉朝子「『香爐を盗む』論」（『文学と教育』平成九・一二）。
（14）古川誠「恋愛と性欲の第三帝国　通俗的性欲学の時代」（『現代思想』平成五・七）。
（15）斎藤光「『変態性欲心理』解説」（『近代日本のセクシュアリティ　2〈性〉をめぐる言説の変遷』平成一八・七、ゆまに書房）。
（16）斎藤光「『変態性欲講話』『変態性欲の研究』解説」（『近代日本のセクシュアリティ　3〈性〉をめぐる言説の変遷』平成一八・七、ゆまに書房）。
（17）曾根博義「解説　心の闇をひらく――中村古峡と『変態心理』」（『変態心理』解説・総目次・索引、平成一一・九、不二出版）。
（18）中村古峡「狂気とは何ぞ――狂気に現はれたる諸種の現象――」（『変態心理』大正九・一）。
（19）森田正馬「ヒステリーの話」（『変態心理』大正九・八）。
（20）髙瀬真理子もまたこの「真赤なゐもり」を「肉情の誘惑者として嫉妬の対象としてみなす効果をもっている」と指摘している（「「香爐を盗む」――結婚生活の様相とその限界――」、『室生犀星研究』第七輯、平成三・一〇）。
（21）室生犀星「日本文学に現はれたる性欲描写」（『犯罪科学』別巻・異状風俗資料研究号、昭和六・七）。
（22）引用箇所の初出は「自叙伝的な風景（完）」（『新潮』昭和三・一二）である。

（23）志賀浪子「女性を満足させる作」（『新潮』大正九・一〇）。

（24）大塚博「室生犀星稿（二）――「結婚者の手記」と二つの系譜――」（『跡見学園短期大学紀要』昭和六一・三）。

（25）石割透「『愛猫抄』――《猫》と《男》と一人の《女》」（『室生犀星研究』第七輯、平成三・一〇）。

第四章　記憶を抑圧する〈音〉〈声〉――「心臓　退屈な孤独と幽霊に就いて」の感覚

一　はじめに――見ることから聞くことへ

大正一〇［一九二一］年前後の三年間に犀星はおよそ一二〇篇もの小説を書き続けてきた(1)。これらの小説を特徴づけていたのは、語り手が他者の内面に立ち入らず、その身体を断片的に捉え、時に性的な表象を付与しながら語っていく〈感覚描写〉〈官能描写〉と指摘されてきた手法である。この時期の同時代評を見ると、「室生氏のエロティシズムには私はいつも驚かされる(2)」、「兎に角氏の官能描写は一種の新鮮味をもつてゐる」、「ほんの少しでも新しい官能にぶつかることが出来れば氏の努力は立派に報ひられるわけだ(3)」などのような指摘が見られる。また、それゆえに、「まだまだ其の場其の場の断片的な心理と気もちだけが書かれてゐるのに過ぎなくて、ほんとうの小説といふもの、即ち永遠なる人生の相が描かれてゐないと思ふ(4)」とも指摘されていた。

例えば、「桃色の電車」（『文章世界』大正九・八）は「山の手線の電車を一日に一度づゝ見に出るくせ」のある語り手「私」が、通学する「少女」たちを車外から眺めていくことから語り出されていく。

電車のいろはふしぎに朝は桃いろの美しい感じをふくんで、その窓々にあたらしい朝の光がさわやかになびいてゐる。こちらの窓ぎ（ママ）は皆いちやうにあたまだけが見える。ふさ〳〵したお下げが小さく可愛らしくなびいてゐて、顔が見えない。しかし向う側に腰かけてゐる人々はその膝あたりまでよく見えた。ふしぎにこちらのお下げの顔が、向うのお下げの顔に乗りうつつたやうにも思へるほど、おなじい年ごろの少女がむき合ひになつて、おなじく物の本をうつむいて読んでゐた。朝霜のまだきれいな七時ころはどうしても桃色の匂ひがしてならなかつた。どうかすると紅や緋や紫や藍や水色が、窓ぐちを塗りつぶしてゐるからである。

「少女」からイメージした幻視（覚）によって電車の「内がは」が「しつとりとした桃いろ」となり、「桃色の匂ひ」で満たされる。「少女」たちは「紅や緋や紫や藍や水色」の女と色彩によるイメージで分類され語られていく。「私」は語られる対象を見ることで主体的な語り手像を構築するわけだが、一方で、語られる対象は常に「私」によって距離を置いて見られていたのである。こうした語り手「私」が傍観者的に語る傾向を含めて、大塚博は犀星の小説における「「見る」ことへの執着」が「「凝視」という言葉で表出されてきた」ことから「「ふしぎな」「さまざまなる人物」たちを「眺める」という方法」へと、大正九年から大正一〇年にかけて変容したことを指摘している。(5) だが、たとえ見ることが「凝視」から「眺める」へと変質しても、対象を見るというこの「基本的特質」は保たれており、むしろ保たれ反復されてきたという特質こそ見過ごされてきたといえるだろう。

これら一方的に傍観していく語り手が専ら登場するこの時期の犀星の小説の中で、大正一一年三月号の『大観』に発表された「心臓　退屈な孤独と幽霊に就いて」（以下「心臓」と略す）は、感覚的表現を受け継ぎつつも以下の点で特異な小説だと言える。語り手「わたし」と同じ下宿の住人から発せられるさまざまな〈音〉や〈声〉が過剰に語られ、そこに「わたし」が見るというよりもそれらを聞くという関係が見出せるのだ。それによって「わたし」と語られる対象との距離が干渉可能になるまで狭められ、語られる対象の存在が前景化し、語り手が一方的に語ることが阻まれていくのである。

本章では語り手が語ることを阻んでいく作中の〈音〉や〈声〉に着目し、それらによって抑圧されている「わたし」の過去の記憶が次第に顕在化し、「わたし」が語り続けることが不可能となっていく点で、「心臓」が大正一〇年前後の犀星の小説の中で特異な位置にあることを再評価していきたい。そこでまず以下のような問いを立てることから始めたい。すなわち語られる人物たちが次々とテクストから消えていくにもかかわらず、〈音〉や〈声〉のイメージが常にテクストに残されているのはなぜか。もしそれらがテクストから消されてはならないのだとしたら、何のためにそれらは残されているのだろうか。

二　過剰なる〈音〉〈声〉の物語

「心臓」の冒頭は以下のように「わたし」の真下の部屋に住む老青年を語ることから始まる。

よくある型の、それは単に老青年にすぎない程非常に静かで物腰がていねいである。日に焼けた顔の底の方にあるやうな、どろんとした鈍い目をしてゐる。強ひていへば猾さうにみえるが、それよりも却つて愶えて怯怯してゐると言つた方が適当かもしれない。とにかく、それは梯子段の裏の、うす暗い部屋に住んでゐた。晩方、きまつて一合ぐらゐの飲酒をするものと見え、古い支那の詩吟はいつも時刻をちがへずにうたつてゐた。余韻のある、嗄れてゐる糸のやうにほそほそしい声であつた。柱にでも靠れてうたつてゐるらしく、さうして、その黝ずんだ格好は充分目に描くことができた。なぜかといへば、なりの倭い男が寂然とあぐらを搔き、手を膝の上に置きながら、からの杯を前にして、すこしばかりの酔を吹いてゐる姿があまりにありふれてゐるからである。

冒頭で老青年の特徴や街中で彼と遭遇した際の様子が語られることで、彼が中心人物として展開されていく印象を与えている。だが「わたし」と老青年はほとんど希薄な関係にある。「わたし」は彼と出会って一年も経つが、まだ話をしたことも部屋を覗いたこともない。街中で出会っても目礼を交わすだけの間柄であり、「強ひていへば同じ屋台骨のしたに住んでゐるという因縁はあり得るが、それ以上何んでもない」のだ。しかしながらそのような関係でしかない老青年と「わたし」の間には、老青年が詩吟という〈声〉を発し、「わたし」がそれを聞くことで密接な「関係」が築かれている。「わたし」は毎日「一定」の時刻に帰宅する老青年が「古い表門の戸を開ける音」を聞き、そして「いつも時刻をちがへずに」「戸を閉めきつて」から始められる詩吟を毎晩聞く。老青年の動作から発せられた音が詩吟と合わせて一定のリズムを作り、意味性を帯びた〈音〉となっていく。普段「非常に静か」な老青年から規則的にある一定の時刻に「余韻のある、嗄れ」た〈声〉が発せられ、「わたし」は「それが起らないと、気になつて」ならなくなる。この詩吟は一年近く繰り返されることで、「物好きと退屈と陰気と読書とに閉ざされ」た「わたし」の日常生活に介入していくのである。

老青年に続いて語られる、「わたし」の隣室の準牧師もまた「老青年のやうに静か」でありながら独り言を発する。彼は「勿体振つて、ときどき、あるいはお祈りするかと思はれる声で、何かしら絶えず一人喋りをしてゐた。さうかと思ふとそれは演説のやうにもきこえた。それほど牧師は独言ばかりを言ってゐたのである」。しかもその独り言は聞き手を想定して行われるだけでなく、下宿の住人が寝静まった頃にも突然聞こえてくるのだ。それは老青年の詩吟のように一定のリズムを持った〈声〉ではなく、昼夜不定期に聞こえてくるため、「わたし」は老青年の詩吟以上に平穏な生活を乱す〈雑音〉として意識していく。

この準牧師の独り言から、「わたし」が過去に住んでいた下宿先で「全きまでに慢性」な独り言を行っていた「東京地方裁判所の写字室へ通つてゐる四十七歳の、広島の生れの男」を想起する。この男の独り言は準牧師以上に過剰なものであった。しかも「鉄瓶のたぎる音」、「明るい時計のきざむ」音、「箪笥の軋む音」に囲まれた部屋の中で「めんめんとして尽きない」独り言が始まるのだ。語る現在においてこの男を想起すること自体、語りの時間が遡行され作中において、いわば無意味な〈雑音〉となっている。だが重要なのは過去に同居していたこの男が発していた潜在的な記憶の中の〈音〉や〈声〉が、準牧師の〈声〉によって想起され語られていくという〈声〉と記憶の関係にある。つまり語る現在において発せられる〈音〉や〈声〉は、過去の記憶を喚起していく役割を担っているのである。

老青年をはじめとした住人と「わたし」の関係は〈音〉や〈声〉によって繋がり保たれる。しかも語られる人物たちが入れ替わるごとに、それらの〈音〉や〈声〉の過剰さが強調され、それらがイメージの連鎖として常にテクストに持続されるのだ。厳密に言えばそれぞれの〈音〉や〈声〉のテクスト上の意味は微妙に異なる。戸を開ける音や詩吟が一定のリズムを作り、そこに不定期に聞こえてくる独り言が加わり、そして過去の記憶の中の音や独り言が〈雑音〉として現在に想起されていく。テクストから重奏的に響き渡るこれらの〈音〉や〈声〉は、同じ下宿人でありながら二階の学生と一階の保険屋夫婦が昼間外出し音声を発しないために存在自体が全く語られないことと対照的である。こうして「わたし」は聞こえてくるものにのみ意識を向けていくのである。

だが、このように〈音〉や〈声〉がそれぞれ異なる意味を持って語られていく「心臓」の特徴は、大正一一年当時の時評では見落とされ、例えば以下のように評じられていたのである。

> 内容そのものが私にはピツタリ来ない。「退屈な孤独と心臓に就いて」書いたのだらうが、読んでゐて、どうも「退屈」である。（中略）全体から見て不必要と思はれる初め四五頁に一寸出て来る「ふしぎな老青年」も、それから筋の混線も、却つてこんな神経衰弱みたいな病的な男を描くためには、結果的により効果があつたのかも知れない？　莫迦に呑気な小説だ！(6)

「わたし」は毎日「四角な陰気な部屋」で退屈な日々を送っているが、そこには常に階下の老青年の作り出す詩吟のリズムと隣室の準牧師から発せられる独り言が入り込んでくる。したがって〈音〉や〈声〉によって半ば強制的に作り出された生活のリズムを一方でかき乱していく準牧師の独り言によって、「わたし」が聞くことから聞かされることへと変容していく様相を明らかにしていくことが重要となってくる。「わたし」は「わたしの室のいたるところで」、昼夜を問わず行われる隣室の準牧師の「矢のやうな鋭角さで鈍痛をかんじる独り言によつて絶えず悩まされなは《ママ》ならな」くなる。「わたし」の日常生活は「一間の窓と二方の壁と、きたない天上《ママ》と、そしてやはり準牧師の独り言に毎日なやまされて」いるが、そのことによって実は「調和」が得られていた。だが準牧師の独り言を聞かされ悩まされる「わたし」が次第にその苦悩を語り始めることから、その「調和」が崩されていくのである。

三　〈声〉の獲得と抑制

「わたし」は準牧師の独り言に悩まされるうちに、その無意味な〈雑音〉であるはずの独り言の内容に興味を持ち、主体的にそれを〈聴く〉ようになる。聞かされることから聴く立場となることで失われた主体性を回復しようと、〈雑音〉に意味を付与することを試みるのだ。だがそれは「早口」で「病的韻律」と「曖昧さ」のため『われわれは……』といふこと《（ママ）》言葉と『神』といふのと、そして『なけねば《（ママ）》ならない。』といふ位しかわからなかつた」。しかしその「ならない」は必ず語尾に付いているので、「しまひに『ならない。』といふ言葉が、な、ら、な、い、といふ風に膏薬のやうに、わたしはわたしの部屋の壁の地にハッキリと黒々と描くことができたのである」。反復される準牧師の独り言が室内で反響し、一語一語が一字一字となって可視化され室内に残留していく。その可視化された〈声〉によって「わたし」は「慴やかされる弱り切つた心臓」となり、「わたし」自身について語り出すようになるのだ。これまで他者の〈音〉や〈声〉を語ることで「わたし」自身を語ること自体が抑圧されていた。しかも見ることで構築してきたように〈聴く〉ことで主体性を構築しようとしても、それが可視化された準牧師の〈声〉によって阻まれていく。したがって「わたし」の〈声〉は他者の〈音〉や〈声〉が現れない場合にのみ語ることができるのだ。

独白の歇んでいるとき、古い、寂漠とした宿屋に音もないやうなときに、わたしの弱り切つた心臓もまた呟やくやうになつてゐたのである。
「間もなく彼奴がしやべり出すだらう。間もなくであらう。だが、すぐ初めるかも知れない。ひよつとすると朝にくらべて漸らく位歇むかもしれない。どつちにして（ママ）初まるには初まるだらう。」
わたしのこの呟きが終らないうちに『な、ら、な、い』が初まるのである。東北地方の弁濁があるため『な』が単なるそれではなく、重い語尾を引いてゐるのである、それは陰鬱で宿命的で非常に不愉快であつた。

そして「わたし」の呟きという括弧で括られた〈声〉は、右のように準牧師の独り言が始まることによって再び抑制されていく。ここで注意したいのは、「わたし」がそれらの〈音〉や〈声〉を語る間は当然のことながら「わたし」自身の情報は語られないということだ。言うまでもなく他者を表象することと「わたし」の表象とはテクストの上で表裏の関係にある。だが結末部分で「わたし」が過去に犯した殺人の記憶が想起され語られていくことを考えれば、他者の〈音〉や〈声〉を語ることで「わたし」がその記憶を語ること自体が抑圧されていると見なせるのだ。その抑圧されていた記憶が顕在化していくのは、語られる他者の〈声〉によって「わたし」が異常を来し始めてからである。

「わたし」が〈声〉を獲得するということは、「わたし」自身が異常であることを意味する。なぜなら、これまで語られてきた〈音〉や〈音〉を発する人物たちは、それぞれ「朽木を眺める気をおこさせ」る老青年、「精神病者」の疑いのある準牧師、「××常習者」らしき広島生まれの男というように、「わたし」自身によって異常な病的な人物と見なされてきたからだ。つまり〈音〉や〈声〉を発する者は異常者であって、「わたし」はそれを語ることで自身が正常であることを示し、自らをその異常者たちの発する〈声〉に悩まされる被害者として語ってきたのである。例えば「わたし」は準牧師の独り言が反復され強化されていくことを「次第にその発作を続けてゆくうちに、しまひには、どうにもならない独音患者になることが、私の目には日を趁ふて明らかになつてゆくやうに思はれた」と語っている。だが準牧師の独り言が反復されるにつれて、「わたし」自身の精神が不安定になり異常へと誘われていく。「わたし」自身について語ることが今度は「わたし」が正常であることを阻んでいくのである。そのことは、広島生まれの男や準牧師の病的な行動が自身の行動に重なっていく点に顕著に見られる。例えば「女中でさへ彼の部屋には箒を加へない」ほど「非常な病的なほど潔癖」な広島生まれの男の性格は、女中の洗ってきたお膳や茶器などを自分の「手で熱湯でそれを一度ゆすがないと口をつけられな」くなるほどの「わたし」の「潔癖」な行動と重なり、「独り言をするほどのものは、非常に厭人的傾きをもつ」という「わたし」の持論は、「自分の方からなるべく知人朋友に遠退いて」いく自らの傾向と重なっていくのだ。

「わたし」の呟きという〈声〉が出現するということは、これまで抑圧されていたものが顕在化しつつあるということでもある。「わたし」はその〈声〉の主体に主として「おれ」という人称を与えているが、それによって内面を対象化しえない無意識の「わたし」を内的独白体によって語っていくのである。

「命令者といふものが、おれの外に何かゐるのだ。おれがおれの精神の持主であるのに、かくの如く正確な持主であるのにしかも命令者とは、どこのど奴だ。もしそいつがおれの精神のなかにゐて、おれにそむいてゐるのであるとすれば……。」

わたしは冷笑つた。むしろ冷笑ひにあたひすべき戯愚であるからだ。

「おれの精神の内部で、実際におれに反いてゐるものなどあらう筈がない。赤いひと色であり得るわたし《ママ》の心が、青や白であり得ないのだ。だが……。」

わたしは考へた。[7]

「おれ」という主体によって語られる〈声〉に「わたしは、わからぬまま、座つて耳をすま」すのだが、その〈声〉は準牧師の発する「スリッパの音」によって再び沈黙させられる。この〈声〉が「日に幾たび」も反復され、「おれ」は「わたし」に向けて「わたし」の他に「も一つ命令者がゐる」こと、そしてそれが「わたし」の「中にある意思」であることが語られていく。


「いまお前は何かを呟やく。お前はそれをせずに居られない。お前はそれの命令に背くことはできない。お前はお前に似た宿命の幾頁が《ママ》づつを喋らずにはいられないのだ。」

わたしはさういふ声を、わたしの内部で聞いた。だが、わたしはもちろん、それには服し従はない。第一わたしの暗い宿命がさうも早くやつてくる気がないので、健康者に死の予想がばかばかしいことであるやうに。だが甚だしくひそかに不安であるやうに、わたしは依然すこしつつ《ママ》疑はずにゐられなくなつたのである。


このような「わたし」の無意識との対話によって、「わたし」の中で抑圧されていた殺人の記憶が次第に顕在化していき、「暗い宿命」は確かに「やつてくる」（語られる）のだ。

四　反転する主体、抑圧された記憶の顕在化

これまで「わたし」が聞いてきた〈音〉や〈声〉も、それらが発生する場所も必ずそれぞれ住人の部屋であった。壁や戸や障子といったいわば視覚を遮る物質によって各部屋は隣室の他者の姿を隠す。だが視覚や嗅覚とは異なり、聴覚は自らの意思で対象となる音声を遮断できない。他者の〈声〉が「わたし」の部屋に届くということは、「わたし」の呟く〈声〉が他者の部屋に届くことでもあるのだ。それは準牧師に主体性を認め、「わたし」が客体化されることを意味する。準牧師の独り言を聞く「わたし」の隣室に「わたし」の呟きを聞かされる準牧師が存在していることが、以下のような準牧師からの指摘によって明らかとなる。

　あなたはですね。よござんすか。そのわたしの独り言を真似してゐらつしやるのは、あれは本気でやつてゐらつしやるんですか。いや、からかひ半分にですな。恰もわたしの愚劣を冷笑なさるそれやう（ママ）にやうに、毎日あなたはわたしの口真似をなすつてゐらつしやるのだ。

この「あまりに唐突で不自然で突飛」な指摘を「わたし」は「実際何人も否といふに違ひない」と否定するが、準牧師を部屋から追い出した後、準牧師の「口真似」をしていたことが以下のように語られていく。

　――準牧師は、戸のそとでまだ何か沸々いひながら、なかなか去らうとしないらしく、ぐずぐず足音をさせ

てゐた。
「早く消えてなくなれ。」
わたしは、さう戸のうち側で呼んだ。すると外でも同じやうな呼びごゑが、殆、間髪をいれずに起つた。
が間もなくこんどは正確な静寂が戸外にきてゐた。

「早く消えてなくなれ」という「わたし」の〈声〉と時を置かずに外にいる準牧師から「同じやうな呼びごゑ」が発せられたとあるが、準牧師の立場から見れば「早く消えてなくなれ」という「わたし」の〈声〉こそが準牧師の「口真似」として認識されることになるのだ。この直後「執念深い睡眠」によって「深い何ものかの底へ打沈んでゆく」が、それによって抑圧されていた記憶がその上層部に浮上していくのである。

そこでは「わたし」の前に「幽霊であるより最つと現実的な何者か」が立っていた。「わたし」は過去に出会った様々な人物たちを次々と記憶から手繰り寄せ、ついにそれが「W広小路の写真屋の裏小路にゐたとき、そこの或る二階の隣室にいる婆」に似ていることに思い当たり、その老婦を想起した。こうして「わたしとは何らのかかはりのあらう筈のない」老婦との間で生じた「忌はしい或る一つの事件」が語られていく。「わたし」は老婦のもとに毎日届けられる「一通の書留郵便」を自分の「父からの送金である書留」と思い込み、遣い込んでしまったのだ。そのことを老婦に咎められたのである。だが老婦が「突然、大声で叫び立てた」ため、「わたし」は両手に力を込めて老婦の喉元を締め上げ殺害した。この老婦を「思ひ出されるといふことさへ不思儀《（ママ）》」であったのは、この殺害の記憶をこれまで抑圧してきたからに他ならない。

この書留は「毎日」必ず「大声を出す配達夫」によって届けられ、階下の菊という少年がそれを持って階段を上がっていく。つまり書留は必ず意味性のない音や声を伴って運ばれていた。だがそれは詩吟や独り言と同様に日常的に反復・習慣化され意味性を帯びていく。二階には常に「物音一つ立てないで、終日、腐り切つたやうに静乎とし」た老婦が待っている。物静かな老青年や準牧師が〈声〉を発していたのと同様に、この音声と沈黙の均衡が書留を受け取る老婦の日常を支えていたのであるが、その安定した日常を「わたし」が崩していく。「わたし」こそ老婦の日常を破壊した異常者だったのである。

これまで〈音〉や〈声〉を発する者は異常者であると語られてきたが、老婦も「畳をがりがり爪で引掻」く音や「途方もない大声」を発し異常となる。老婦は沈黙を求める「わたし」の警告を無視し、それらが「わたし」の「心臓にひび」き「わたし」が異常な行為（殺害）を実行する契機となっていく。潜在的な異常者であった「わたし」が他者の〈音〉や〈声〉を聞かされ、異常性が顕在化していく。こうしてこれまで抑圧してきた老婦殺害の記憶の中にあった異常性を含んだ〈音〉や〈声〉が、語りの現在時に無意識的に聞かされていた〈音〉や〈声〉に連鎖し、テクストに持続されていたのである。

準牧師と「わたし」の間の主客の反転がこの記憶を「喋るまいといふ意志」から「しやべりたい意志」へと導いていったのであるが、結末部分の「忌はしい或る一つの事件」が語られることによってこの記憶が物語現在で「わたし」の日常に潜在し抑圧されていたために、住人たちの発する〈音〉や〈声〉を過剰に意識し、しかもそれらの異常性を帯びた〈音〉や〈声〉を聞く「わたし」から聞かされる「わたし」へと反転しても、「わたし」はそれらに埋まって「黙つて室でくらして」いたのだと前半部分を意味づけることができるのだ。この記憶が語られた後、「わたし」は「いつの間にか忍び込んで来た」準牧師に体を支えられ、「がつくりと弱り切つたからだを辷り落し」、再び眠り始める。これまで異常な人物として語られてきた準牧師と、彼を異常な人物として見なしてきた「わたし」の立場が完全に反転し、語り手として物語を統御できなくなるところで「心臓」は閉じられるのである。

五　おわりに――「心臓」の位置について

これまで見てきたように、大正一〇年前後の犀星の小説の多くが、見ることで語り手の主体的な地位を構築してきた中で、「心臓」は、語り手「わたし」が主体的な地位から転倒していく過程が語られていた。まず「わたし」を正常な人物として物語の冒頭で登場させ、語ることで他者を支配するという同時代の犀星の小説と同様の語りから始まり、やがて下宿部屋という空間[8]によって生み出された得体の知れない隣室の他者によって、語り手の主体性が反転し結末部分でそれまで抑圧されてきた殺人の記憶が語られていくという特徴を持っている。

それだけでなく、この時期の犀星の小説における〈感覚描写〉〈官能描写〉の特質にも変化が見出せるのだ。結末近くで「わたし」が老婦を殺害する際に「あけびかバナナを握り締めたやうに、ぷつすりとわたしの両手の間に、老婦の喉元が締め上げられてゐる」というように老婦の首の触覚を食物のイメージに擬して語っていく。こうした感覚表現について、例えば奥野健男は「具体語と抽象語とを組合せ、この世にあらぬイメージをありありと喚起」させる、「日本語を可能なかぎり極限まで引き伸し、圧縮し、曲げ、歪ませ、限界を超えた表現」と指摘している[9]。それに加え、「心臓」では、前述のように、準牧師の独り言が可視化され〈声〉が壁に映し出されるが、この様は作中における空間を利用して、文字表現を立体的に浮かび上がらせている点で感覚表現の一つの結実とも言うこともできよう。

だが、これらのような特徴が見出せる「心臓」は、今日までいわば冷遇されてきた。それにはいくつか理由が考えられる。「心臓」は大正一〇年前後の多作期に発表された小説として看過されやすかったことに加えて、数少ない同時代評でさえ、「おそろしく幼稚で、そして辿々しい[10]」、「願はくば誤植であつてくれ[11]」といった否定的評価が目立っていた。また、これまでに刊行された犀星のすべての全集類[12]に未収録であり、そして唯一収録されている単行本『肉の記録』（大正一三・三、文化社）は犀星に無断で出版されたものであったのだ。

『肉の記録』は短篇小説集『肉を求める者』（大正一三・四、万有社）とともに犀星に無断で出版された小説集である。新保千代子『室生犀星ききがき抄』（昭和三七［一九六二］・一二、角川書店）掲載の年譜には、「大阪で「月映」を「肉の記録」「処女国」を「肉を求める者」と無断解題、出版。6月末、漸くこれを知り不快に耐えかね、上京。」とある。このことについて犀星は「少数の読者に」（『読売新聞』大正一三・五・一九）で「三年ほど前に求光閣へ原稿を渡したことは覚えがあるが、命題は『月映』と『処女国』として置いた」ものを、それぞれの出版社が「求光閣書店から紙型を買ひ取」り、『肉の記録』『肉を求める者』とそれぞれ「俗悪な命題に変更され、世間にそれを売り出され」たという顚末を語っている。また、それぞれの小説集のタイトルについて、「卑俗なる商人の常として、本なんかどうでもよいと思つてつけたものであらう」と述べ、「飯盥咽喉を通らぬ無念さ」を感じているという憤りを示している。

さらに言えば、『肉の記録』に収録された「心臓」は老婦殺害の結末部分が全て削除されているのだ。今日ではこの改稿が犀星自らの手によるものか、出版社の判断か特定することは難しいが、いずれにせよ、『肉の記録』版のテクストでは「心臓」の〈音〉や〈声〉の意味が無化され、退屈な日々を送る「わたし」が自身を語る物語となっているのだ。結果として、「心臓」における語り手の変化や感覚表現の先見性は同時代においても見出されずに、例えば以下の同時代評のように黙殺されていたのである。

よく天才の作といふものが当時の文壇に認められずに後世になつて崇拝者を集めることがあるが、此の一作の如きは決してこの天才の部類に属するが故に、我々に理解出来ぬ種類のものではない——といふ一事が、此の作から我々の理解する唯一無二の事項である。(13)

確かに、『肉の記録』が出版された大正一三年になると、既に大正一〇年から感覚小説と並行して書かれてきた史実小説(14)が目立つようになっていた。また、中村武羅夫が「室生犀星氏の最近の作品、たとへば「嘆き」にしても、「わが世」にしても、極端な心境小説である」(「本格小説と心境小説と」、『新文学』大正一三・一)と述べ、佐藤春夫が犀星の「田舎ぐらし」(『中央公論』大正一三・二)を心境小説と見なしていたように(「新潮合評会」、『新潮』大正一三・三)、いわゆる心境小説(15)を多く書くようになっていた時期にさしかかっていた。特に心境小説、私小説のようなリアリズム小説が専ら評価されていくような時代状況においては、「心臓」における試みは理解しがたいものであったとも考えられる。

だが後年になって、この時期の犀星の試みは、漸く注目されるようになる。伊藤整は犀星文学に窺える感覚についてて以下のように述べている。

大正期から昭和初年にかけて発生した思考法は、二つに分裂したまま、すなわち唯物論的思考と、感覚的な思考とに分裂したまま、若い知識階級に現存している。(中略)前者は多くのいまの社会文芸評論家たちの思考法であり、後者は現存の人でいえば室生犀星を最も古い先行者とし、川端康成、丹羽文雄らをも含む思考法である。犀星の有名な女が「うどんのようにげらげら笑う」(?)という(中略)感覚的実感思考は、我々を実在につなぐ確かな即物的なものとして、意味が強められた。[16]

大正末期から昭和初年にかけての感覚的思考法による小説と言えば、横光利一、川端康成らの新感覚派が想起されるが、伊藤は犀星の感覚的思考法が新感覚派の文学活動に先行する点を評価している。犀星の小説に見られる感覚的表現は、横光ら新感覚派が活動することによって相対化され始め、犀星自身「彼も亦新感覚派だつた名誉を記憶してゐる者であ」って、「今も猶彼の文章に連綿として続いてゐる」と言葉をめぐる感覚に意識的だったことを語っている。[17]しかし、横光が新感覚派から心理主義へと転換を遂げた作とされている「機械」(『改造』昭和五・九)における、冒頭の主人の異常性を語ることからはじまり、結末で思考・判断不能となる「私」の異常性が語られていくさまを考えると、横光の「機械」での試みが大正中期に「心臓」において先行して行われていたと見ることもでき、ここに犀星文学の感覚的表現の意義が見出されてくるのだ。[18]

「心臓」は〈音〉や〈声〉によって語り手が動かされ、抑圧されていた過去の記憶が顕在化することによって物語が紡がれていく。〈音〉や〈声〉を感覚的に捉えていたのがこの「心臓」であって、一九二一年前後の感覚的小説と感覚的表現を共有しつつも語り手が語る対象と接し自身の立場が反転していく点で、截然とした差異が示されているのだ。これまで動くことのなかった語り手の主体性が揺らぎ、それによって物語が展開していく点で、特異でありながら感覚小説の一つの結実を示す作品として、「心臓」は改めて位置づけることができるにちがいない。

（1）室生朝子・本多浩・星野晃一編『室生犀星文学年譜』（昭和五七・一〇、明治書院）によれば、大正九年に四〇篇、大正一〇年に五〇篇、大正一一年に三三篇の小説が表数されている。
（2）生田春月「五月文壇雑感」（『サンエス』大正九・六）。
（3）平林初之輔「月評（二）」（『読売新聞』大正九・一一・一二）。
（4）崑「『中央公論』三月号」（『時事新報』大正一〇・三・一六）。
（5）大塚博「室生犀星稿（三）――「見る」ことの変質――」（『跡見学園短期大学紀要』平成元・一）。
（6）藤森淳三「◇三月号から◇『心臓』（大観）」（『時事新報』大正一一・三・八）。
（7）一部分内的独白体の主体が「わたし」と記述されているが、それ以外すべて「おれ」と「わたし」と分けられているため、本章ではそれを誤記と解釈している。
（8）大橋毅彦は大正一〇年前後の犀星の小説に「部屋あるいは建物への関心」が顕著であると指摘している（「眩暈空間としての〈室内〉と〈街路〉――「幻影の都市」解読――」、『室生犀星への／からの地平』平成一二・二、若草書房）。
（9）奥野健男「解説」（『室生犀星未刊行作品集』第一巻、昭和六一・一二、三弥井書店）。
（10）藤森、前掲論（注6と同じ）。
（11）佐治祐吉「新しい何物かを求める月評（六）」（『読売新聞』大正一一・三・七）。
（12）『室生犀星全集』（昭和一一・九～昭和一二・一〇、非凡閣）、『室生犀星作品集』（昭和三三・一一～昭和三五・五、新潮社）、『室生犀星全集』（昭和三九・三～昭和四三・一、新潮社）、『室生犀星未刊行作品集』（昭和六一・一二～平成二・一一、三弥井書店）。
（13）佐治、前掲論（注10と同じ）。
（14）例えば「九谷庄三」（『新潮』大正一〇・五）、「芋掘藤五郎」（『中央公論』大正一〇・六）、「銭屋五兵衛」（『改造』大正一一・一）、「ノアの兄弟」（『婦人倶楽部』大正一一・四）、「蘭使行」（『中央公論』大正一一・六）などと、大正一〇年から始まり「心臓」の発表前後にも見られる。
（15）犀星の心境小説の嚆矢と呼ばれているのが「わが世」（『中央公論』大正一二・五）である。「いくら嘆いて見てもこの世は嘆きされないものかも知れない」という一節から書き出され、「明日も明後日も同じい机の上で同じい下らないことを考へて、それをこつこつ纏めてゆくといふことほど退屈なことはない」と語られていく。

(16) 伊藤整「現代小説と大正リアリズム＝注目された作品の思考方式＝」(『毎日新聞』昭和三三・五・一四)。

(17) 室生犀星「室生犀星論」(『新潮』昭和二・一一)。

(18) 昭和初年代に入ると、川端康成は犀星と横光利一をそれぞれ東洋的、西洋的と「両極端の世界」に差異化しながらも「芸術的現実」を目指す点に共通性を見出していくようになる(「文芸時評 (二)」、『東京朝日新聞』昭和九・九・二九)。

第五章　女性心理との〈交際〉——「幾代の場合」論

一　はじめに——犀星文学のリアリズム

昭和六［一九三一］年一〇月号の『改造』に発表された室生犀星の小説「化粧した交際法」について、かつて太田三郎が指摘していたのは、それを「かくとき犀星はジョイスを各種文献によって理解し」、そこに「意識の流れ」の手法が用いられていること、それがこの時期の同時代文学を反映しているだけでなく、「あにいもうと」（『文芸春秋』昭和九・七）の独白体の描写法のもとになっていること、またそれが「ハト」（『中央公論』昭和八・八）、「笄蛭図！」（『文芸春秋』昭和一〇・四）へと通じており、この時期の小説のスタイルを支えていたということだ。(1)「化粧した交際法」は三つの挿話に共通して登場する不二夫という男がそれぞれの挿話に登場する三人の女性の内面を通して語られている。太田によれば、例えばそのうちの一人、満知子の独白は「満知子の心に映り、満知子がいだいている不二夫の像を、満知子の気持を通して写」しているのであり、この小説は「不二夫の実際の行動を通して不二夫を描写するのが目的ではない」のだ。そして太田はこの小説が「女の心理の動きに対する洞察を鋭く深くひめたものであるし、不二夫という人物は三人の女の心理と感覚とによってとらえられている」と述べている。

確かに、太田論はこれまでの犀星の文学史的位置づけで半ば定説となっていた「犀星のながい停滞、沈潜の時代[2]」の一面を「意識の流れ」という手法に着目して整理した点で卓越な指摘であったと言える。だが太田が犀星のジョイス受容に注目するあまり、「化粧した交際法」が「従来の自然主義的リアリズムの手法とことなっている」点が強調され、それ以前の作品を「客観的な事実を細密かつ適確に外面的に描写するもの」と一括りにしていることには留保が必要となるだろう。なぜなら「女の心理の動きに対する洞察」は自然主義的リアリズムの手法によって書かれた小説にも見ることができるからだ。

犀星に自然主義リアリズムの傾向が顕著となるのは昭和三年頃である。宮地嘉六は「木枯」(『新潮』昭和二・一)を「リアリズムの作品として立派なもの[3]」と称え、堀辰雄は「本当の意味でレアリスムの小説にまで到達してゐない」がそれでも犀星が「「死と彼女ら」(『新潮』昭和二・一二—引用者)其他によつてレアリスムの小説を書かうとしてゐること」を認めている[4]。また犀星が「時代的な抱擁を為すことに依つて、奈何なる文学よりも最も正確な鳥瞰図であるべき自覚[5]」をもって昭和三年に書き始めた文芸時評からも、この時期に犀星が既成の自然主義的リアリズム文学の立場に立っていたことが確認できる[6]。

こうした傾向にそれ以前の犀星の文学との質的差異を感じとっていた横光利一は、犀星が「優れた感覚の所有者であるにも拘らず、台頭して来た新リアリズムの形式運動に対して、あまりに過去の随筆的リアリズムを強要しすぎる点に於て、不服である」と述べている[7]。続けて横光は「最早や、自然主義的リアリズムは室生犀星氏をもつて、最後の深さと美しさにまで達してゐる」とし、昭和三年を新感覚派の先駆的存在(8)であった犀星の「自然主義的リアリズム」への後退の年と見ているのだ。だが犀星が小説を書き始めた大正中期の感覚的小説とこの時期の小説を比べれば、確かに第四章で確認したような傍観的な語りから、作中人物の内面に入り込む語りへと変容していると言えよう。そこで「意識の流れ」の手法ではなく作中人物の内面を通した語りに注目することで、太田三郎が「化粧した交際法」で指摘した、「内面的な心理をとらえてある状態の心意感情を表現しようとしていた」可能性をそれ以前の小説に見出せるはずである。

ここで指針となるのが、犀星の自然主義的リアリズムの傾向を写実主義とし、それ以前の作風と差異化している伊藤整の指摘である。

室生犀星は、小説家として大正期から昭和期にかけてゆるぎのない仕事をつづけた。初期の作品「幼年時代」（大正八年）、「性に眼覚める頃」（大正八年）、「蒼白き巣窟」（大正九年）などは詩人出身の作家に特有の感覚的な描写においてすぐれたものであった。その後室生犀星は、その叙情性から脱しようとして、大正末年にはきわめて写実的な直截な書き方で「幾代の場合」などを書いた。昭和時代にはいって、その写実主義手法は詩的な美感に裏打ちされた強靱で同時に繊細な特有の味を作りだした。(9)

「幾代の場合」は昭和三年九月号の『文芸春秋』に発表された後、『新撰室生犀星集』（昭和四・四、改造社）、『室生犀星全集』巻五（昭和一二・七、非凡閣）に収録されて以来、今日まで目することが少なかった小説だ。例えばこれまで「男の不実に気づいた女がそれを許さずに男と戦い、男から金を搾り取って復讐するというような作品」に準じた「後年のいわゆる市井鬼ものの走りともいうべきもの」と位置づけられていた。[10] 確かに事務員で詩作を志す幾代を弄ぶ教員で詩人の荻田に対して、幾代が「荻田は、当然自分が復讐すべきものかも知れないとも思」ったり、幾代の「甚麼に長くかかつても荻田と戦つてやるつもりよ。」という発話を見ることができる。しかし幾代が荻田に「復讐する」ことが語られているのではなく、幾代の荻田への恋愛感情が嫉妬、憎悪を経て「復讐」へと反転していくその心理変化が語られているのだ。さらに言えば「化粧した交際法」で不二夫の「実体をかくす化粧した」「交際ぶり」[11]を三人の女性の内面を通して語っていたように、「幾代の場合」では荻田の「交際」方法によって幾代の内面が揺らいでいくのである。

本章は「幾代の場合」の心理描写に注目し、それ以前の傍観的な語りの小説に顕著であった、作中人物の身体を断片的に捉え語っていく方法から、作中人物の内面に入り込んでいく方法への転換を分析するとともに、その方法が「幾代の場合」以降の小説に顕著に見られることを考察していきたい。それによって「幾代の場合」が「化粧した交際法」以降の小説と地続きとなっていること、伊藤整が何故に「幾代の場合」に着目し、犀星がなぜ女性の内面を描くようになったのかも明らかになるだろう。

二　漂流する心理、補完される現実

幾代は詩作の発表の場を持ちかけた荻田に好意を寄せていた。荻田の持つ「文壇的な光彩ある周囲」に惹かれ、幾代はその「文壇的な雰囲気の中にゐる荻田を信じ、荻田は信じさせる多くの成績と交際とを彼女に髣髴させて見せた」のである。そして二人の交際の始まりには手紙に添えた詩が互いの心を結びつけていた。「幾代自身の詩作も自然に相対的な或る感じを現はすやうになり、其他の表現には一切気持が乗らなかつた。荻田の発表する詩作と幾代自身を内容としてゐることは勿論であつた」。しかし手紙によって築かれていた二人の関係は、冒頭の一節から既に崩されているのである。

幾代は荻田を好かなかつた。何処か一見狡猾さうな感じだつた。その狡猾さうな気質は幾代には何か珍しい、刺激のある、到底今までに交際ふた異性の中に発見できないものを感じた。幾代はさういふ荻田を文学を試練するものが持つ狡猾さであり、一般的なものではない解釈を下してゐた。それ故幾代はその狡猾さの中に妙に際立つて見える、善良ささへも殊更に感じるのであつた。

荻田を好かない理由の「狡猾さ」が幾代に「善良さ」としても感じられるのは、文学に対する憧れからだけではない。幾代が「荻田を好かなかつた」のは、「微妙な荻田の交際」方法に拠るところが大きい。つまり「時には幾代を眼中に置いてゐない容子を装ふ、荻田の態度が幾代の気持に影響するから」であり、荻田が幾代以外の女性「とも交際ふてゐることを幾代の前で故意に話」すからということだ。それゆえ幾代は「一方で荻田を厭ひ、半分は絶えず神経に障る荻田を感じ」ており、そこには瞬間的な「今」の幾代の内面が語られているのである。したがって既に構築された荻田への感情は、それが語られる時点での幾代の荻田に対する感情と齟齬を来たしていくのである。

一方荻田の内面は全くと言っていいほど語られることがない。「荻田は実家に帰つて手紙を寄越し、共同的な生活に興味を持たないことを書いてあつた。幾代はその手紙を見て気勢を挫かれ、荻田も自分と別れることを考へてゐたことに心づいた」というように、ここでは荻田の内面は手紙という書かれたものを通してのみ知りうることができ、荻田の内面を直接知りえない。また荻田の態度には必ず幾代の感情が伴って語られるのだ。

荻田は或日好意に満ちた面差で、（少くとも幾代にはさう感じられた）恰もさう言はなければならなぬやうに言つた。

「僕はあなたのことを父に話したのです。それで何も彼もお分りでせう。」

「それはどういふ意味でございますの。」

「父は承諾してくれたんですよ。」

結婚の約束を取りなす荻田に対して幾代が「初めて荻田の顔に朗かな善良さをも見」い出しているように、「幾代の場合」は専ら語り手が幾代に寄り添っており、荻田の「善良さ」も酷薄さも幾代の内面を通して現れ、いわば幾代の内面が荻田像を形成しているのだ。

しかし単に荻田が幾代の主観によって立ち現れるだけではない。幾代と荻田の縁談が決まった直後、幾代の母は幾代に「女は最初の人と結婚するものよ。」と言い、故郷の地所の始末に「甚だしい意気込み」や「昂奮」も示していた。ところが「幾代の何か沈んだ気持」に気づいた母は「あの方はお母さんだつて余り好いてゐないんですよ、だが、お前とは考へが別なんだからね。」と本心を語ることになる。さらに幾代のお腹の子供が自分の子供であるか信用できないという荻田からの手紙に母は「激怒」していく。時に母に寄り添って語られることで幾代の内面によって形成されてきた荻田像が相対化され、その上二人の女性の内面から形成された荻田像は憎悪の対象となっていくのである。

　ここで改めて注意したいのは、幾代に寄り添った語りにはその時々の幾代の感情が入り込んでいるため、既に語られた情報と明らかに矛盾する情報が窺えることだ。例えば荻田から初めて手紙が届いた時、幾代は荻田の「他には男性との交際は何も知らなかつた」のだが、その荻田の「狡猾さ」に対して「今までに交際ふた異性の中に発見できないものを感じた」とある。こうした矛盾した語りから幾代の心理が幾代という主体のもとで統括されていないことがわかる。さらに言えば、母に寄り添った語りからは、幾代からは語られることのない幾代自身の情報が語られていくのである。

彼女〔幾代の母―引用者〕の眼から見える幾代は、女らしくない堅い感じのする娘に過ぎなかつた。婚期の遅れてゐることよりも、寧ろ娘には女の感じが漂ふてゐないのかと思はれる程、為る事に優しみや人情が異性に移つてゐないやうであつた。それ故自然荻田の来ることが幾代の為に良いことかも知れないやうに思はれた。

　それだけでなく荻田との一件を相談するため幾代が同郷の先輩藤田の細君を訪ねた際には、藤田からも「この問題はあなたが確かりしてゐないことに不幸な原因があるんですよ、あなたがよくないのだ」、「荻田があなたに持つた最初の動機に」「あなたが容易に荻田の手にお乗りになつた」と指摘される。つまり荻田を一方的に嫌悪するのに不都合な情報は専ら幾代以外の人物から提供されるのだ。そして「荻田の厭らしい表情にある高飛車な幾代自身を軽蔑する感情が、幾代には容易に見分けることができ、その軽蔑に対する自分の弱みを身に覚えることが何よりも苦しかつた」というように、幾代自身に都合の悪い情報は「自分の弱み」という漠然とした形でしか語られないのである。

それでは「自分の弱み」とは何か。おそらくそれは幾代の懐胎と関わる「蒸し暑い或る夕方」の出来事にある。「幾代は妙に最初から此の日は昂奮を交へた気持ちでゐた。荻田も露骨な昂奮のなかに眼に見えて何時もとは異つた様子でゐた」。そこで幾代は「危険」を感じる一方で「どうなつてもいい気持」もあり、成り行きに身を委ねていた。だがその翌日「幾代は勤めに出掛ける途中、自分の中に明かに変つたものを発見し」、「稀しく新鮮な他人の眼差しを感じ」ていること、その変化に全く気づかない会社の同僚の女性に「鈍感さ」を感じていることから、荻田との関係はむしろ幾代にとっては喜ばしいこととして受け止められていた。だからこそ荻田を一方的に非難できず、それゆえ「自分を此処まで引摺り落して来た荻田は、当然自分が復讐すべきもの」と感じても、「荻田への復讐」は、以下のように幾代の「鋭く病的になつた神経が描く妄想」の中でしか行われないのである。

幾代は荻田を憎む気持から昔からある毒殺的な様々な方法をも考へて見るのだ。何かの芝居で見たことのある毒を食つた狗が一疋、苦しげに身悶えしながら打倒れる場面を思ひ出し、それが荻田の顔に変つて行くのを快よげに心に描いて見て、机にもたれてゐる荻田の姿を憎々しげに見遣るのであつた。

また「かういふ彼を此処〔結婚─引用者〕まで逆に追ひ詰めたことは、幾代には小気味のよい、運の尽きた彼であるらしく思はれるのであつた」と、現状を自身にとって肯定的に解釈していく。妄想の世界で荻田を復讐し、現状を自身に都合よく解釈するということは幾代が現実と向き合わず、自身の内面のみによって現実世界を構築していることなのだ。
しかし幾代は結末近くで藤田から紹介された新島弁護士を訪ねた時、法律的にもどうすることもできない現状をつきつけられることになり、次第に自分自身に目を向けるようになるのだ。

幾代は新島弁護士の眼差に何か冷たいものを感じ、その冷たさが自分の容貌に原因している或感覚ではないかとも思はれた。それに新島が先方の望んでゐない結婚についての男性的な好悪の観念を新島自身にも持つてゐることを感じ、藤田の態度をも併せて考へると、彼等のなかに共通されてゐる男性を見ない訳にゆかなかつた。

幾代はこれまでの自身への冷遇が「自分の容貌」に関わる「男性」からのまなざしによるものであると認識する。その際、かつて幾代が悪阻で寝込んでいた時に、荻田が招いた辻という女性詩人の表情に幾代が見出した「美しさ」「典雅さ」によって自身を相対化しているのである。ここにきてこれまで幾代や母の内面が捉えてきた冷酷な荻田像という一面的な現実を相対化しうる自己認識がなされ、それによって幾代が直面している現実の別の一面を顕在化させ、物語内の現実世界を補完していくのである。

三　傍観から内面へ

ところで女性の内面が語られている「幾代の場合」は、それ以前の犀星の小説の多くで女性が傍観的に語られていたことと対照的であると言える。

例えば「幾代の場合」と同年に発表された「或女の備忘録」（『クラク』昭和三・三）では洋品店の店員牧雄が常連客の女性「秋本さん」の表情から「秋本さん」の心理を読み取っており、ここには牧雄が「秋本さん」を見ることで「秋本さん」の内面を表そうとする傍観的な語りの特徴が見出せる。しかし「秋本さん」の表情によって「秋本さん」の心理を描こうとしても、「秋本さん」がいつ・なぜ「憂鬱な表情」になるのかは牧雄の主観でしか判断できない。


「さうね、毛布もいるにはいるんですけれど、また今度にしてもいいわ。」秋本さんは一寸憂鬱な顔附をした。

「それよりか差し当り化粧道具を見なければ……」

　秋本さんのさういふ憂鬱な表情は、これまで牧雄は度々見るのだつた。それは必ず秋本さん自身が購買力の平均を失ふた時に起る憂鬱な表情らしかつた。


　こうした傍観的な語りは映画の心理描写と重ねることができる。犀星は映画の「心理描写の目的が、心理過程のみを追ふてゐないで、事件と場面とのかゞりをする為に為される手法」であり、映画は「「顔」のみの表現が既に心理的な作用であるために、殊更に性格や心理を突き止める必要がない」と指摘している[12]。第二章で指摘したように、犀星の映画への関心は以前から強かった。百田宗治は大正九［一九二〇］年の時点で犀星が「心理的な錯綜した交渉を描くやうなところへ来ると、室生君はかなり幼稚で、屢々それが作意の浅さと混同して見られる[13]」と指摘していた。それは映画の心理描写が犀星の大正一〇年前後に顕著な傍観的語りと同質のものであることを意味している。もちろん、大正一〇年前後の犀星の小説に登場人物の心理が全く描かれていなかったわけではないが、その多くが登場人物の外面的描写によって、つまり身体の表象がその人物の心理を表象しており、内面から描かれることはほとんどなかったと言えよう。

例えば、十重田裕一は犀星が「映画を評する際に執拗なまでに俳優の顔について言及している」ことに注目し、昭和三年に発表された小説の中で「映画に促されて創作されたもの」としてこの「或女の備忘録」を挙げるが、加えてそれ以後犀星に「映画を意識した表現あるいは同時代の具体的映画や俳優への言及はあまりみられなくなる」ことも指摘している(14)。その間に傍観的語りとは異なる「幾代の場合」が発表されていることは全くの偶然ではない。犀星の小説が「レアリスムとして欠陥を持つてゐるのは、一つはあなたの方法が映画の方法からあまりに多くのものを借りてゐるから(15)」だと堀辰雄が指摘していたように、これまでの傍観的・映画的語りの特質でもあり、また「欠陥」でもあるその構造が、「幾代の場合」では根底から崩されていることがわかる。

このような女性の内面を描いた犀星の小説は「幾代の場合」以降顕著に見られるようになるが、特に指摘したいのが、「化粧した交際法」が満知子、たね子、サチ子という三人の女性の内面によって不二夫の正体を明かしていったように、女性の内面を通して他の人物や出来事が語られていることである。例えば三つの挿話から成り立つ「足・デパート・女」(『改造』昭和五・八)中の「18番の女」は、中年女性が間違って自分の荷物の中に売り場に並んだ靴下を入れてしまったところを「デパートの女」に見られ、返却して弁解するが認められず、その不愉快さに納得できずに夫に打ち明けたところ、話を聞いた夫がそのデパートの支配人に顚末を記した手紙を送ることが描かれている。ところが「デパートの女」は中年女性が帰った後、それが過失であったことに気づき、その中年女性を咎めてしまった自分を責める。手紙を受け取った支配人は翌日店員を集め事情を聞きだし、その女の不手際を非難する。それぞれの立場からの「万引き」をめぐる思惟と行動を「複数の視線」の「交錯」とする和田博文は「被疑者だけでなく、目撃した店員・管理職・他の店員の行動と心理も、対応させて描いている」ところにこの小説の異色性を見出している。[16]

このように一つの事件を多面的に捉えることが可能となるのは、それぞれの作中人物の内面を通して語られるからであり、それは「あにいもうと」へと引き継がれてもいるのだ。例えば高瀬真理子は「あにいもうと」の赤座、りき、伊之助、もんの抱くそれぞれの小畑像が、それぞれの内面によって異なっていること、さらに「それぞれの認識の相違と愛情の方向の違い」によって「同一人物の中でも心情の推移」が生じていることを指摘している。[17] さらに「ハト」「笄蛭図！」がすべて対話によってある人物や事件を構成していることを考えれば、例えば「ルーヂンはまだ生きてゐる」（『近代日本』昭和七・一〇）にも二人の女性の対話によって形成された人物像が既に描き出されていることが指摘できよう。

——お温和しい方よ、わたし、いろ〳〵考へるのだけれど、あの方の狙つてゐる人は大抵型がきまつてゐて、善良な人ばかりなのよ。何かはいりやすいところの女ばかり選つてゐるやうね。

——でも、よく見ると睫毛が長くて可愛い顔をしてゐるぢやないの。あんな男つてものは妙に感情的に人に好かれるものよ、じつと見つめられるとあの方の喜ぶやうなお世辞を言つてあげたいくらゐよ、（後略）

「狡猾な男」「下品」「あんな放浪者」や、「魅力がある」「悪い方だと思はない」「ほんたうにいゝ方」という「あの方」の女性との「交際」方法をめぐって対立する評価は、二人の女性の噂によって現れ、それが「あの方」の人物像となって描かれているのである。

これら複数の人物の心理や発話が一人物や一出来事の様々な側面を捉えていく方法は、「意識の流れ」の手法ではなく、昭和三年の自然主義リアリズム傾向の中で書かれた「幾代の場合」以降の心理描写によってなしえたと言えよう。したがってもし「幾代の場合」をいわゆる〈市井鬼もの〉と見るならば、「復讐」という点ではなく、複数の人物の内面が他者像を揺るがしていく語りの特徴をもった「うそ寒く油断のならない巷に三つ巴になって鬩ぎあう市井絵図[18]」という点においてということになるだろう。

四　心理描写と伊藤整の新心理主義文学

その後犀星は心理小説作家と見られるようになる。例えば蒔田廉は「昭和六年春の芸術派」(『新文学研究』昭和六・四)で心理小説作家として「先づ近頃うるさく問題となる横光利一氏。意識の流れでは伊藤整氏、永松定氏。一二の作に過ぎないが、川端康成氏もあれば北園克衛、近くは室生犀星氏等此項に入るべき作家の数に不足はしない。宛然一潮流である。」と挙げている。同様に杉山平助もまた犀星の特に女性心理を描いた小説に「心理的葛藤に肉薄する叡智」を認めている[19]。

ところで「化粧した交際法」は複数の女性の内面に「意識の流れ」の手法が用いられていた。昭和五年前後が新心理主義文学理論の全盛期であることを考えれば、そこに同時代文学の影響が反映されていることは疑いえない。だが犀星のジョイス受容は単に時代性に照応したものというよりも、伊藤整の新心理主義文学理論との密接な関わりの中で受容されていたと考えられるのだ。伊藤整『新心理主義文学』(昭和七・四、厚生閣書店)は、第一部の「文学について」中の「会話と話術」で室生犀星の指摘を踏まえて論を展開している。[20] そして第三部末近くに収められている本書中唯一の日本人作家論が「室生犀星」となっているのだ。つまりおよそ『新心理主義文学』は、犀星への言及に始まり犀星への言及で終わっている書物であるといっても過言ではない。[21]

一方、犀星は伊藤整の「〈話すこと〉を最大の技術とした旧文学は、実に〈会話〉が人間の心理的現実から離れてゐるだけ、それだけ現実の歪曲であり無視であつた[22]」という発言に対し、「僕も会話といふものが浮々して落着けないものに日頃考へてゐる。経験から言つても定つたところにおさだまりの会話が出て来るのが、酷く観照上の良心をにぶらしてしまふ、いつそ会話でゆくならそればかりで行つた方が素直にも思うのだ[23]」と述べている。前述の「ルーヂンはまだ生きてゐる」や「ハト」「笄蛭図！」をこの文脈の中に置いてみれば、犀星が伊藤整の発言を「会話無用論という形で理解[24]」していたにせよ、そこに犀星なりの伊藤整受容の痕跡を見ることができるのだ。

ここで改めて指摘したいのが前述した『新心理主義文学』第三部の作家論「室生犀星」に「幾代の場合」への言及が見られることである。

妙に人の頭に残つた《幾代の場合》が、その総ての古くささと、日本製自然主義的マナリズムにも拘らず、母親を見る幾代の眼つきなどを人に焼きつけるのは、室生犀星が自分よりも対象を尊重し、それを描かんとしてゐるからである。室生犀星の一番いけないと言はれてゐる《幾代の場合》の時期が、如何に貴重なものであるかを、私は今新に知るのである。

（「室生犀星」、『文学』昭和七・三）

「室生犀星の一番いけないと言はれてゐる」時期は、第一〇章で述べるように、後に「生ひ立ちの記」「弄獅子」としてまとめられていく自伝小説[25]を書き始めた頃と重なっている。続けて伊藤が「氏の描く性格は、男でも女でも、青年でも、みな室生犀星であ」り、それでは「事件の推移と、多元的な性格の交錯」が乏しくなると指摘しているが、これは「幾代の場合」を指しているのではない。むしろそのような時期に「幾代の場合」が他者（女性）の内面を描いている点で突出した小説であることを指し示しているのである。日高昭二はこの作家論の要点は、伊藤整自身が「〈小説家としての詩人〉の実践的な課題」を「〈私〉の方法的処理の問題」として把握したことにあり、「伊藤整自身の肖像をこそ語って余りあ」るものなのだと指摘している。[26]しかし、日高も引用している次の一節「私は室生犀星が、日本の小説を正しい道に置く義務を負ふ少数の存在の一人であることを思ひ、次の《幾代の場合》を書かれる日を待つものの一人である。」でこの論を結んでいること、さらに言えばそれが『新心理主義文学』の最後の日本人作家への言及であることを考えれば、伊藤整が何故に「幾代の場合」を新心理主義文学の文脈において重視していたのかが改めて問われてくることになるだろう。

そこで再び「幾代の場合」に戻って伊藤整の発言を確認してみたい。「幾代の目つき」は結末部分で以下のように語られている。


「甚麼に長くかかつても荻田と戦つてやるつもりよ。」

幾代は母にさう言ひ、ざわめく髪の根を自分で慄然とするぐらゐ、妙な悪寒のために震はせるのだつた。

さういふ幾代の顔には神経と昂奮とに固められた表情以外に、母親は以前のやうな優しいものを見なかつた。

「そんな顔をするものぢやないよ。」

母親は気味悪く幾代を眺め、眉のそそけ立った彼女の顔のなかに、自分の娘とするよりも寧ろ他人に近い空恐ろしさを見出すのであつた。

幾代の内面を通して語られてきた荻田像を相対化していく上でこれまで幾代と共犯関係にあった母が、ここで幾代を「他人に近い空恐ろしさ」として突き放して捉えていることがわかる。それは幾代が母によって対象化されているということであり、ここにそれまでの漂流する個々の心理を統括する幾代という主体を見出すことができるのだ。

周知の通り新心理主義文学理論はそれ自体において様々な矛盾を抱えていた。例えば伊藤整は『新心理主義文学』所収の「心理小説に関する覚書」で「心理的記録小説」が、「ある瞬間の人物を描くために、その人物の内部現実の描写を直接にする可能性を生」み、「それが新しいリアリズムの発生を結果した」と述べている。(27)しかし亀井秀雄は「伊藤整が無意識の領域を新しく発見された心理的現実とのみ考え、自意識を描かるべき客観として扱おうとした」ため、かえって「それを描く主体がいな」くなり、結局「自己」というものが「瞬間々々の心理的映像の断片に解体してしまう」ようになったと指摘している。(28)

このことを考えれば、「幾代の場合」は新心理主義文学理論で限界を示していた個々の心理を統括する主体を客観的に捉える母親の視点で結末を迎えており、それを新心理主義文学理論にとっての先駆性と見なしてこそ、「伊藤整自身の肖像」が犀星によって揺るがされていくことにもなると考えられるのではないだろうか。

五　おわりに――芥川龍之介からの課題

ところで犀星が「幾代の場合」で女性の内面を描くようになった契機として「神も知らない」（『文芸春秋』昭和二・七）という小説が関わっていると考えられる。山川夫妻の家で女中として働くおきみが幼馴染の清水邦男へ送っていた手紙を邦男の母に妨げられていたこと、邦夫が既に死んでいたこと、邦夫の母に一方的に冷遇されることで自殺を試みるおきみが、山川夫妻の諫言によって再び生きることを決意していく物語である。この「神も知らない」ではおきみの内面は、例えば以下のように、おきみ以外の人物の内面を通して語られている。

おきみが長兄に宛てた遺書には、子供の時に貰ふた人形の嬉しさの忘れられないことが書いてあり、次ぎの兄はぶらぶら遊んでゐるのでおきみは簡単に兄さんさよならオホホホと書いてあつたさうだつた。山川はそのオホホに物凄い暗澹たるものを感じたのだつた。

この「神も知らない」が発表された直後、芥川龍之介は自殺した。犀星と芥川の親交の深さについては周知の通りであり、例えば犀星は、芥川の生前に「自分と彼とは僅か七八年くらゐの交際に過ぎない。しかも其間に自分は彼から種種なものを盗み又摂り入れたことは実際である」と述べていた。(29)また芥川没後にも芥川が自身にとっていかに重要であったかを繰り返し述べているように、(30)犀星が芥川の死後自らの文学の中に芥川から学んだものを内面化していったことは忘れてはならない。そしてその具体化の一つが生前芥川が最後に読んだ犀星の小説

「神も知らない」への芥川の指摘に示されているのだ。

芥川君は生前自分の零細な作品にまで眼を通して、短かい的確な批評を能くして励まして呉れた。去年自分の「文芸春秋」に出した「神も知らない」といふ作品は或女性の自殺未遂を書いたものであるが、芥川君は此の小説では女の中から這入つて書いた方がよかつた、最も女の中から書くことは難かしくもあり却々苦しいと批評して呉れた。自分は女から書くには分りかねることがあるといふと、それは分らんよと云つてゐた。六月の末のことで芥川君が世を辞す三週間程前である。(31)

芥川の「女の中から這入つて書いた方がよかつた」という指摘の実践を「幾代の場合」の女性の心理描写と見るならば、そうした芥川から死の直前に犀星に出され、芥川自身「女の中から書くことは難かしくもあり却々苦しい」とも述べていた小説の方法の克服が「幾代の場合」によってなされたとも言えよう。そして「神も知らない」もまた、おきみと邦男の手紙を通した「交際」として捉えれば、本章で見てきたようにいわゆる昭和初年代の犀星の小説において、男女の「交際」というモチーフの中に女性に対する傍観的語りから心理描写へ、そして「意識の流れ」の手法へという筋道を見出すことができよう。

このように「幾代の場合」はこれまで模索、混沌とされた昭和初年代の犀星の小説が次第に心理描写に重点を置いていくその出発点に位置し、後に書かれる女性心理を中心とした小説につながるだけでなく、小説家として常に先を歩んでいた芥川龍之介やそれまでの自身の傍観的・映画的描写方法をも超克した小説なのである。

（1）太田三郎「室生犀星「化粧した交際法」」（『学苑』昭和四三・六）。
（2）奥野健男「犀星評の変遷（四）」（『室生犀星全集月報』第七号、昭和四〇・一一、新潮社）。
（3）宮地嘉六「室生犀星論」（『新潮』昭和三・五）。
（4）堀辰雄「室生犀星の小説と詩」（『新潮』昭和五・三）。
（5）室生犀星「文芸時評」（『文芸春秋』昭和三・八）。
（6）例えば尾崎一雄は犀星の時評から「新しいものを突き付けて貫へたと云ふのでなく、不敏な自分のぼやけた感じにハッキリとした形をつけて貫へた」と指摘している（「室生氏の時評」、『創作月刊』昭和三・七）。
（7）横光利一「感覚のある作家達」（『文芸春秋』昭和三・八）。
（8）千葉亀雄は「新感覚派の誕生」（『世紀』大正一三・一一）で、室生犀星の「感覚」の延長線上に『文芸時代』同人の「新感覚」があることを指摘している（第四章参照）。
（9）伊藤整『近代日本の文学史』（昭和三三・九、光文社）。
（10）笠森勇「小説を模索する犀星――昭和初頭のころ――」（『室生犀星研究』第一七輯、平成一〇・一〇）。
（11）太田、前掲論（注1と同じ）。
（12）室生犀星「文芸時評」（『新潮』昭和三・六）。
（13）百田宗治「室生犀星論　この自由なノートを以て犀星論に代へる」（『サンエス』大正九・一〇）。
（14）十重田裕一「顔のマニア――犀星の昭和初年代への視角」（『昭和文学研究』平成九・七）。
（15）堀辰雄、前掲論（注4と同じ）。
（16）和田博文『テクストのモダン都市』（平成一一・六、風媒社）。
（17）髙瀬真理子「室生犀星、市井鬼ものの成長とその限界――「貴族」・「あにいもうと」とその後――」（『歌子』平成一七・三）。
（18）仲野良一「室生犀星の「市井鬼もの」――「ハト」をてがかりとして――」（『文芸論叢』昭和四九・三）。
（19）杉山平助「現代作家総論」（『日本文学講座』第一三巻、昭和九・六、改造社）。

(20) 時系列に添えば、伊藤整「文学技術の速度と緻密度」(『文芸レビュー』昭和五・一〇、『新心理主義文学』所収)での会話への言及に犀星が「僕の文学と現文壇の主流的批判」(『新潮』昭和六・一)で自説を述べたことに再度応じて書かれたのが「会話と話術」(『今日の文学』昭和六・三)である。

(21) しかしながら『伊藤整全集』第一三巻(昭和四八・一二、新潮社)の「編集後記」では「本全集では原型を活かして、歴史的意義を保存したが、「室生犀星」の一篇は、作家論(本全集第十九巻収録)にまわ」したとあり、『新心理主義文学』と犀星の関係が見過ごされているのだ。

(22) 伊藤整「文学技術の速度と緻密度」(注20参照)。

(23) 室生犀星「僕の文学と現文壇の主流的批判」(注20参照)。

(24) 亀井秀雄「「新心理主義」―登場期の伊藤整―」(『国語国文研究』昭和三五・一二)。

(25) 例えば、「紙碑」(『文芸春秋』昭和三・六)の冒頭には「自分の自叙伝は自分で意識して詩的な出駄羅目を書いて小説にしたが、時期を見て書き直したいと何時も考へてゐた。(中略)読者には小説として興味が無いかも知れないが、自分は猛烈に最一度自分の本当を書き残すつもりである。そして自分は嘘は書かないつもりである」とある。

(26) 日高昭二「詩と小説のあいだ――「生物祭」前後――」(『伊藤整論』昭和六〇・三、有精堂)。

(27) 伊藤整「心理小説に関する覚書」(『新科学的文芸』昭和六・六)。

(28) 亀井秀雄『伊藤整の世界』(昭和四四・一二、講談社)。

(29) 室生犀星「芥川龍之介氏の人と作」(『新潮』昭和二・七)。

(30) 例えば、室生犀星「芥川龍之介氏を憶ふ」(『文芸春秋』昭和三・七)には、「自分は此友達の中からまだまだ摂取すべきものがあり、自分は貪婪にそれに打つかつて行くべき筈であつた。」とある。

(31) 室生犀星「清朗の人」(『驢馬』昭和三・二)。

Ⅲ

第六章　〈くろがねの扉〉を開く室生犀星——〈市井鬼〉生成の場としての『鐵集』時代

一　はじめに——『鐵集』と〈市井鬼〉たちの物語との距離

昭和七［一九三二］年九月、椎の木社から刊行された『鐵集』は、およそ昭和三年から昭和七年の間に書かれた詩篇を「煤だらけの山」「死のツラ」「僕の遠近法」「宮殿」「硝子戸の中」「変貌」の六章にまとめた詩集である。また、序言で犀星が「鐵集は僕の最も後に位する詩集ではないかと思ふ。僕は後にまた最早詩集をまとめる気持をもたない。何故かこの集で僕の詩の絶えることを希んでゐる」と述べているように、昭和初年代の犀星の文学活動を考える上で一つの転機にあたる詩集として見なすことができる。翌年の昭和八年に発表された「小鳥達」（『文芸春秋』五月号）、「貴族」（『経済往来』六月号）、「哀猿記」（『改造』八月号）などの小説は、犀星が小説家としての地位を確立していくことになるいわゆる〈市井鬼もの〉と呼ばれる小説群の初期作品であり、『鐵集』の試みの中に、それら〈市井鬼〉たちの物語生成の場としていかに機能していたかを窺うことができるのだ。

例えば、これまでの先行研究では、この詩集によって犀星が「自己の自意識を自意識と意識し、自己を突き放す境地に立った[1]」ことや「対象を自在にとらえる方法を獲得[2]」したことなどが指摘されてきた。その中で、『鐵集』の六章のうちの「硝子戸の中」の詩篇に注目した堤玄太は、「「硝子戸」とは詩人の自意識を表し」、「「二重の」とは、自意識の存在を自意識でもって感じた」ということを意味し、ここに「自己を相対化する認識」のありようを見出している[3]。また、澤正宏は「僕の遠近法」の詩篇から「ブランコに乗ることで人生観と、詩とすべき対象のとらえ方とを大転換させ」、「とにかく古いものの見方（映写機、遠近法）は壊された」と指摘している[4]。

だが、これら『鐵集』でなされたとする対象の捉え方の変容に対する指摘には、『鐵集』の試みと〈市井鬼〉たちの物語との結びつきが半ば看過されており、『鐵集』の試みと〈市井鬼〉たちの物語との距離を措定する上で、『鐵集』の方法がどのような形で〈市井鬼〉たちの物語以前の小説作品に反映されているのかを具体的に検討する余地が残されていると考えられるのだ。

そこで指摘したいのが、「犀星らしからぬモダンで都会的な情緒に染ま」ったものと見られてきた[5]『鐵集』中の「僕の遠近法」及び「宮殿」には、同時代のモダニズム的な文学状況の支配下において犀星が試みた、新たな対象把握の方法や、やがて〈市井鬼〉として描かれることになる女性たちが端的に記されているということである。また、『鐵集』に収められた詩篇が発表された昭和五年前後に繰り返し用いたモチーフである〈くろがねの扉〉の奥にも、〈市井鬼〉たちの起源を垣間見ることができるのだ。

本章は、『鐵集』及びその前後の時代において犀星が獲得した、対象を捉える新たな方法を提示した上で、「僕の遠近法」「宮殿」で対象としたものが〈くろがねの扉〉の奥に見出されるものと通底していくことを示し、それが昭和六年前後に発表された小説にいかに反映され、そして後の〈市井鬼〉たちの物語へとどのように架橋されていくのかを考察していきたい。

二 『鐵集』の構成――「僕の遠近法」「宮殿」の位置

『鐵集』所収の詩篇を見ると、これまで指摘されてきたように、自意識によって自己を突き放して捉えるだけでなく、他者との距離を措定した相対化もなされていることがわかる。「死のツラ」の章頭の詩「僕は考へただけでも」(『椎の木』昭和七・九)において、「この世は死ねない約束づくめ」であり、「死んだ仕合せもの」を「卑怯者」と呼ぶ犀星は、以下の詩篇において死に対する自己の姿勢を示している。

死のツラが見える。
ボロボロになつた巌の皺。
僕は杖でそれを叩きこはす。
死のツラもボロボロになる。

(「ボロボロになる」、『椎の木』昭和七・九)

僕は途中で、
僕をつけ廻す奴を撒いた。
死が何処までも死であるやうに
僕はやつれはてた死を途中で撒いた。

(「僕はやつれはてた死を」、初出未詳)

ここで犀星は自らに迫る死の影（「死のツラ」）を「叩きこは」し、「死を途中で撤」くことによって死と対峙しようとしている。言い換えれば、生きて書くことを自らの使命とし、それによって「死んだ仕合せもの」と自己とを対照的に描き分けているのだ。このように『鐵集』は他者や自身を通して相対化した自己を描くことが目論まれた詩集であると言えるが、それだけでなく、相対化する際の他者への関わり方にも注目すべき点が見られるのだ。

犀星の自意識を表出することを可能にしたとされる「硝子戸の中」に収められた「硝子」には、犀星の自意識が捉えた対象が以下のように映し出されている。

硝子は風景に深みを見せる。
硝子は暗さを湛へてゐる。
硝子は真理を一層真理的なものに見せる。
硝子の凹みで女の顔が伸びちぢみする。

（『文学』昭和五・三）

「硝子」という自意識を通して見えてくるのは歪んだ「女の顔」であり、それが自意識によってなされている限り、「女の顔」は犀星自身の内面が投影されたものでもあるということだ。ここに、自意識を介して外面的には「私」（自己）が女（他者）と距離を取りながら、内面においては結びついている両者の関係を見ることができよう。同様に、「僕の遠近法」では以下のように一層具体的なかたちで女性表象がなされていく。

自転車にへばりついてゐる少女の大腿、
大腿は焦げた香ぐはしいパンの色。
昼顔のハナ。
白いスカアト。

（「パン」、初出未詳）

対象をまなざす詩人は自転車に乗った少女の太腿を「焦げた香ぐはしいパン」そのものとして、また少女の白いスカートを「昼顔のハナ」そのものとして捉え直している。ここでは少女の身体という他者の外面に、白い昼顔の花や焦げた香ばしいパンに対する自己の欲望という内面が投影されているのである。このような捉え方を可能にするのが「ブランコ」という方法なのだ。

ブランコの上で
僕は楽観する。
僕の遠近法に間違ひはないから
僕はレンズを合はさなくともよい。
僕はブランコに飛び込む。
ブランコに逆さまに下がるのだが、

（「僕の遠近法」、『椎の木』昭和七・八）

そこで人生観も遠近法も一変する。
僕は出鱈目になり、
僕は映写機を叩きこはす、
機械は粉微塵にこはれてしまふ。
僕の想像力は希薄になり、
めまひを感じながら
支離滅裂な景色を継ぎ合はしてゐる。

（「映写機」、『椎の木』昭和七・八）

ブランコは快活で、
木の葉すれすれになるところまで、
僕を運んで呉れる。
僕は女にふれるやうに、
木の葉に頬を擦り寄せる。
僕は地球を幾廻りかする。
僕は地球の裏側まで見てしまふ。

（「地球の裏側」、『椎の木』昭和七・八）

ここで犀星は、かつて自身が対象を捉えていた「映写機」を完全に叩き壊している。この「映写機」とは特に大正中期の初期小説に顕著な直喩表現による表象によって他者の内面に立ち入らずに傍観する（まさに映画的）

視点だったと考えられる。(6)そして犀星は新たに「ブランコ」のように他者と自己の間を往還しながら対象を相対化していく方法を獲得したと言える。(7)それによって、「地球の裏側まで見てしまふ」かのように、対象の外面だけでなく内面をも捉えることが可能となったのである。そのような方法は次章「宮殿」にも見ることができる。

脂肪は冷える。
脂肪は凝結する。
脂肪は凍える。
脂肪は宮殿をつくる。

（「宮殿」、『文学』昭和五・三）

これは、「われらのモダンガール（欧米映画女優論）」（『新潮』昭和三・二）で犀星が論じた評論「脂肪の宮殿」をモチーフとしたものである。ここで犀星は「脂肪ある女の肉顔は大概の場合その色は白い。脂肪それ自身が皮膚に潤沢を与へ、顔の厚みと深みを組み立てるに力があるからである」、「脂肪はそれ自身の静寂を営むことにより漸く「その人」をつくりあげてゆく」と述べていた。脂肪によって築かれた「宮殿」とは犀星の自意識が捉えた女性の身体そのものであり、さらにそれは「ユキ」としても言い換えられていく。

背中のユキ、
廊下のユキ、
大腿のユキ、

二ノ腕のユキ、
ユキのウズ、
ユキの厚み、
ユキは畳まれ築かれてゐる。

（「背中の廊下」、『令女界』昭和五・一一）

かつての犀星文学は女性の身体を断片的に捉える表象が専らなされていたと言えるが、ここにおいてそのような断片の積み重ねが映画のモンタージュ手法のように一人の女性の全体像を形成していることに気づかされる。特に注意したいのは、そのような女性像が、さらにその女性像を形成していく社会的背景とともに記されていることである。

白粉の皮、
白粉の骨、
白粉の都、
白粉の反逆、
地球は白粉の顔を半分羞かしさうに匿し、
その半分を赧めてゐる。

（「地球の羞恥」、『文学』昭和五・三）

彼女等はみな戦死した、

ジヤズの中で
彼女等はみな懐妊した。

（「ジヤズの中」、『読売新聞』昭和四・一二・二二）

ここで、いわゆるかつてのカフェの「女給」たちへの犀星のまなざしを確認してみたい。犀星は『モダン日本』（昭和五・一一）に掲載された「モダン日本辞典」で「女給」の項目を立て、以下のように定義している。

奈何なる良家の子女も一度生活的悲境に立つ時には、先づ「女給にでも」ならうといふやうになつたのは、女給が職業方面に適応されてゐるからである。近代文明のむら雀のなかに彼女等が存在してゐることは否まれない。彼女等はヂヤズの中に懐妊してジヤズの中で愛し児を生んだ。彼女等はダマされまいとしながら何時もダマされ勝だつた。彼女等が悪心深ければ深いだけその深いところで失敗した。

例えば、同時代には「高級大カツフエの一流女給さんの中には、全くどこの御令嬢か又は女優さんかといつたやうな洗練された女性や、あでやかな装ひの人を見受けます[8]」といった表層的な捉え方によって「女給」を華やかな職業と見なす言説が残されているのに対して、犀星は女性が「職業」として「女給」を選択した場合の「悲境」にまで目を向けていたと言える。このようなまなざしが〈市井鬼〉たちの物語に典型的な女性表象を生み出していくことになるのである。

このように、『鐵集』で犀星が試みた新たな方法から窺えるのは、他者と自己の間を往還しながら対象を相対化していくことで、自らの立ち位置を確立し、そこから都会に生きる女性たちを捉えようとしていく姿勢であるということだ。

三　〈くろがねの扉〉の向こう側――〈市井鬼〉たちの原型

ところで、このような構成を持った『鐵集』が刊行されるまでの間に、犀星は〈くろがねの扉〉をモチーフとした詩を数篇発表している。そのうち、最初に登場するのが『鐵集』と同じモチーフのもとに出発したとされる[9]詩集『鶴』（昭和三・九、素人社書屋）に収められた「己の中に見ゆ」（『詩歌』昭和三・六）である。

我はくろがねの扉の前に佇めり、
我はひねもす其扉を嚙じれり、
或は爪をもつて引掻き穴をあけんとせり
くろがねの扉に血のごときもの垂れたり
その響は聾するごとし、
我は飽くことなくその扉を叩けり、
動かざるものを動かさむとはせり、
扉の奥に何物のあらんや、
何物を得んとするや、
我は恐らく生涯これを叩かんとす、

叩き破らんとす、
身をもつて耐へんとはせり。

この時犀星はまだその扉の奥にあるものを理解していない。ただひたすらその扉を叩き破ろうとする意志だけがこの詩から窺える。次に発表された「詩中の剣」（『詩神』昭和四・二）には、この〈くろがねの扉〉が詩というジャンルに限定されずに開かれるべきものであることが記されている。

僕は行詰つたといふが、
行詰らない文芸が集つて存在してゐたか、
行詰つた中から潜りぬけ破り出て行く、
くろがねの扉を蹴散して出て行く、
その出て行くところは出て行かねばならないからだ、（後略）

ここで犀星は詩のみならず「文芸」全般に創作活動を広げて捉えており、その上で〈くろがねの扉〉を蹴破って出て行くことを決意している。「詩中の剣」は「詩とは何か」という問いかけのリフレインによって構成された長詩であり、最後の連で「詩の正体は何か」と問いかけ、「詩中に彷徨する老書生」が「ボロボロの剣」を「杖にして」「なほ立たんとする」姿に対して、「これを一概に馬鹿だといへるか、／行き詰つてどう廻りをしていると言ふか」という言葉で結ばれている。小林秀雄が「歌といふよりも寧ろ手記といふに相応しい、全くの苛立たしい心理記録である。殆んどそこには文字さへ疑う声がきこへる」[10]と指摘している通り、詩作を続ける自らの姿を肯定しつつも、そこからは見出すことのできない答えを求めあぐねているさまが窺えるのだ。そして、この詩の発表された直後、犀星は『若草』（昭和四・五）に発表された「くろがねの扉」で、その向こう側にあるものをはっきりと見定めることになるのである。

おれはその扉を肩先で叩き破らうとする、
その扉の向側に出ようとする、
肩の骨の砕ける音がする、
骨には寒い風が吹き尖つて来る、
おれは空想的には天の門を頭に描く、
しかしおれは肩先で破れない扉を叩き破る、
錠前の鳴る音が聴える、
淫売婦がホヽズキを鳴らしてゐるのが聴える、
おれはその扉の向側に出ようと焦る、
おれは金銭を恋ふ、
鉄の扉の向うにある金銭、女、精神力を恋する、
おれはドンキホーテを軽蔑しない、
おれは押し破らうとする、

金色燦爛たる向側に片足を踏み込む、
此の扉さへ叩き破ればよいのだ、
おれの肩の骨は砕けて落ちる、
おれの肉体はボロボロになる、
おれといふ人間が形体を崩してしまふ、
それで鉄の戸を叩くものがある、
夜昼の境なく鉄の戸を叩くものがある、

この詩でははっきりと〈くろがねの扉〉の「向側」にあるものが「金銭、女、精神力」であることが示されている。しかもそれはこちら側（詩）から「押し破」ることで見出されたものなのだから、犀星は「金銭、女、精神力」を題材として書くべきなのは小説であることを意識し始めたと考えるべきである。

しかし、〈市井鬼〉たちの原動力である「金銭、女、精神力」を題材にしたこの時期の小説が、すぐさま〈市井鬼〉たちの物語となるわけではない。例えば、「くろがねの扉」発表後に書かれた「浮気な文明」（『改造』昭和四・八）[11]では、「ヂヤズのブリキ音楽が鳴り煙草が吐き出され」るカフェに「彼女」を誘った「彼」が、「彼女」から「女給」が「娼婦とかはらない女」だと指摘され、以下のようにこの「白いエプロン女を説明し」ている。

職業と恋愛、孤独の料理人、音楽と男のなかで極端な感傷主義に陥らないやうに、お嬢さんでゐて娘さんの気持で、女学生である上に出戻りのヒステリイを忘れないところの、白粉とお召チリメンを着て、書き黒子を施し、下宿には高等女学校三年の修業証書と一緒くたになつた身元証明書、西條八十の詩なんか生ぬるいと言ひながら、朝から晩まで恋のマルビルをうたひ、気の滅入つた時は不機嫌に、燥いだ気持では男の首ツ玉に噛り付き、気質、化粧、表現、応酬では不思議なモダニズムで、嘘なんかもう言はない新鮮な性格で、面白くて可笑しくて自由に見えるが、隙さへあれば東洋風な生活を慕うて足を洗ひたがつてゐる可憐さがある。

ここでは「女給」たちの華やかな表層とともに深層に潜む悲哀が「彼」の口から「説明」されているが、〈市井鬼〉たちのように「女給」自らが自身について語ろうとしていない。

だが、昭和四年一一月号の『近代生活』に発表された小説「鉤と餌」では、カフェの「女給」が親しくなった男性客から「肉体」を「餌」に「金銭」を騙り取ろうとするさまが、「女給」の言葉を通して記されていく。

「わたくし少しおねがひがございますの。それを此間からお話しようと思つてはつい言ひはぐれてゐますの。今月は引越したりなんかしたものですからお休みが多くて、お家賃にこまつてしまひましたわ。お家賃は纏つたお金なものですからもうこんなに月のおしまひになつても、全て的が無いんですもの。」

「わたくし」は引越先のアパートに「あなた」を誘い、もし「肉体的に間違ひ」があったとしても「それを避けたり求めたりしなくとも、さういふ気持になつたらそれでいゝぢやございませんか」と誘惑する。ところが、男性客が家に訪れると「わたくし、すこしもさういふ気にはならないんです。わたくし、それだけはおことわりいたしますわ」と態度を翻していく。しかし、ここで注意したいのが、「鉤と餌」もまた、〈市井鬼〉たちの物語とは異なり、一人の「女給」の独白のみにて小説が構成され、男性客の言葉が一切描かれていないということだ。このことは、『鐵集』で試みた相対化する捉え方が過剰になった結果、完全に女性の内面に入り込んでしまい、小説から他者の言葉が排除されてしまったことを物語っていると言えよう。

このようないわば試行錯誤を続ける犀星は、〈くろがねの扉〉の奥にある「金銭、女、精神力」を一旦は否定することになる。『鐵集』刊行直前の昭和七年八月、『新日本民謡』に発表された「トビラ」にはそのことが以下のように記されている。

その鐵のトビラは開いたが、
気味悪いくらゐ静かだつた。
僕はなかを覗いて見たが、
闇のほかは何も見えなかつた。
只、黒焦げになつたものが折重なり、それが算へきれない数に達してゐた。
僕は直ちに引返した。
僕はそんな陳腐なものは見たくない、
そこで僕はその鐵の戸を勿体らしく
閉め切つて置いた。

誰かが又遣つて来るだらう。
そして莫迦々々しいものを見るだらう。(12)

〈くろがねの扉〉をモチーフとした詩の最後で、犀星は「金銭、女、精神力」を「黒焦げになつたもの」とし、この時期の小説の試みを「陳腐なもの」「莫迦々々しいもの」と突き放して捉えることになる。だが、このことは犀星の試みの限界を意味するものではない。むしろここで犀星は、「金銭、女、精神力」というモチーフをさらに相対化することを自らに課したと見なすべきであろう。『鐵集』刊行後に発表された数篇の小説からは、そうした犀星の意識を窺うことができるのである。

四　おわりに――〈市井鬼〉を描くことと自己を描くこと

『鐵集』刊行の翌一〇月、犀星は五篇の小説を発表した。「僕らは出かけた」(『大阪朝日新聞』昭和七・一〇・三〇)は二台の自動車で村々を回り公演する旅芸人の物語である。かつて小説家を志した「僕」は女形の役者となり行く先々の土地で女性と関係を結ぶ。

旅先で僕の最初に気を惹くものは景色や風俗なんぞのやうな詰らないものでなく、女だつた。女一人をひツ捕へれば山紫水明のことも、風俗習慣のことも自らわかり、わかるところに生えぬきの違つた美しさもわかるのであつた。それだから僕は第一に女をさがす、さがすから自然女もさがされるのであつた。

ここで「僕」は自身を「さがす」者、女性を「さがされる」者として差異化して語っている。しかも、かつて小説家を志しており、いまだに「文学くさいところ」がある「僕」は、「明治末期の新派の俳優の持つてゐた徹底的な突き放し」を求め、「ものあはれや、もの悲しさや、ほのぼのとした感情や、つまされたり惹きつけられたりするやうな気持をまづ犬や鬼や蛭に吸はしてしまふ」ことで、「文学的な乳臭をはやく洗つてしまひたい」と考えているのである。このような対象の突き放しは「女の間」(『文芸春秋』昭和七・一〇)にも見ることができる。「女の間」は寄宿生活を送る女学生の登代子が、夏期休暇のため学費を支払う「おぢさん」のもとに帰省する前日から書き出される。そこで友人の国子から「おぢさん」の職業を尋ねられ、「よく知らないんだけれど、なんでも料理屋のやうよ」と「顔のうへが赤くなつたやうな気」になって答える。叔父が北陸の海港で営む「料理屋」は複数の女性を配しており、登代子はその中の一人、あい子が客と寝ているところを目撃する。秋口になり寄宿舎に戻った登代子は国子に「いろいろな女の暮しを見て来たのよ、国さんなどの想像もできない女だちのことなの」と語りかけると、国子から「淫売婦のこと?」と問われる。ここで登代子は自らの生活の基盤を支えている彼女らを「淫売婦」という言葉によって突き放して質されることになる。かつて犀星が同じ舞台を描いた「美しき氷河」(『中央公論』大正九〔一九二〇〕・四)において、語り手「私」が対象を傍観するのみにとどまっていたのと比べ、登代子の内面は国子の言葉によってからはからずも相対化されることで物語が閉じられているのだ。

「二人の女の噂」「齋子とルイ子の話」からなる「ルーヂンはまだ生きている」(『近代日本』昭和七・一〇)は「鉤と餌」同様に女性の会話のみによって構成されている。だが、章題からわかるように、ここには二人の女性の対話によって相対化された一人の男性像が浮かび上がっていく。「死のツラを見よ」(『日本国民』昭和七・一〇)も物語の大半が複数の人物の対話によって構成されている。このような方法が「あにいもうと」(『文芸春秋』昭和九・七)へと受け継がれていくことは第五章で指摘した通りだ。それらが『鐵集』刊行前後に頻出していることは注目すべきであろう。

　このように対象を突き放して捉える手法を用いて、改めて「金銭、女、精神力」をモチーフとして書かれたのが『犯罪公論』に昭和七年一〇月から昭和八年一月まで四回にわたって連載された「色魔ではない」である。第一回連載の「編集後記」には、「特筆す可きは室生氏の「色魔ではない」を得たことであらう。本編は題の示す通り室生氏のものの中では異作中の異作で、しかも室生氏が敢て世に問ふ傑作力編である」と記されている。第三回「僕の素性とは?」には「あにいもうと」のもんを想起させる鏡山つゆ子が登場する。「僕」がつゆ子に向けた「売女め、引つ込んでやがれ」という一言がつゆ子の態度を変えていく。

「わたくしが買女であらうとなからうと大きなお世話ですわ。そして貴方が類ひ稀れな色事師であるくせに、何時も醒い口を拭き取つて図々しく澄し返つて、用がなくなると対手にならない恥知らずで冷酷漢だ。そのうへ若しかしたら女から体裁よく絞れたら絞り取らうといふ穢い気持を持つてゐらつしやる位のことは、誰だつて皆知つてゐることですわ。それだから貴方は人の持物であつてもお関ひなしにつまみ食ひなすつてゐらつしやるし、……」

「僕」が女性に近づいて金銭を巻き上げる詐欺師であることを暴露するつゆ子の言葉を受けて、「僕」はつゆ子がかつてカフェの「女給」であり、つゆ子もまた「僕」から金銭を巻き上げていたことを明らかにする。

「僕は僕の好みから言つて貴方のやうな汚ならしい、ひと口にいへば下司な女が嫌ひなんです。その上、あなたがまだカフエにゐらつした時分にたつた一度会つた僕に、すぐ物質的方面のことまで打明けて僕から幾らかせしめた挙句、此頃まで永い間僕を追ひ廻してゐらつしても只の一度だつてあなたに降参したことすらなかつた程あなたが大嫌ひだつたのです。（後略）」

このような応酬がやがて「女の図」や「龍宮の掏児」といった都市下層社会に生きる〈市井鬼〉たちの物語を特徴づけていくようになることを考えれば、「色魔ではない」において犀星は「金銭」を求め生きていく「女」の底知れない「精神力」の有りようをひとまずは書きえたことになると言ってよいだろう。

以上のように、〈くろがねの扉〉の奥に位置する「金銭」「女」「精神力」を中心に『鐵集』刊行前後の犀星の文学活動を見ると、そこには〈市井鬼〉たちの原型となるような抑圧される立場に立たされる女性たちが登場し始めるだけでなく、それらを描く方法として、彼女らを抑圧してきた者たちの饒舌な語りなども窺うことができる。しかし、〈市井鬼〉たちの物語が生成されていくにしたがって、『鐵集』において獲得した自己を相対化する自意識が次第に小説中から遠ざかっていくようになり、〈市井鬼〉たちの物語では、登場人物となる女性たちに同化する自己の姿が顕著となっていくのだ。

だが、ここに『鐵集』時代の犀星の試みの限界を見るのではなく、犀星が『鐵集』時代に書き続けてきたもう一つの物語に注目すべきであろう。昭和五年五月に新潮社より刊行された『生ひ立ちの記』としてまとめられる一連の自伝小説を書く上で犀星は、「自分自身に対し厳格であると同時に、読者には小説として興味が無いかも知れないが、自分は猛烈に最一度自分の本当を書き残すつもりである」[13]と語っている。そして犀星は『生ひ立ちの記』を用いて再構成した長篇自伝小説「弄獅子」冒頭において、物語内に自分の子供たちという読者を想定し[14]、自己を相対化することを試みているのである。〈市井鬼〉たちの物語と並行するかたちで犀星は自伝小説を書き、『鐵集』時代に獲得した方法を自伝小説と〈市井鬼〉たちの物語という二つの系統に発展させていくのである。そして、『鐵集』時代に始まる犀星の試みはこの「弄獅子」と「市井鬼集」を収めた書物『弄獅子』（昭和一一・六、有光社）において結実していく。しかも、この書物が小説における自意識を問題化した純粋小説論議の中で刊行された「純粋小説全集」の名を冠していることを鑑みれば[15]、『鐵集』時代の犀星の志向は〈市井鬼〉たちの物語生成の場として機能していただけでなく、同時代の文学状況を見据えたものであったと意味づけることもできるにちがいない。

（1）堤玄太「『鉄集』小考――室生犀星における詩と小説の解明のために」（野山嘉正編『詩う作家たち　詩と小説のあいだ』平成九・四、至文堂）。
（2）澤正宏「『鶴』『鳥雀集』『鉄集』『十九春集』」（『論集　室生犀星の世界（上）』平成一二・九）。
（3）堤、前掲論（注1と同じ）。
（4）澤、前掲論（注2と同じ）。
（5）三浦仁『室生犀星――詩業と鑑賞――』（平成一七・四、おうふう）。
（6）このことに関しては第四章を参照されたい。
（7）第五章で論じたように、このような視点は既に昭和三年に発表された小説「幾代の場合」においてある程度は払拭されていたものである。

（8）浪花静江「関西女性風景」（『資生堂月報』昭和四・五）。引用及び書誌情報は『資生堂宣伝史　Ⅲ　花椿抄』（昭和五四・七、資生堂）に拠った。

（9）『鶴』の「自序」には「自分は本詩集に「鐵」といふ命題を付ける筈であつたが、「山河抄」其他の弱々しい韻律のある詩作が其題意を味帯しないので、遂に割愛して「鶴」と命題した」とある。

（10）小林秀雄「文芸時評」（『改造』昭和六・四）。

（11）千葉宣一によれば「浮気な文明」は同時代のモダニズム文学の代表作と見なされ、昭和五年五月に第一書房から『「文学」叢書』として刊行される予定であった（「伊藤整とモダニズム文学」、『伊藤整研究』昭和四八・八、三弥井書店）。

（12）引用は『定本室生犀星全詩集』第二巻（昭和五三・一一・冬樹社）に拠った。

（13）室生犀星「紙碑」（『文芸春秋』昭和三・六）。

（14）堤玄太も前掲論（注1と同じ）で「自らの人生を突き放してみる視点をもつ語り手を設定した」と指摘している。

（15）このことに関しては本論第一〇章を参照されたい。

第七章　完結した物語の弊害――〈市井鬼もの〉前史としての「あにいもうと」

一　はじめに――「あにいもうと」と「兄いもうと」

昭和九［一九三四］年七月号の『文芸春秋』に発表された「あにいもうと」は犀星の小説の中で初めて映画化されたものであり、しかもその回数は今日まで三度に及んでいることは周知の通りである。[1] 最初に映画化された木村荘十二監督作品「兄いもうと」（ＰＣＬ製作、昭和一一年六月公開）は、公開当時、「日本映画にあつての近来の快作[2]」と言われ、昭和一一年頃に始まる純文学の映画化という文芸映画ブームの先駆的作品とされている。[3] この「兄いもうと」公開前に試写を見た犀星は、「河原の場面のカメラの美しさ、もんと兄の受け渡し、竹久千恵子の顔、丸山定夫君の兄猪之《ママ》の演技、英百合子の母も眼立たぬ程度で良かつたし、父親もよかつた」と述べ、「これ以上の文芸映画はいまのところ難かしい」と賞賛していた。[4] ところが、その二年後の昭和一三年、犀星は木村作品のみならず、自作「あにいもうと」とも距離を置いた以下のような発言を残している。

「あにいもうと」は私が四十歳の終に見たゆめだつた。「あにいもうと」といふ言葉をきくと私は苦々しく腹立しく、妙に侮辱されたやうな気がするのである。木村荘十二氏の仕事をわざわざ見に行つたことも、私には苦々しい思ひ出であつた。（中略）作品も拙い、私はあらゆる作家がするやうに自分の作品のことにふれたくない者である。ことに「あにいもうと」のことは余り書きたくないのだ。

（「映画このごろ」、『東宝映画』昭和一三・一一・一五）

また、「自作の映画化」（『日本映画』昭和一五・一二）では、「まるで私が監督をして映画をつくつたやうにさへ、映画と私のあいだに隙間がな」い程、「作中人物の対話なども、そつくりつかつてゐて、忠実すぎる程であつた」ことに「鳥渡困つた」とも述べており、映画公開を経て「あにいもうと」に対する評価が一変した理由の一つとして、映画「兄いもうと」が原作に「忠実すぎる」ことが、映画公開から時が経つにつれ、犀星の中で次第に前景化したとも考えられれのだ。

このことは、昭和九年一一月に金子洋文によって演出され、後述のように結末を大幅に変更した脚色による、水谷八重子主演の舞台「兄いもうと」を、肯定的に評価していくことと対照的であると言える。「あにいもうと」を舞台化する際に、水谷八重子から問い合わせを受けた犀星は、当初「水谷八重子さんと私の作品との結び合せが隔れすぎてゐて、ぴつたりした感じがとれなかつた」[5]と述べていた。だが、結果として「水谷八重子のもんは当たり役」[6]で、後に犀星は「おもんを演技する水谷氏はかういふ伝法〔もんが腹這いになって煙草をふかしながら上目遣いをするさま─引用者〕でじだらくな女をも、やす〳〵とこなし」[7]ていたと賞賛している。特に、「劇としての「あにいもうと」に就ての感銘は、寧ろ他人の芝居を見るやうな気がし、私自身の作品であるかどうかさへ考へなかつた」(8)として、原作との相違に犀星は関心を寄せていくのである。

これら原作に忠実であるか否かをめぐる、犀星の「あにいもうと」評価の揺らぎがいかなる理由によるものであるかを検討することは、第二の高揚期とされる昭和一〇年前後の犀星の文学活動を考察する上で欠くことのできない問題である。なぜなら、「あにいもうと」はこの時期の代表作であるのみならず、昭和一〇年前後の犀星文学に顕著な、いわゆる〈市井鬼もの〉と呼ばれる下層社会に生きる金銭に貪欲な人々を描いた小説群を語る上で常に参照枠として位置づけられており、「あにいもうと」に対する「腹立し」さを明らかにすることで、そのような参照枠としての「あにいもうと」の位置を大きく揺るがすことにもなると考えられるからだ。

「あにいもうと」は発表当時から「犀星の作家的手腕の冴えを思はせ」る小説(9)、「まことによく練り上げられた曲玉のやうな作品」(10)と評じられ、犀星の半世紀以上にも及ぶ長い文学活動の中で最も「完成度の高い代表作のひとつ」(11)と見なされてきた。とりわけ「構図がしつかりしてゐ」る点(12)に評者の関心が専ら寄せられてきたと言える。しかし、いわゆる〈市井鬼もの〉に特徴的なのは、第八章、第九章で指摘するように、結末における完結や救済を拒む物語構造であり、たとえ作中人物が救済を求めても、動かし難い厳しい現実に直面せざるを得ないことが多い(13)。それゆえ、「あにいもうと」をいわゆる〈市井鬼もの〉の嚆矢とする今日における支配的な見方は、「あにいもうと」の物語構造を看過することで成立してきたとも考えられるのだ。事実、「あにいもうと」と言えば、後述のように結末近くにおける兄伊之と妹もんの対立の場面にことさら注目されてきたと言えよう。

物語は多摩の河原に住む赤座一家を中心に展開する。川師赤座の長女もんは奉公先で出会った学生小畑の子を宿した後に捨てられ(子は死産)、夜の街を渡り歩くようになっていた。その一年後、小畑は赤座家を訪れた帰りにもんの兄の伊之に遭遇し制裁を受けるが、二人は和解して別れていく。後に実家に戻ったもんは伊之が小畑に手を上げたことを知り、伊之に対して罵声を浴びせながら激しく捲くし立てていく。

――、お前のやうに小便くさい女を引つかけて歩いてゐる奴と、はばかりながらもんは異つた女なんだ、お前のごたくどほりにいふならもんは淫売同様の、飲んだくれの堕落女だ、人様にこのままでは嫁には行けないバクレン者だ、親に所もあかせない成下りの女の屑なんだ、だけれど一度宥した男を手出しのできない破目と弱みにつけこんで半殺しにするやうな奴は、兄さんであらうが誰であらうが黙つて聞いてゐられないんだ、やい石屋の小僧、それでもお前は男か、よくも、もんの男を撲ちやがつた、もんの兄キがそんな男であることを臆面もなくさらけ出して、もんに恥をかかせやがつた、畜生、極道野郎！

激しい罵倒や自身を自虐的に語るもんに対し、伊之は例えば「この気狂ひあまめ、何をしやがるんだ」と応じていく。この強烈な「啖呵の応酬」[14]によって、「あにいもうと」はもんと伊之の「息詰る争闘をクライマックス」[15]とする物語と見なされているのである。だが、「あにいもうと」は冒頭と結末に赤座の河原仕事の場面が置かれていることを忘れてはならない[16]。「あにいもうと」は以下のような河原での赤座の姿から書き出されている。

赤座は年中裸で磧で暮らした。

人夫頭である関係から冬でも川場に出張つてゐて、小屋掛けの中で秩父の山が見えなくなるまで仕事をした。まん中に石でへり取つた炉をこしらへ、焚火で、寒の内は旨い鮒の味噌汁をつくつた。春になると、からだに朱の線をひいた石斑魚をひと網打つて、それを蛇籠の残り竹の串に刺してじいじい炙つた。お腹は子を持つて撥ちきれさうな奴を、赤座は骨ごと舐つてゐた。人夫たちは滅多に分けて貰へなかつたが、そんなに食ひたかつたらてめえだちも一網打つたらどうだと、投網をあごで掬つてみせるきりだつた。

伊藤信吉は冒頭と結末の赤座の場面を挙げ、「あにいもうと」の魅力がこの「赤座という磧師の挙動を通じて伝わってくる」「何ものかを截ち割るような決然とした意思」にあると指摘している。(17)「人夫頭」の赤座が持っている重厚な存在感は「人夫」たちに対してのみならず、「赤座は蛇籠でせぎをつくるのに、蛇籠に詰める石の見張りが利いてゐて、赤座の蛇籠といへば雪解時の脚の迅い出水や、つゆ時の腰の強い増水が毎日続いて川底をさらつても、大抵、流失されることがなかつた」とあるように、自然にも抗いうる力として記されていく。そこで、この河原での赤座の場面が伊之ともんの対立とそこに到る過程を挟むかたちで記された「あにいもうと」の構造に注目することが、原作に忠実であることの是非、および犀星が「あにいもうと」を過小評価することになる理由を明らかにすることになると考えられるのだ。

本章は、映画化や舞台化された「あにいもうと」をめぐって生じてきた原作に忠実であることの是否をめぐる犀星の評価が、冒頭と結末の赤座の場面の脚色の方法に影響していると仮定した上で、小説「あにいもうと」を赤座に焦点化して読むことで見えてくる物語構造を明らかにし、そのような物語構造がいかなるかたちでいわゆる〈市井鬼もの〉との距離を生み出していくかについて考察していきたい。それによっていわゆる〈市井鬼もの〉の嚆矢としての位置から「あにいもうと」をまさに〈救済〉することにもなるだろう。

二　断絶を志向する赤座の物語――「あにいもうと」の物語構造

河原での赤座は「人夫」たちに「元気のよい声でど鳴」る姿に象徴されている。

投げ込む石はちから一杯にやれ、石よりも石を畳むこちらの気合だと思へ、へタ張るならいまから襯衣を干してかへれ、赤座はこんな調子を舟の上からどなりちらしてゐた。てめえの褌は乾わいてゐるではねえか、そんな褌の乾いてゐる渡世をした覚えはないおれだから、そんな奴はおれの手では使へない、赤座はそんなふうで人夫たちの怠気を見せる奴をどんどん解雇した。

それに対し、家庭では暴力的な姿勢を示さなくなってから「だいぶ年月が経つてゐた」。そして、家庭での赤座は発話そのものが〈不在〉となっていく。例えば、小畑が赤座家を訪れた時、赤座は「単的に用件を手早く言つていただきませうと云つたきり、むつつりと黙り込んでしま」うのだ。赤座の沈黙という対話の〈不在〉は妻のりきを除いてほぼ徹底しており、とりわけ伊之とは作中一度も顔を合わせていない。さらに、この対話の〈不在〉は河原でも赤座の子供たちに向けてなされていく。

〔小畑が赤座家を訪れた―引用者〕一週間の後もんはぶらりと帰つて来たが、折よく末の妹のさんも宿下りをして二人は赤座の小屋に弁当を持つて行つたが、赤座は二人の姿を見たきり何ともいはなかつた。珍らしい姉妹が同時にかへつて来ても一言もくちを利かなかつた。姉妹が土手の上をかへつて行くのを二人が気のつかないうちに、赤座は少時見つめてゐた。

このように赤座は子供たちに対して徹底して対話の〈不在〉を貫いていく。ここに見られる断絶は、「力を背景にした労働の世界」に生きる「目の前の事実と勝ち負けしかない」赤座[18]にとって、自身と子供たちとの現在における主体的な生のあり方をめぐる対立として意味づけられる。「怠者のうへに何処でどう関係をつけるか、しよつちう女のことで紛々が絶えな」い二八歳の伊之や「ハツキリと誰かにおもちやにされ負けて帰つて来た」二三歳のもんに対して、「十五で一人前の石追ひができ」るようになってからこれまで一度も「負けたことのない」赤座は、現在でも日々河原で厳しい現実に向き合っているのだ。いわば川師としての生を営む上で培ってきた「お法度」を伊之ともんが半ば破ってしまっていることに対して、赤座は対話の〈不在〉という徹底した断絶を突きつけているのである。このことは、作中一貫して人間関係の調和、修復、結びつきを求めていくりきとは対照的である。

まだ妊娠中だった「奥の間で寝たきり」のもんに対して伊之が徹底的に「悪たれ口を叩」いていると、りきは「伊之よ、お前のやうに仕事もしないで朝から父さんの米さ食べてがんがん言つてゐる人もゐるんだ、怒つていいときとわるい時とがある、いまは、もんをとツかまえへて怒るときではないのだ」とたしなめていく。また、小畑と会った際に「もんも悪いし小畑もわるい」とも考えていたが、「どうにかした縁のまはりあはせで、もんと小畑とが一緒になれないものか」ともんとの仲を取り持とうと考えてもみるのだ。

山口幸祐は、赤座が伊之やもんを「伊之助」や「もんち」という幼少時の愛称でりきに語りかけていたように、過去の記憶の中の子供たちと「現在の姿との懸隔に対する憤り」を赤座に見出し、そこに「あにいもうと」の赤座一家の愛憎劇としての側面が生み出されていると言う。[19] しかし、赤座が現在の子供たちと対話を拒むのは、赤座の内面が専ら記憶の中の子供たちに焦点化しているからでもあり、ここに過去の記憶を想起することで主体的に物語を統括しようとする強い意志を読み取ることができるのだ。例えば、小畑と対面した時の沈黙に対し、赤座が河原で暴力性を発揮する場面は、想起された赤座の過去の記憶の中で語られていく。

もんの腹に子供があるとりきから聞いた時のぐらぐらした厭な気持をもてあつかつたあの時分の、磧仕事の出場の不機嫌を蹴散らすことができずに、どれだけ小者人夫に拳や頬打ちを食はしたか分らなかつた。赤座は狂れてゐるのぢやないかと蔭口を叩かれるほど、そこらに気持ちをおちつけるところがなかつた。

以後、小畑に捨てられ身ごもったまま実家に戻ってきたもんとそれを罵る伊之、たしなめるりきの場面が回想されていく。赤座の内面が主体化され物語が進行しているのだが、過去を想起する主体としての赤座は回想の場面には〈不在〉なのだ。

父さんだつて言つてゐたわよ、お前はお前でかたをつけろ、そんな娘のつらあ見るのも厭だと言つてゐたわ。だから兄さんからそんな兄さんづらをされたつて頭痛がするばかりで何にもこたへないわ。外の女の首尾が悪いからつてそんな胆ツ玉のちひさいことで喚き立てると、一そう女に好かれないものさ。

赤座はかういふごちやごちやした一家のなかでむんづりと暮らしてゐたあの自分の弱つた気持を考へると、

眼のまへにかしこまつてゐる涕を垂らしさうな青書生が、娘の対手とは思へない気もしてゐた。

「あの時分」を想起する赤座はもんと伊之の前には存在せず、内面のみが主体化され、物語を統括していく。例えば中村光夫が指摘していたように、「あにいもうと」に「描かれてゐるものは単なる多摩河原の風景でもなければ、人夫頭赤座一家のいがみ合ひでもな」く、作中人物が「蛇籠に叩き込まれる胴鉄色の石のやうに純粋な機能に還元されてゐる」のである。[20] それによって赤座の内面に焦点化した際の「過去への放胆な遡行、過去と現在の復雑な交錯」が可能となるのだ。

そして、これまでしばしば指摘されてきた伊之ともんの感情のすれ違い[21]を考えれば、伊之ももんも物語を統括する主体たりえないと言うことができる。結末のもんと伊之の啖呵は、伊之が小畑と和解して別れたことを語らずに、小畑を「半殺シにしてやつたのだ」と嘘をつき、もんを煽り立てたことにはじまる。だが、伊之は小畑には「皆がもんを邪魔者」にしないためにわざともんに「悪態のあるだけを尽」くしてきたと本音を語るのだ。一方、もんも伊之が家を飛び出してから、「あんな、いやな兄さんにだつてちよつと顔が見たくなる」という「本統の気持ち」をりきに語っていく。それぞれが伊之ともんの〈不在〉時に語られることゆえ、互いの真意は読み取られることなくすれ違っていく。二人の本音がわかるのは物語を読み進めていく、まさにその過程においてであるのだ。

須田久美は「赤座で始まり赤座で終わるということは、主題である兄・妹の表面的憎悪と内面的愛を内包して[22]」いると指摘しているが、ここに物語を統括しようとする赤座の意志が張り巡らされていると見なすならば、伊之ともんの対立の後に記された結末の河原の場面からは、少なくとも「家族（家庭）を見守る一家の主人」としての赤座の「家族愛」(23)を見出すことは難しい。

「その時分、赤座は七杯の川舟をつらね、上流から積んで来た石の重みで水面とすれすれになつた舟の上であと幾日とない入梅時の川の手入れをいそいでゐた。」という一文で始まる結末の河原の場面は、伊之ともんの対立を凌ぐ力強さと冒頭の河原の場面以上に厳しい自然との対決が記されている。

鋼鉄のやうな川石は人夫の手からどんどん蛇籠のなかに投げ込まれ、荒い瀬すぢが見るうちに塞がれ停められて行つた。川水は勢ひを削がれどんよりと悲しんでゐるやうに暫く澱んで見せるが、少しの水の捌け口があると、そこへ怒りをふくんで激しく流れ込んだ。赤座はそこへ石の投げ入れを命じ大声でわめき立てた。そんなときの赤座の胸毛は逆立つて銅像のやうなからだが撥ち切れるやうに、舟の上で鯱立つて見えた。

「荒い瀬すぢ」とは、いわば荒々しい罵り合いによる伊之ともんの対立であって、赤座が指示する人夫たちの手で、「見るうちに塞がれ停められて行」くのとともに、伊之ともんの対立は作中から後景化していく。そもそも、赤座は川師という川の「瀬すぢを絶つ工事」に従事しており、いわば〈関係の断絶〉を志向する人間として作中で方向づけられているのだ。そして「瀬すぢを絶」ち切るために「人夫」たちが投げ込む「石」はそうした赤座の〈意志〉として、川底という物語の基底部分に積み上げられていくのである。

「あにいもうと」は伊之ともんの対立を山場とする「あに」と「いもうと」の物語の外側に、それを封じ込め、物語を統括しようとする赤座の物語が築かれている。たとえ伊之ともんの対立の解消の先に救済の様相を見出したとしても、それは赤座の〈関係の断絶〉という強力な志向の下で見出されるものなのだ。日々河原で厳しい自然と格闘し、常に打ち勝ってきた赤座の勢力が物語全体へと波及していくことが志向されており、その意味で、赤座は物語の支配者として主人公たり得ているのだ。(24)「あにいもうと」はそのような赤座の志向のもとに物語が集約していく点に優れた構造を見出すことができるのである。

三　独走するもん／後退する赤座――〈市井鬼もの〉の萌芽

「あにいもうと」は圧倒的な赤座の存在ゆえに伊之ともんの対立を凌駕し、もんの「バクレン者」的性質を封じ込め、「元のままのもん」で物語が閉じられている。このことは「あにいもうと」を完結した作品とする見方を強めるが、後に書かれることになる、いわゆる〈市井鬼もの〉という、接続や完結を拒む、救済なき世界を転々と生きていく人々の物語とは明らかな隔たりを示しているのだ。

ここで、いわゆる〈市井鬼もの〉について指摘しておきたい。そもそも、「市井鬼」とは、赤ん坊と自己の生活のために、「都会で最も繁華な街角にあるグランドーホール」で働く「この都会に住む何万人かの箸にも棒にもかゝらない、人を食つた女のなかのひとりである秋葉秋子」を描いた小説「市井鬼記」(『徳島毎日新聞』昭和一一・一一・二)にはじまり、評論「衢の文学」(『改造』昭和一一・六)で明示したように、都市下層社会を生きる専ら「主のない私生児を抱いてゐる」「あらゆる狡智を以つて男を男と思はない女達」を「白粉を施せるところの美しい市井鬼」として描いていった小説がいわゆる〈市井鬼もの〉なのだ。第九章で論じるように、その最も中核に位置する連作小説「龍宮の掏児」(昭和一一)では、事務員生田切子が会社の備品である紙をふとしたはずみで盗むことから転落した人生を送るようになり、いわゆる〈市井鬼もの〉を〈切子もの〉とでも言いうるような、もんを凌ぐ凄まじい啖呵が繰り広げられていく。しかし、「龍宮の掏児」がいわゆる〈市井鬼もの〉の中核たる所以は、赤座のような存在が作中に記されないことども関わっているのだ。犀星は「あにいもうと」発表直後、「あの作中の兄、姉妹達を主とし、あの作品の終りからその兄妹だちの子供のことを発端として長いものをかく考へをもつてゐて、ついにあれだけのものになつた[25]」と述べていたが、前節で確認した結末の赤座の場面が「あの作品の終り」である以上、長篇小説へと展開していく可能性をも「あにいもうと」自体が断ち切っていたのである。

そこで、「あにいもうと」から「龍宮の掏児」へと到る過程で、犀星は赤座を作中から後退させていくようになるのだ。「あにいもうと」発表の四ヵ月後、作品末尾に「あにいもうと続篇として。」と記された小説「神々のへど」が『文芸春秋』（昭和九・一二）に発表された。「もんに三人の子供があつた。」という一文で書き出される「神々のへど」は、「あにいもうと」から二十数年後のもんとその家族の物語である。長男のたっちんは「四つで亡くなつ」ており、二一歳になる裕と弟の正、役所勤めのもんの夫、唐沢歳次と四人で生活している。そして、もんに事あるごとに対立し、父親の唐沢に味方する正、その正をたしなめる裕、もんに対して全く無力な唐沢といった関係が築かれている。

もんは裕を好いてゐたけれど、正とはことごとに啀み合つて裕とたつちんさへゐてくれたら、あんな奴なんかいらないのにと言ひ、正は正で年甲斐もなくべたべたして氷屋に氷水をのみに行つてそこの二階にいる楽士と長話をしたり、お父さんの留守のあひだにそんな奴に一品洋食を取つて食べさせたりする人は大きらひだと言ふのであつた。

正にとってもんは唐沢を冷遇し、酒を飲み、若い男に入れあげている、まさに「バクレン者」であり、その点においてもんは見事に「堕落女」として成長している。正宗白鳥は「神々のへど」を読んで、「おもんはいやな女に成下つてゐるのだ。おもんを理想化せずして、女性の真実を叙したところが、私には甚だ面白かつた」という感想を残している[26]。このようなもんの成長には赤座の〈不在〉が大きな影響を与えていく。「神々のへど」では、赤座が既に死亡しているのみならず、妹のさんは産後に死去し、伊之は行方不明となっている。唯一りきは健在だが、調和的役割を担ってはいない。むしろ、「神経病みのやうになつて永い間だまされてゐたといひ、あゝいふ恐ろしい人間の子供まで生んだことを怖が」るようになっていた。「あにいもうと」における赤座を中心とする一家は解体し、もんの啖呵を押さえ込む者が赤座家には誰一人存在しなくなっているのだ。

そして、もんと正の対立は伊之とのそれを上回る形で進められていく。例えば、正はもんとの度重なる対立によっていつかは「何かのはづみに手を挙げて母親をどうかしはしないか、と自分を怖がり出し」ていく。さらに、温厚な夫唐沢までも、もんから「給仕あがりのくせに」と罵られると、「自分で自分をさいなむやうにナイフを取つて掌につツ立てて、血だらけになつて泣くやうな声をあげ」、「そのことをもう一遍言つてみろおれは自殺して見せるぞ」と言って自傷行為に走る。それを見た正が「それでもあなたは女か、どこに女のやさしさがあるのだ」と言って「いまにも飛びかかりさうになり」、もんは「息がつけないほど喉を乾かして、どいつも此奴もみな敵同士だ。刃物でも鉈でも何でも持つて来て殺せ」と啖呵を切っていく。まさに阿鼻叫喚の地獄絵図が結末に向けて繰り広げられ、もんの唯一の理解者であった裕も「あなたは何といふ人です。いい加減にして下さい。けふといふけふは僕も呆れてしまつた」と匙を投げることになる。こうして「神々のへど」は以下のような結末で閉じられていく。

——お前もわたしの味方から逃げてゆく気か。

——……

——ではわたし一人で皆を引き受けて暮らして行けといふのか、あゝ苦しい死にさうだ。どれもこれも敵だ。

もんはつッ伏して何やら訳のわからないことをしやべると、突然ひいいと啼き出した。唐沢も裕や正も所在なささうにもんを見ながら、みんなが皆で氷漬けのやうに固くなつてつッ立つてゐた。

ここにはもはや調和や救済、そして激昂したもんを抑制するものが何一つ見られない。まさにいわゆる〈市井鬼もの〉的様相を現していると言えよう。さらに言えば、「神々のへど」には、いわゆる〈市井鬼もの〉の特徴の一つである、金銭に執着する人間の様子も描かれている。唐沢の給料は「給料日に袋のまゝ」もんに手渡され、裕と正の月給（「四十円」）ももんに渡される。正がもんに対立する原因の一つが、唐沢と正の給料をもんが「飲み食ひにつかつて、家のいりやうに些つとも使はない」点にある。そして、唐沢が同僚からもんが銀行に預金しているはずだと教えられ、以下のように妄想していく。

たとへば一と月に三十円あての貯金として考へてみると、年額三百六十円になり、十年のあひだに三千六百円の金高になる筈であつた。いま仮りにそれが五年間まちがひなく預入れてあるとすれば、すなはち千八百円の巨額をかぞへるのであつた。年末などの不時の入用をかりに三百円としてそれだけを差引いて見ても、確かに千五百円はもんの預金帳に記されてゐる額面であつた。千五百円といへば百円札が十五枚であつて即ち十円紙幣が百五十枚になる筈であつた。ほう、千五百円！　それがもんの手にあるとすればもんは感心な女にちがひなかつた。あるひはこくめいにもんのことなれば十年間三千六百円がほど貯蓄してゐるかも知れない。ほう、三千六百円！　それだけあれば家を建てることも出来るし庭も取つた土地を借りられるかも知れないのだ。

過剰なまでに同じ金額を言い換えていく唐沢の姿勢から、異常なほどの金銭への執着ぶりを見ることができよう。また、貯金について唐沢がもんに尋ねた際のもんの返事にも同様の執拗さが窺え、日々もんが金銭に執着しているかのように淀みなく月々の支払額がもんの口から吐き出されていく。言わば「神々のへど」におけるもんとその家族の対立は、金銭に執着するところから生じているとも言えるのである。(27)

ここで、もんが正と対立する根底に、もんの父すなわち赤座の出自が関わっていることを指摘しておきたい。「あにいもうと」で「七つの時から磧で育ち、十五で一人前の石追ひができ、蛇籠の竹のさゝくれで足を血だらけにして育つた」はずの赤座は、八六年の生涯を終えるに当たりその過去が「神々のへど」において書き換えられていく。もんの父赤座平右衛門はかつて「加賀藩の処刑場の槍のつかひ手であり、ひと突きに罪人の喉を掻き切る」「首切り片槍役」だったというのだ。そして、伊之の失踪、さんの死が少なくとも三八名を処刑した赤座の「罪因の命がたたつて」いると因縁づけられている。また、この「汚れた商売」を正から非難されることがもんの感情を逆撫でていくということは、死をもって赤座家を解体した後もなお、赤座はその影響を及ぼしているとも考えられよう。だが、もんは「わたしのお父さん！　耳があつたら位牌から飛び出してこの畜生をひとひねりにひねり潰してやつて頂戴」と赤座に寄り添うのみならず、「お前の子供だからそつとして大ていにして許しておやり、それにまだ青い小僧あがりだからいまに分るとこがあるだらうと。いえ、お父さん、こん畜生はあなたの顔を丸つぶしにしやがつた。」というようにもんが赤座を同化してもいるのである。

もんと正を中心とした対立から始まり、次第に家族の中で孤立していくもんが赤座を吸収し主体化することで「神々のへど」からは、どこまでも堕して行く救済なきもんの将来が垣間見えるようになる。このことは赤座によって厳密に統括されていた「あにいもうと」の完結性を喪失していくことを意味する。「あにいもうと」及び「神々のへど」を収めた五年ぶりに刊行した作品集が『神々のへど』（昭和一〇・一、山本書店）であったということ自体、犀星の関心が「あにいもうと」から「神々のへど」へと移行していたということを物語っているのだ。

四　おわりに――身体化する〈市井鬼〉、決壊する赤座の意志

昭和一三年一月初版発行の新潮文庫第二六八篇、室生犀星『あにいもうと』は、いわゆる〈市井鬼もの〉が収められた『室生犀星全集』巻四（昭和一一・一二）の前半部分にあたる七篇を全集掲載順に収録しており[28]、昭和一〇年前後のいわゆる〈市井鬼もの〉として括られてきた小説群のエッセンスを凝縮した書物である。この末尾に記された「後記」は以下のように書き出されている。

私の作品で映画化されたものも「あにいもうと」（昭和九年七月号、文芸春秋）が最初であり、水谷八重子

女史によつて繰り返し劇にのぼつたものもこの「あにいもうと」である。それから文芸懇話会賞をうけたものも「あにいもうと」であれば、いささか一般的な読者に名前を知られたものも「あにいもうと」である。

ここで改めて「あにいもうと」をめぐる動向について時系列に沿って整理してみたい。昭和九年七月号の『文芸春秋』に「あにいもうと」が発表され、同年一一月号の『文芸春秋』に「神々のへど」が発表される。翌昭和一〇年一月、山本書店より『神々のへど』が刊行され、同年七月に「あにいもうと」が第一回文芸懇話会賞を受賞し、同年九月に『神々のへど』が内容は変えずにタイトルのみ『兄いもうと』と改題され出版されることになる。これらを経て、「あにいもうと」は同年一一月に水谷八重子主演、金子洋文演出・脚色により舞台化される。さらに翌一一年六月にはＰＣＬで映画化（木村荘十二監督、江口又吉脚色）され、『室生犀星全集』巻四に「神々のへど」を収録する際に、「続あにいもうと」と改題されたのである。これらの動向から、犀星は「神々のへど」から再び「あにいもうと」へと関心を向けていく様がわかる。しかも先に挙げた「後記」は、続いて以下のように記されていく。

この「あにいもうと」編中にある各自の作品は、「あにいもうと」と前後して制作されたものであるから、各自の作品にある呼吸づかひは同じ日の心をもつてゐるやうに思へる。「あにいもうと」ばかりが私の正統な作品とは思はれず、ことごとく一聯のいぶきがみなにつながつてゐるやうに思はれる。

ここで注目したいのは、犀星が他の小説に対してことさら「あにいもうと」と「ことごとく一聯のいぶきがみなにつながつてゐる」と強調している点である。しかも、この「後記」が初版には付されていなかったことから、犀星が初版刊行以降に再び「あにいもうと」に関心を寄せるようになったとも考えられるのだ。それが「「あにいもうと」のことは余り書きたくない」[30]と述べた同じ年であるということに、犀星の「あにいもうと」をめぐる複雑な感情を読み取ることができよう。ここには、犀星が「あにいもうと」をいわゆる〈市井鬼もの〉として括ろうとすれば、その完結した物語構造ゆえに、また、物語全体を統括する赤座の圧倒的な主体性ゆえに、いわゆる〈市井鬼もの〉との距離が生み出されていくという問題に直面していくさまが窺えるのだ。[29]

しかし、それでも「あにいもうと」をいわゆる〈市井鬼もの〉として括るためには、やはりもんに焦点化していかざるをえない。その契機として、「あにいもうと」が舞台化、映画化される過程で演じられていく〈もん〉、特に初演以降繰り返し上演され、水谷八重子によって演じられていく、〈もん〉への関心の高まりを指摘することができよう。[31]例えば、金子洋文はもんを再演した水谷八重子に対して、「演技に酔わされた観客は幕が下りると嘆息と一しょに嵐のような拍手を送りました。当時劇評家であった大江良太郎君が〈八重子のもんは脚本よりまさっている〉と激賞しましたが、まさに適評であり大いに同感しました」と述懐している。[32]

そして、そのような水谷八重子の〈もん〉を前景化していく背景には、金子洋文によって脚色された台本が深く関わっているのだ。金子は「はげしい「兄いもうと」の愛憎が、この芝居の中心」であり、小畑を「兄がさんざん殴りつけたと聞いて兄にくってかゝる女のすさまじさ」こそがこの作品の「頂点を示す見どころ」であるという認識[33]のもと、冒頭の赤座の場面を完全に削除し、以下のような赤座家でのりきともんの対話から始まる脚色を施していく。

りき　眼がさめたかい。
もん　うん。
りき　朝食をたべてねたっきり、もう三時間になるよ。
もん　そんなになるかの。
りき　まだ寝たりない顔をしているじゃアないか。
もん　いくら寝ても足りるということがないんだよ。(34)

さらに、結末では、もんとの対立の後、家を飛び出した伊之が去り、さんが泣き出す。「お前は大へんな女におなりだね」「後生だから、堅気なくらしをしておくれ」といううりきからの投げかけに対し、もんの最後の台詞「すみません、母さん」の後、ト書きで泣き続けるもん、外の土手で泣く伊之、伊之の泣き声を聞いて表に飛び出し泣き崩れるもんといったいわゆる〈新派劇〉の典型が繰り広げられ、以下のようなかたちで幕が閉じられる。

突然、下手筧のところから、石が投げおちてくる。
筧から、水が流れ出す。
赤座、ヤスでついた新鱒をぶら下げて下手の土手を下りてくる。
赤座　こんな大きな石がふさいでいるんだ。筧の水が流れねえわけよ。
と、家の様子に気づいたが、それをまぎらすように、
赤座　そら、晩のおかずだ。

と、云って鱒を投げ出す、筧へ、ヤスを洗いにいく。
伊之ともんはそのまゝ泣きつゞける。
りきはさんの泣きじゃくるのをなぐさめている。
猟銃の鉄砲の音、つゞけざまに聞えて……。

小説「あにいもうと」結末における赤座の荒々しさ、力強さは見事なまでに失われ、しかも投げ込んだ石によって川水を断ち切り、伊之ともんの対立をも断ち切っていた赤座は、舞台上では対照的にその石を取り除け筧の水を流していく。流れる水に三人の子供たちの涙を重ね、アットホームな父親像をもってまさに「家族愛」を示し幕が閉じられるのだ。

「あにいもうと」で多くの川の「瀬すぢを絶」ち切ってきた赤座が舞台において自ら再び水を流すために石を取り除くことの意味は非常に重い。金子脚色による舞台版「兄いもうと」は図らずも「あにいもうと」から赤座の〈関係の断絶〉という志向性を消去し、「あにいもうと」の持つ完結した世界を切り開いているのだ。犀星は「原作とは違ふ」と認識しながら、それでも「大変面白かつた」と賞賛することで、(35)自ずと水谷八重子によって身体を伴った〈もん〉が誰にも遮られることなく舞台に立つことを認めていくことになる。「あにいもうと」上演そして再演を経てから、いわゆる〈市井鬼もの〉の条件を充たした小説が数多く発表されていくことを考えれば、この過程において、「神々のへど」にその端緒を示すいわゆる〈市井鬼もの〉への通路が開かれていったと見なすこともできるはずだ。「あにいもうと」をめぐる犀星の関心の変化は、演劇や映画といったメディアなど同時代の関心の高まりに促されていく。その過程で、いわゆる〈市井鬼もの〉という小説群から逸脱している赤座の存在をいわゆる〈市井鬼もの〉から隠蔽していくのだ。それこそが犀星が「あにいもうと」を過小評価していく理由であり、「あにいもうと」の物語構造が抱えている悲劇なのである。

「あにいもうと」はいわゆる〈市井鬼もの〉の嚆矢ではない。犀星が「あにいもうと」とその他の作品に「一連のいぶき」がみなぎっていることを強調するのに反して、「あにいもうと」の自己完結性はいわゆる〈市井鬼もの〉との隔たりを生み出している。次章以降で確認するように、「あにいもうと」の完結した世界から、赤座のような統括者的存在が消え去り、都市下層社会、金銭に執着する人々、救済なき世界へと次第に完結性が解体され緩やかに広がっていく、「下層社会の世相現実を一連的に描[36]」いたいわゆる〈市井鬼もの〉の見取図が立ち現れていく。しかし、そこに〈不在〉と化した赤座の痕跡を確認するために、「あにいもうと」はいわゆる〈市井鬼もの〉を語る際に常に参照されるべき小説となるのである。

（1）『室生犀星事典』（平成二〇・七、鼎書房）所収の「映画」の項目（安宅夏夫執筆）には「あにいもうと」は「二度映画化されている」とあり、「昭和二十八年、監督成瀬巳喜男の大映作品」及び「昭和五十一年、監督今井正の東宝作品」が記されているが、最初に映画化された木村荘十二監督「兄いもうと」に対する記述はない。

（2）楢崎勤「近来の好収穫」（『日本映画』昭和一一・八）。

（3）筈見恒夫は『映画五十年史』（昭和一七・七、鱒書房）で「『人生劇場』『裸の街』『赤西蠣太』『蒼氓』と昭和十一、二年は、文芸作品の映画化が、俄かに台頭した。通俗小説の映画化といふ意味でのそれは、今までなかつたわけではないが、一種の「純文芸」を素材として採りあげようといふ意図は、十一年あたりからの傾向ではないかと思はれる。／先づ、十一年に、東宝の木村荘十二が、室生犀星の『兄いもうと』（竹久千恵子、丸山定夫主演）と三好十郎の戯曲『彦六大いに笑ふ』（徳川夢声、堤真佐子主演）を映画化して相当の成功を収めた。」と指摘している。

（4）室生犀星「鶴、「闘牛士」、「あにいもうと」上映」（『新潮』昭和一一・八）。
（5）室生犀星「「あにいもうと」上演記（一）」（『都新聞』昭和一〇・一二・一三）。
（6）須田久美「室生犀星原作「あにいもうと」から金子洋文脚色・演出「兄いもうと」へ〈付〉新資料・室生犀星の金子洋文宛て書簡三本と作品二点」（『室生犀星研究』第三一輯、平成二〇・九）。
（7）室生犀星「おもんの水谷八重子氏」（宝塚中劇場『芸術座水谷八重子一座宝塚中劇場公演脚本解説集』昭和一一・四、宝塚少女歌劇団）。なお、引用は前掲、須田論（注6と同じ）に拠った。
（8）室生犀星「「あにいもうと」上演記（四）」（『都新聞』昭和一〇・一二・一六）。
（9）広津和郎「文芸時評」（『早稲田文学』昭和九・八）。
（10）上司小剣「文芸時評」（『文芸春秋』昭和九・八）。
（11）東郷克美「「あにいもうと」の成立――その一側面――」（『日本近代文学』昭和四四・五）。
（12）豊島与志雄「創作時評―【3】―作者の情意の動き」（『読売新聞』昭和九・七・四）。
（13）詳細は第八章を参照されたい。
（14）久保忠夫「あにいもうと」（『室生犀星研究』平成二・一一、有精堂）。
（15）大橋毅彦「あにいもうと」（『短編の愉楽3　近代小説のなかの家族』平成三・八、有精堂）。
（16）佐藤忠男は『日本映画の巨匠たちⅡ』（平成八・一一、学陽書房）で、映画化された「あにいもうと」のうち、「木村荘十二による最初の映画化が、いちばん原作に描かれた時代に近いだけに、人物の性格のとらえ方も風俗描写も本物の厚みを持っていた」と述べ、冒頭と結末の演出方法に触れ、「職人あるいは肉体労働者の日常生活の濃密な描写においてすぐれている」と特筆している。
（17）伊藤信吉「解説」（『新潮日本文学13　室生犀星集』昭和四八・八、新潮社）。
（18）髙瀬真理子「室生犀星、市井鬼ものの成長とその限界――「貴族」・「あにいもうと」――」（『歌子』平成一七・三）。
（19）山口幸祐「室生犀星《あにいもうと》―葛藤の構図―」（『イミタチオ』平成四・一一）。
（20）中村光夫「―文芸時評―室生犀星論」（『文学界』昭和一〇・一〇）。

（21）例えば、高瀬真理子は前掲論（注18と同じ）で「伊之が小畑へ行った乱暴ともんが伊之へ行った捨て身の啖呵」は二人の「認識の相違と愛情の方向の違いが生み出すもの」だと指摘している。
（22）須田久美「「あにいもうと」論」（『室生犀星研究』第五輯、平成元・七）。
（23）須田、前掲論（注22と同じ）。
（24）伊藤秀秋は「室生犀星の変位をめぐって――「あにいもうと」及び市井鬼の時期を機に――」（『繡』平成九・三）で本稿同様、冒頭と結末の場面を重視し「「伊之」と「もん」の喧嘩に負けないほどの強い印象を持って「赤座の蛇籠」が存在」すると述べ、「「あにいもうと」の主人公は「赤座」でしかあり得ないと断じ」ている。
（25）室生犀星「答へる」（『文芸通信』昭和九・八）。
（26）正宗白鳥「回顧一年」（『文芸』昭和九・一二）。
（27）このことは「あにいもうと」で赤座が「りきから報告をきくだけで金のことは永い間の習慣で、委せきりであつた」のと対照的であり、赤座は金銭に執着を全く見せない。
（28）「あにいもうと」（『文芸春秋』昭和九・七）、「続あにいもうと」（『文芸春秋』昭和九・一一、初出題「神々のへど」）、「龍宮の掏児」（『文芸春秋』昭和一一・三、『週刊朝日』昭和一一・五・一、『改造』昭和一一・九）、「紙幣」（『婦人之友』昭和一〇・一）、「聖院長」（『新潮』昭和一〇・八）、「近江子」（『日本評論』昭和一一・一二）、「チンドン世界」（『中央公論』昭和九・七）。
（29）少なくとも初版発行から七ヵ月後の第一三版（昭和一三・八、日本近代文学館所蔵）には「後記」が付されている。
（30）室生犀星「映画このごろ」（『東宝映画』昭和一三・一一・二五）。
（31）須田久美によれば、昭和一一年四月（宝塚中劇場）、同年一〇月（大阪中座）、昭和一二年一一月（新宿第一劇場）に水谷八重子がもんを再演している。前掲、須田論（注6と同じ）参照。
（32）金子洋文「沢田正二郎・水谷八重子・六代目菊五郎の話――三人の俳優に負けた話――」（『秋田』昭和四二・六〜一〇）、引用は『金子洋文作品集（二）』（昭和五一・一一、筑摩書房）、初出情報は前掲、須田論（注6と同じ）に拠った。
（33）金子、前掲論（注32と同じ）。なお、水谷八重子も金子の脚本を読み、「男に騙されて実家に帰って来た妹を、妹思いの兄がいたわりのあまり罵り、都会で苦労した妹は妹で、あばずれた言葉を吐いて兄妹喧嘩になるというもの」という認識に沿って、もんを演じていた（水谷八重子『女優一代』昭和四一・一一、読売新聞社）。

（34）引用は金子洋文『金子洋文作品集（二）』（注32参照）に拠った。

（35）室生犀星・尾崎士郎「原作者は語る」（『日本映画』昭和一一・七）。

（36）藤森成吉「文芸時評　一面性的批評」（『文芸』昭和九・八）。

第八章　〈都会の底〉に生きる少女たちの行方――「女の図」と連作小説

一　昭和一〇年という舞台――室生犀星と徳田秋声の接点

昭和一〇［一九三五］年前後の犀星文学と言えば、いわゆる〈市井鬼もの〉と称されてきた、「市井雑踏の巷で生じる卑俗な葛藤図」(1)を描いた作品群を挙げることができる。例えば、同時代に「現代都会の一隅に蠢く市井のさまざまな人間を登場させて、現実の底を這い廻る世界」(2)を描いた「日本三文オペラ」（『中央公論』昭和七・二）をはじめとした武田麟太郎の「市井事もの」という小説群の特徴と並べてみた場合、犀星の〈市井鬼もの〉の特質を同時代の文学状況の中である程度指摘することができる。河上徹太郎「文芸時評」（『新潮』昭和一一・二）には、武田と比較した際に見えてくる以下のような犀星文学の特徴を窺うことができるのだ。

同じ市井事を叙し乍ら例へば武田麟太郎氏だと画面の中心に出来るだけピントを合せてかかるのに対し、室生氏のは反対に全体がはつきりしてゐるやうで、その中の一点をよく見ると決して何所にもピントは合つてゐないのである。人間の眼の中に盲点といつて何も映らない箇所があるが、（中略）室生氏のリアリズムは此の盲点の如きものである。

河上は犀星のリアリズムの方法を否定的に捉えているのだが、この方法こそ、この時期の犀星が意識的に試みた従来の自然主義文学におけるリアリズムとは異なるものであったと考えられるのだ。犀星は「文芸時評（2）づぼらな作品を」（『都新聞』昭和九・九・三〇）において、「我々のいままでして来た仕事を一遍に蹴飛ばしてくれるやうな」小説を求め、以下のように自然主義の再検討を考えていた。

我々は野蛮な、元来は野蛮すぎる人生に生きてゐるのであるから、その底を掻ツさらつて見てもいいのである。昔の自然主義といふものは徹底的に根こそぎ人生を描き尽さないあいだに、その文学の暗さに堪えずに中休みしてしまつたのである。もう一度自然主義の底を日干しして見て何が出るか見たいものである。

ここで指摘したいのが、徳田秋声もまた同時期に自然主義の再検討を考えていた作家の一人だったということだ。犀星はかねてから秋声の小説を読むと「こんな風に書いていけばいゝんだな、といふ風な軽い小説作法が漫然と頭に浮んでくる」[3]と指摘したり、秋声を「小説学をまなぶ先生」[4]と考えていた。その秋声は小説「一つの好み」（『中央公論』昭和九・四）で秋声自身をモデルとする庸三の内面を語る際に、「彼は彼自身のぼろ〳〵になつた自然主義から建て直さなければならなかつた。この頃になつて漸と自然主義の荘厳さにふれかけて来たやうな気」がすると記し、「文学雑話」（『文芸通信』昭和九・四）では、「此の頃日本の自然主義の立直しをやりたい」と述べている。そして、犀星が「衢の文学」（『改造』昭和一一・六）で、都市の下層社会を舞台に「市井鬼」たちを描く「衢の文学に邂逅した」と述べた頃、これまで何度も市井の人々を描いてきたはずの秋声は短篇小説集『勲章』（昭和一一・三、中央公論社）の序文「序に代へて」で、「私は今下層生活に深い興味を感じ、私自身がその民衆群のなかに常に在ることを段々はつきり知るやうになりたいと思つてゐる」と改めて述べているのだ。ここに犀星と秋声に限定した場合に見えてくる、共有あるいは呼応する意識を窺うことができるだろう。

犀星は、秋声が前掲「序に代へて」で「少くとも自分を語つてゐるものではなく、世間を語つてゐるもの」とした『勲章』所収の「チビの魂」「二つの現象」「彼女達の身のうへ」のうち、特に「詳細漏らさず、引き締めて一人の少女を描いてゐる克明さ」を感じた「チビの魂」に注目し、続けて以下のように指摘している。

悪い小さい魂を持つた少女がかくまでに描かれるといふことは容易ではない、かくまでに生きて行かうといふ少女の心をとらへることは徳田さんには何んでもないことであらうが、私も「女の図」で一人の少女を描かうとしてゐる矢さきであり、大変に参考になつたのである。

（「文芸時評1　三容三作」、『都新聞』昭和一〇・五・二五）

「チビの魂」は昭和一〇年六月号の『改造』に発表された短篇小説であり、「女の図」は昭和一〇年三月から昭和一一年七月まで、複数の雑誌に発表され、『室生犀星全集』巻一（昭和一一・九、非凡閣）で一篇の小説としてまとめられた連作小説だ。(5)この連作小説ということが「女の図」を後述のように、少女たちの物語として括ることのできない、つまり河上が前掲時評で述べた一点に集約されない拡がりを持った重層的な構造を形成していくのであるが、「女の図」と「チビの魂」はこれまでそれぞれ貰い子の少女たちの心と運命とを描き出したものだという類似性に注目されてきた。(6) しかし、仮に少女たちの物語として「女の図」を見ても、犀星が「チビの魂」を「参考」にする以前から、既に「女の図」の少女の描かれ方に「チビの魂」と重なる要素が見られ、「女の図」完結以前に「参考になつた」と述べた犀星の発言は字義通りに受けとることができないのだ。しかも、犀星は前掲「文芸時評1　三容三作」において、「少女以外の人物がよく描けていない不満足なところはあるが、私はむしろ少女だけを読み得たことや手応えのあつたことでこの作品を佳しとする」と述べているが、「チビの魂」は咲子という少女の描かれ方に「少女以外の人物」が関与しているのである。それは「女の図」と「チビの魂」の決定的差異であり、さらに言えば、その差異がこの時期の犀星文学と秋声文学のリアリズムの方向性を決定づけていたのである。

本章はこれまで題材の類似性が専ら話題にされてきた「女の図」と「チビの魂」の貰い子の描かれ方の差異から犀星と秋声の市井に生きる人々の捉え方を検討し、犀星が秋声の「チビの魂」に何を見出し、どのようにして秋声を乗り越えようとしているのかを考察していきたい。そのことによって、これまで〈市井鬼もの〉と称されてきた犀星文学における小説の方法が、昭和一〇年前後の文学状況においていかなる意味を持っていたのかということも明らかとなるだろう。

二　括られる少女／括りをすり抜ける少女――「観照」と「同化」の差異

例えば、「チビの魂」には、「本能的な母性愛」を持っているが、「子供が生めない体」の圭子に引き取られた咲子が芸者屋の世界の決まりごとを細かく尋ね、圭子に「貴女子供の癖に、そんなこと聞かなくたつて可いわよ」とたしなめられる時に、「ひゝ」と笑う一節がある。また、圭子の情夫蓮見に「抽斗頭だね。おれもさうだが……。鼻も変だね、ここんとこが削いだみたいで」と顔の欠陥を指摘されて「おぢさんの鼻だつてさうですよ」と負けずに対等に渡り合おうともしている。一方、「チビの魂」と同月に発表された犀星の「女の図」第六章で、伴宗八とその女房ハナの貰い子であるきくえは、ハナとの生活に見切りをつけ家を飛び出した伴の後を追うが、浅草公園六区の映画館で置き去りにされ、結局ハナのもとに戻る際に、ハナに「あたいは騙されたんだ」と嘘をつき、「いい処へ連れて行つて遣るといふから行つたのだ。あたいは行きたくなかつたけれどをぢさんが無理に拉れて行つたのだ」と言ってハナの「顔色を窺」っている。

これらの少女がしたたかに生きるさまに潜んでいるのは、少女たちの描かれ方の差異である。例えば、大橋毅彦は「チビの魂」の存在意義が「悪ずれした少女の人間としての本質を、彼女の魂の動きに即してまるごと、体感的に掘り上げていくところ」にあると述べている。(7) だが、咲子の「魂の動き」は咲子の内面に「即して」捉えられてはいない。

それに何よりも厭なことは、この子の見え坊なことであつた。抱えの座敷著を見る目にも、さう言つた慾望が十分現はれてゐたし、まだ道具などの不揃ひがちな、圭子の部屋にも、或る飽足りなさを感じてゐて、今まで見て来た家で、裕福さうな綺麗な家のことを、思ひ出してゐるらしかつた。

文末の類推表現に示されているように、ここには咲子の内面が語られてはいない。そして、電話が鳴った時の咲子の「悪戯さうな表情」や「むゝん、ちよつと聞かさして」という発話を、「圭子は微笑ましげに見て」おり、咲子は圭子によって観察されていると言える。また、咲子が蓮見と圭子が夫婦ではないことを知り「お母ちゃん今に棄てられる」と発したことに対して「何か気味悪さうに、しみぐ〜子供の顔を見」る蓮見の存在も確認できるのだ。さらに、圭子はやがて咲子の「行先を考へると、ちよつと恐しいやうな気がし」始め、「何をされるか解らないやうな不安を感じて、半分厭気が差して来」るようになっていくのとは逆に、蓮見は咲子の「魂」に「興味を感じはじめ」る。このように、咲子の言動は常に圭子や蓮見の認識を通して捉えられていると言えよう。咲子は咲子を取り巻く人物、つまり犀星が前掲の「文芸時評1　三容三作」で看過した圭子や蓮見の内面を通していわば間接的に描き出されており、そこに咲子を突き放して描こうとする秋声のリアリズムの方法を窺うことができるのだ。

こうした作中人物の捉え方は、前掲『勲章』序文に挙げられていた「二つの現象」(『婦人之友』昭和一〇・五)、「彼女達の身のうへ」(『改造』昭和一〇・二)にも見られる。「二つの現象」では、「私娼」として囲われていたところを庸一によって救い出された雪野が、庸一の父親の庸作や庸一の認識によって捉えられている。例えば、雪野が「庸一の書斎に、たとひ一時でも身を潜めてゐることは、家庭の現象としては余り悦ばしいことではなかつた」という庸三の判断をはじめ、雪野を救い出したことに対して「余り賢い遣り方とは言ひかねることだとしても」や、「彼としては少し遣りすぎた感じではあつても」などの留保を見ることができる。また、雪野の境遇としての「所謂る私娼」を「総て惨めな奴隷の境涯」とし、一度この世界に入り込んだら「足を抜くことが困難」であることが庸三の立場から述べられているのである。「彼女達の身のうへ」もまた、一度足を洗った晴子が経済的な理由によって再び商売を始めたことが、「この商売の厭なことがしみ〳〵身に沁みてゐたけれど、何う考へてみても彼女に出来ることは、矢張り其より外になかつた」という晴子と関係をもっている「印刷会社に関係してゐる粟田」の認識によって捉えられている。また、晴子のもとには次々に米子や一葉といった女性が出入りし、悲惨な境遇に入り込む女性たちが後を絶たないさまも描かれているのだ。そのことをもって、この世界には「資本家も労働者もブロカアも統制者もあつたが、人の世の哀れもまざ〳〵見られた」と記されているように、こうした社会を粟田の内面を通して間接的に「広い人生の模型」、いわば人生の縮図として見出しているのである。

これらの小説が書かれた頃、秋声は「僕はかう思ふ」（『現代』昭和一〇・三）で、「私なんかもやはり自分を離れて客観の広い世界を書きたい」と述べており、そこには「社会との交渉」があり、「何等かの点で一般大衆に繋がつた生活」があるものを目指していた。例えば、正宗白鳥は「彼女達の身のうへ」には、「花柳界とか温柔郷」を舞台とした際に顕著な「色つぽいところ、派手なところ」がなく、芸者の世界に生きる「彼女等の苦しい実生活」が描かれていると述べている。(8) そして、「苦しい実生活」に生きる人物たちの内面に沿って描かれていないということもまた、これら三篇の小説に共通しているのである。特に、「チビの魂」の結末では、咲子が佳子の家から出ていった後の顚末が、五日後に「兄の運転士の細君につれられて、彼女が救世軍の手に取りあげられたことが解つた」というように、咲子を捉えていた圭子や蓮見の認識さえも及ばないところから間接的に語られ、語り手からも「咲子は今どこに何をしてゐるか」と突き放されている。ここには、かねてから「秋声氏のリアリズムの強い強い特長」とされてきた「観照と生の間に距離を持」つ手法が反復されていると見なすことができよう。(9) 自己を離れて社会との交渉を描こうとした秋声の試みとは、秋声が対象に関心を寄せてはいるが対象となる作中人物と秋声の間にいわば「観照」という距離を措定したものであり、それが秋声文学における客観的リアリズムの特質となっているのである。
だか、「女の図」は冒頭からそうした作中人物との距離が狭められており、はつえときくえは「泥の付いた二疋の金魚」と称され、夜の街を泳ぎ、「唄はしてよ十銭、踊らしてよ十銭」と言っては店から店へと唄や踊りで小銭を稼いでいくさまが描かれている。そしてはつえは恋心を抱く菊橋という青年に会うことになる。

——今夜ね、とても面白いいんちき野郎に出会したのよと金魚は男の顔とすれすれに顔をよせて喋り出した。唇が真白になる迄飲んてゐたつけが些んの鳥渡きり唄はせてから、お前の様な顔はいますぐにでも母親になりさうだ。だから女ツて代物は嫌ひなんだ。おれの子供は赤ん坊のくせに死ばつたとか何とか言つてしまひにひと掴みお金をくれたのよ。悲しさうであつたが言葉がとても荒かつたわ。あんないんちき野郎でもお金はあるらしいわね、だからその内から少し上げてもいいのよ。

はつえは菊橋にその日に出会った酔っ払いの言葉を織り込みながら熱く語りかけていく。しかもここで語り手は、はつえの内面に入り込み、完全に同化していることがわかる。それだけでなく、語り手はハナや伴にも寄り添い、同化していくのだ。

ハナはとげとげしくそれを見るとすぐ外出を封じてしまつた。わたし今から出掛けるんだから蜂の子捕りなんてご隠居様遊びは止めにして貰ひませう。宅ぢやそんなうじやうじやした蛆なんて食べる下等な人間はゐないんだから。はつえにしても、きくえにしても夜の稼ぎで昼間は冷え込んでもう二週間もお腹が痛み通しなんだから、懐炉灰の筒でも造つて遣つてほしいものさ。そんな高価い火薬なんぞを仕入れるお金があつたら家の入用に費つて貰ひたいと、どうにも口答へが出来ない程遣つつけて出て行くのであつた。ああ、あの糞婆さへゐなかつたらかういう暖かい日和に土手に寝そべつて巣から巣へ渡る蜂の見張りをしてゐるのに、因業悪辣なくそ婆のために面白くもない縁側にかじりついてゐなければならぬのかと、伴宗八は溜息をついてゐた。

太田三郎は「はつえという娘の感情的成長を内面からえがく」ことが「女の図」の特質だと述べ、独白体を用いたところに「自然主義的リアリズム風の平板さから深刻な心理描写」への深化を見ている。(10) このことは自然主義の再考を意識していたこの時期の犀星にとって重要な指摘であるだけでなく、逆に、前述の秋声の「観照」的リアリズムが抱えるある種の限界を露呈させているとも考えることができるのだ。例えば、藤原定はリアリズム再考の機運が生じていたこの時期に以下のように指摘している。

過去の客観的リアリズムないし自然主義は世界を対象的に把握しようとし、そして対象の正確な把捉といふことが第一の目的であつた。然しそれにも拘らずそれ等は或る客観的真は捉へながら、つねにそれ等は類型的であることを免れなかつた。そしてこのことの秘密は、恐らく客観的リアリズムないし自然主義は人間の把握に際して認識的態度を執るために、抽象的、形態的にしか把へることができず、真に個性が表現されるためには作家自身の内奥がかかる態度によつて妨げられることなく表出される場合のほかない、といふことの中になければならない。

(「主体的リアリズムの精神」、『文芸』昭和八・一一)

ここから、この時期に求められていたリアリズムというのは客観的であるかどうかが問題なのではなく、また、「作家自身の内奥」を「抽象的、形態的」に表出するのでもなく、具体的、実質的に表出することが必要とされていたことがわかる。つまりそれは、「女の図」において作中人物の内面を語り手が時に同化しながら捉えていくという方法に具現化されているということができるのだ。

三　完結を拒む物語――救済なき下層社会

また、はつえときくえを中心にした「女の図」は、次第に二人を物語の中心から外し、二人の養育者伴とハナの対立関係へと進んでいく。ハナは二人の稼ぎに飽き足らずはつえを身売りさせれば、「金は纏め放題であり久闊りで日向ぼつこの暮しも出来る」ようになるのだと考え始める。だが、伴ははつえに「仮令夜稼ぎをさせても余処へ叩き売つて金にしようといふ気はないのだ。あれだけは正真の娘に仕立てたいのだと頑固に言ひ張」る。そこでハナは、伴に酒や煙草、満足な量の食事を取り上げて追いつめ、それに絶えかねた伴がはつえに身売りの話をもちかけたのをきっかけに、はつえはこの家を出て行くことになる。後悔する伴に対して「ハナは何を言つてやがるんだ禿鷹め！　あれを逃して置いてたまるものか」と言ってはつえを捜しに出て行く。このように、はつえの内面を捉え、時に同化し、また、ハナや伴にも寄り添うことで、はつえのみを特化することのない語りを体現しているだけでなく、はつえ、きくえという貰い子の「女の図」から養母ハナを含んだ「女の図」へ、そして、それらの「女の図」を支えていく伴の存在にも焦点化されていくというように、物語の中心がずれていく構成によって、一点に集約されない広がりをもった市井図を構成していくのである。

このような広がりは、特に初出時におけるそれぞれの物語の結末部分にあたる、物語全体のいくつかの章末において、完結することを遅延していく働きを担っている。例えば、第六章結末に記された、はつえに逃げられたハナが、きくえを上総屋に奉公に出すという一見身売りともとれる展開は、きくえにとっては自身の境遇が向上する転機ともなっていく。「ハナの傍を離れるだけでも気が楽で嬉し」くて、「そばにハナなぞがゐるのやら、ゐないのやら、そんな事お関ひなし」だった。だがそれは永続的なものではない。きくえがハナの元を離れた直後、「あと三年も経つたら色気の付いたところでものにせずばなるまい」というハナの目論見を窺わせている。また、第八章に入り、侯爵花山家の小間使いとして働き始めたはつえは「あたいは一生のうちにお嬢様やお姫様のやうな気高い女になりたい」、「人間なんて何時出世するかも分らない運次第なんだもの」と考え、下層社会での生活から「出世する」機会を得ていく。だが、はつえの前に現れた花山家の若主人武彦は、かつてはつえが夜の都会を出回っていたころに遭遇した「あの時の酔つぱらひ屋さん」だったのだ。武彦の登場によって、はつえは「すつかり身元を洗はれ」、「あたいの化の皮が剝かれて了つた」と思い込み、先行きを憂慮してこの章は閉じられる。

また、結末近くの第一一章では、はつえが養父であった伴と再会し、結末の第一二章になると、はつえは伴が連れてきた菊橋とも出会う。菊橋からの結婚の申し入れに心が揺らぎ、言葉遣いもまたかつてのように乱れ、「もうあたいものとはつえになつてもいいわ、ほら！　あたいあたいといふでせう。ご奉公はいや！　お屋敷もいや！」と変化していく。そこに、はつえを捜していた武彦が現れ、菊橋に「この女はおれの女なんだ、きさまには遣れない女だ」と言ってはつえを半ば強引に引き取る。はつえは「旦那様、申訳がございません」という「上品な」言葉遣いにもどり、武彦とはつえの間に沈黙が保たれるところで物語が閉じられる。このような結末の構図を「いかにも安易」であると見る角田敏郎は、続けて「夜毎に市井で酒に酔いしれる侯爵家の若主人がそれを成就させる守護神的役割をするところに、自然な読み取りをさまたげるものがある」と指摘している。(11)上流社会に生きる武彦によってはつゑが救済されることが不「自然」であるとするなら、「自然な読み取り」とははつゑが再び屋敷に戻っても救済なき世界を生きることだと考えられるのだ。このことは、髙瀬真理子が指摘しているように、まさに「菊橋と武彦の力関係ではつゑの未来が決定されたかに見える」(12)だけであり、はつゑは菊橋と武彦の間で従属するしかなく、決して主体的な立場に立って生きることができないのである。

こうした「女の図」に見られる連作小説の試みは、犀星文学にとってこの時期特に顕著な、しかも意識的な傾向であった。例えば、第七章で指摘した「あにいもうと」(『文芸春秋』昭和九・七)と「神々のへど」(『文芸春秋』昭和九・一二)や、第九章で扱う中篇小説「龍宮の掏児」の他、同じ結婚詐欺師に騙された二人の女性教員をそれぞれ描いた「近江子」(『日本評論』昭和一一・一二)と「天使の学問」(『サンデー毎日』昭和一二・一・一)を挙げることができる。さらに犀星は「猟人」(『行動』昭和九・六)についても、「作品の終り辺りから、更に書かれる事柄に混迷して行くべきすぢのもので、充分にあばれることができなかつた」と述べ、(13)連作を試みようとしていたことがわかる。

このように、昭和一〇年前後の犀星文学を代表する諸作がいずれも連作小説あるいは連作小説を想定していたものであったということは、当時の文学状況と決して無関係だったわけではない。犀星は連作による長篇小説化について、「現在のこの国の文壇情勢にあつては斯る連作的方法をとることの必要を痛感するものである」と述べている。(14)ここで言う「この国の文壇情勢」とは、横光利一「純粋小説論」(『改造』昭和一〇・四)とその反響に代表されるような、昭和一〇年前後の純文学のあるべき姿の一つとして長篇小説を志向する姿勢である。「新聞小説が、問題になつて来たのは、純文学の極度の疲弊に根ざして、作家側の長篇小説に対する要望と、それの発表舞台として、新聞を求めたところに、原因してゐると思ふ」[15]といった指摘があったように、それは新聞連載小説という形で具現化していくことになると考えられる。このような同時代の動きの中で、犀星が雑誌連作方式を試みたことについて、阿部知二は「短い雑誌文学といふ形式（桎梏？）の下にあがき求めてきたわれわれ全体の、いたりつくすところ」と指摘しているのである。[16]

こうした状況下で犀星は「チビの魂」に着目したのだが、「女の図」は長篇小説としてまとめることとなった。例えば、秋声の「昨年（昭和八年―引用者）頃からバルザツクの再検討が盛んに行はれてゐるが、寧ろバルザツクに我々が学ぶべき点は、通俗作家としてではあるまいか」という指摘[17]を踏まえた広津和郎は「純文芸の長篇小説の問題は昨年（昭和九年）大分文壇の論議に上り、それの発表機関についての要望が、諸家の口から遺れたが、今年あたりはその要望がもつと具体的に実現されるやうな機運を促進する運動が起つてもいいと思ふ」と述べ、その上で、「今日の長篇小説要望の声には、在来なかつた日本作家に横の拡がりを求める意味が多分に含まれてゐる。それ故にバルザツク的方法が云々されたりする」のだと指摘している。[18]一方、秋声が「通俗作家」として学ぶべきだとしたバルザックに対して、犀星は以下のように言及している。

バルザツクはゾラとくらべて見ると、ずつと上の方にゐて揮ふてゐる手腕の大きさがある。ゾラの作為のあとは同じいそれが見えるバルザツクの場合には、きちんとした迷はない運命を表はしてゐる。ゾラはその主要な人物の死ぬことによつて事件の解決、人生の終りを可成不手際にあらはしてゐるけれど、バルザツクはまだまだ書いてゆけさうなところで、ぶつつりと切断してゐるところが立派だ。長篇といふものはかういふ

切断面の余裕があつてこそ、はじめて美事に思はれるのである。（「あやめの祭」、『早稲田文学』昭和九・七）

犀星がこの時期試みていた連作小説の方法によってなしえた、完結を遅延させる働きとバルザックの方法が重なることは言うまでもない。そして犀星は「きつちり三十枚とか四十枚とかの人生ではなく、あとも先もまだまだ沢山背景に持つてゐる、途方もない大がらな作品」[19]を求め、それを実践していく。その上で、犀星がこの時期目指していた小説から捨象していたのが、私小説だったのである。犀星は「文芸時評」（『新潮』昭和一〇・九）で、「私小説といふ恐ろしい陥し穴には文学地獄のさまざまな仕掛けが設けられてあつて、一度踏み込んだら蟻ぢごくのやうに踠くほどすべり墜ちて了ふのである」と述べた後、秋声の小説の中で私小説から最も遠いものとして「チビの魂」を挙げ、「傑作「チビの魂」を私小説から抜けて出てどつしりと構へて四方八方から縦横無尽に遣つて遣り抜く気がないものであらうか」と指摘している。そして、犀星が見出した「「チビの魂」がゾラやバルザックの拡がりや発展を髣髴させるところまで行ける」という可能性は、「女の図」において少女たちの物語から拡がっていく長篇小説として具現化されているのである。このような意味において「チビの魂」は連作小説「女の図」を書き続けていく際の指標として位置づけられるのだ。

四　〈都会の底〉に蠢く〈野性〉――犀星文学と秋声文学の距離

ところで、犀星は小説家として登場して間もない頃、「どういふ都会にも底があるものである」と述べていた。[20]例えば、「蒼白き巣窟」（『雄弁』大正九［一九二〇］・三）は浅草の貧民街に生きる娼婦たちとの交流を描いている。

しかし、中野重治はこの時期の〈都会の底〉と昭和一〇年前後の〈都会の底〉には明らかな差異があると指摘している。

こう書いたとき、犀星は対象を見て取つてはいたがむしろ受け身の姿でそれをしていた。それにつつかかつて行き、それを動かそうとこちらからはたらきかけて試み、それを相手に挑みさえする態度に彼は出ていなかつた。今や時がたつて、この散文の世界で犀星は挑む姿勢、おどりかかつて行く姿勢、犬が何かをくわえて首を左右にはげしく振るときの姿勢、とびかかつて銜えたものを噛んで噛みきろうとする姿勢へ移つて行つたやうに見える。(21)

第四章で述べたように、大正九年頃の犀星は対象を見ることにおいては独特の感覚を持っていたが、それゆえ対象に対して距離を取り、傍観的に、そして内面に立ち入らない小説を数多く生み出していた。よって、〈都会の底〉もまた傍観的に眺めるだけで、その場に踏み込んでいなかったのである。だが、第五章で述べたように、昭和期に入って犀星は次第に作中人物の内面を描くようになっていく。中野の言う「大都市のほんとうのどん底」を捉えるには、昭和期に入り「どん底」に生きる人々の内面に入り込んでいくことが必要だったのである。

その際に重要となってくるのが、犀星の文学的資質として繰り返し指摘されてきた〈野性〉なのだ。大橋毅彦はこの昭和一〇年前後の「いわゆるシェストフ的不安の声に象徴されるような重苦しい時代」に「犀星のテクスト固有の野生」が「はっきりと顕在化し、量産されていった」と指摘している。(22) 例えばそれは「女の図」にも見ることができる。結末ではつえはかつて恋心を抱いていた菊橋との再会を機に、はつえの「野性は呼びもどされ」、前述のようにはつゑは言葉遣いも変わっていく。そこに武彦が現れ、はつゑの「野性」は再び封印される。菊橋という下層社会に生きるゴロツキに「野性」が付与されているからこそ、はつゑの内に潜む「野性」と共鳴していくのである。このような「野性」が武彦のような上流社会に生きる人物には付与されていないということから、犀星は下層社会と〈野性〉を分かち難く結び付けていたと考えられよう。中野重治は前掲の「後記」で以下のように指摘している。

日本の社会生活と政治生活とは世界のものに結びついて日本で現象としても恰好の相手をこの犀星に呈した。社会生活の大きな腐敗と、その奥にうごめく民衆の生活方向とが日本にあつた。特に大都市生活にそれはいちじるしく、時にはどぎつくあらわれていた。国の政治生活はファシズムと戦争とへ向きをかえつついた。一つには、経済における世界の変動、実質的にも心理的にも見えてきた恐慌状態がそこにあつた。

こうした社会不安が下層社会に生きる人々の過酷な生のありように目を向けさせるようになったのであるが、特にそれをリアリズム文学として描く際に求められていたのが、そうした過酷さを彼／彼女たちに直接語らせることだったと考えられる。例えば、この時期にかつての自然主義文学に見られた「客観的リアリズム」に対して「主体的リアリズム」の必要性を説いた藤原定は前掲「主体的リアリズムの精神」において、「真の個性が、生きた性格が描かれるためには作家の主体的、パトス的側面からの発動はなければならない」と述べている。ここで言う「パトス」こそ犀星の〈野性〉に相当するものだと言えよう。この〈野性〉について、片岡良一は犀星文学に見られる「奔放さと力強さと出鱈目さと畸型さ」という「奔放無碍に振り廻はされる野性的な力が、時代の要求にぴたりと即してゐる」と述べ、例えば、前述の「女の図」のハナと同様の荒々しい発話を記した「神々のへど」（『文芸春秋』昭和九・一二）や「笄蛭図！」（『文芸春秋』昭和一〇・四）を挙げ、そこでは「無反省なまでにその真骨頂を発揮してゐる」と指摘している。(23)

このように、犀星の描く下層社会に生きる作中人物の内面を捉えた〈野性〉が「時代の要求」に適ったものとなっていた中で、徳田秋声が、この〈野性〉に対して関心を寄せ、繰り返し賛辞を述べていたことは注目すべきであろう。秋声は自作「あらくれ」（『読売新聞』大正四・一・一二〜七・二四）を語る際に、それは「手短かにいへば室生君の「戦へる女」（『戦へる女』昭和一一・九、非凡閣―引用者）みたいなもの」で、かつて「人間の獣性が書いてみたくて」書いたのだが、今日改めて「戦へる女」の「獣性」と比べてみると「そこまで書けてない」と述べ、犀星の〈野性〉を自身の小説の評価軸に置いている。(24)さらに秋声は「室生君のなかにある強い野性味と、人生と芸術に対する熾んな燃焼力とによ」って「泥濘のなかに手を突つこんで、抉り取つて来たやうなものばかり」と驚嘆の念すら抱いているのである。(25)だが、秋声の小説には、これまで見てきたように、昭和一〇年前後において、そうした〈野性〉とは対極に置かれていた「客観」性が見出されてくるのである。

昭和一〇年前後に描かれた、犀星文学と秋声文学が交錯する場としての〈都会の底〉が明らかにしていたのは、自身の文学的出発地点で欠落していた内面を語ることによって〈野性〉を表出した犀星文学のリアリズムの可能性と、その〈野性〉を求めながら具体的に小説に描かれなかった秋声文学のリアリズムの限界であり、それゆえ、かつて秋声から「小説学」を学んできた犀星が一時的であるにせよ、秋声に先んずることができたということをこの〈都会の底〉は物語っていると言えよう。このように、〈都会の底〉を描くことにおいて発揮された犀星文学の語り手と作中人物が同化していく〈野性〉は、昭和一〇年前後の時代が求め、志向した、リアリズム文学の一つの指針としての可能性を孕んだものとなっているのである。

（1）大橋毅彦「室生犀星・〈市井鬼もの〉の可能性」（『日本近代文学』平成二・五）。
（2）今村義裕「武田麟太郎「市井事もの」の世界」（『日本文芸研究』昭和六三・一）。
（3）室生犀星「秋声氏の文章」（『報知新聞』大正一四・九・一二）。
（4）室生犀星「文学者と郷土」（『花霙』昭和一六・八、豊国社）。
（5）初出は以下の通りである。第一章「耀かしい一瞬」・第二章「消え失せた一瞬」・第三章「再び耀かしい一瞬」（「女の図」、『改造』昭和一〇・三）、第四章「三角の地形」・第五章「相殺の発端」（「町の踊り子」、『維新』昭和一〇・四）、第六章「出奔」（「続女の図」、『経済往来』昭和一〇・六）、第七章「瞽女姫」・第八章「邂逅」（「姫」、『文芸』昭和一〇・六）、第九章（「女の図第五篇」、『中央公論』昭和一〇・一〇）、第十章「虹をはく拾円札」・第十一章「礼儀」・第十二章「生面」（「生面」、『文芸』昭和一一・七）。
（6）大橋毅彦「秋声と犀星の昭和一〇年」（『徳田秋声全集月報』四、平成一〇・五、八木書店）。
（7）大橋、前掲論（注6と同じ）。
（8）正宗白鳥「新年号の創作評（終）稚気と匠気」（『東京朝日新聞』昭和一〇・一・六）。
（9）寺岡峰夫「徳田秋声論」（『文学者』昭和一四・一〇）。
（10）太田三郎「室生犀星「化粧した交際法」」（『学苑』昭和四三・六）。
（11）角田敏郎「犀星の小説〝市井鬼もの〟」（『学大国文』昭和五三・二）。
（12）髙瀬真理子「室生犀星、「暫定的」な「復讐」――「女の図」をめぐって――」（『歌子』平成一六・三）。
（13）室生犀星「答へる」（『文芸通信』昭和九・八）。
（14）室生犀星「跋」（『現代長篇小説全集　第四巻　聖処女』昭和一二・五、三笠書房）。
（15）柿本赤人「新聞小説を評す」（『新潮』昭和一〇・一二）。

(16) 阿部知二「「女の図」と「季節と詩人」」(『新潮』昭和一〇・一〇)。
(17) 徳田秋声「文学雑話」(『文芸通信』昭和九・四)。
(18) 広津和郎「文芸雑感」(『改造』昭和一〇・一)。
(19) 室生犀星「今の日本に欲しいもの」(『婦人之友』昭和一〇・一)。
(20) 室生犀星「浅草公園の印象」(『中央公論』大正九・七)。
(21) 中野重治「都会の底」(『室生犀星全集』第五巻、昭和四〇・八、新潮社)。
(22) 大橋毅彦「モチーフとしての〈野生〉の跳梁・〈肉体〉の衝動」(『室生犀星への/からの地平』平成一二・二、若草書房)。
(23) 片岡良一「現代作家・作品への瞥見」(『中央公論』昭和一〇・五)。
(24) 佐藤俊子・広津和郎・徳田秋声・武田麟太郎・渋川驍・高見順・円地文子「散文精神を訊く」(座談会、『人民文庫』昭和一一・一二)。
(25) 徳田秋声「室生君の飛躍振り」(『室生犀星全集全十四巻内容見本』昭和一一、非凡閣)。

第九章　救済なき復讐、漂流する〈市井鬼〉——「龍宮の掏児」の試み

一　はじめに——〈市井鬼もの〉への疑念

室生犀星がいわゆる〈市井鬼もの〉と称されることになる小説を次々と発表し、「犀星文学の中期の昂揚時代[1]」を築き上げたのは、昭和一〇［一九三五］年前後のことであった。そして、「犀星が真の意味での散文作家として自己変革をとげたのは、中期のいわゆる市井鬼ものにおいてである[2]」ことは今日疑いえない事実とされている。犀星の〈市井鬼もの〉とは、総じて「街の底にうごめく庶民のすさまじい生命力、生活力、執念を、迫力ある文体でとらえた[3]」昭和一〇年前後に発表された小説群を指し示すものと言われてきた。だが、個々の小説における〈市井鬼もの〉の内実を考えてみるならば、そこには単に〈市井鬼もの〉として一括することができないほどの多様性を読みとることができるだろう。そして、今日ではもはや「犀星の「市井鬼物」に共通点があるとすれば、市井の名もなき鬼たちを扱ったということくらい[4]」でしかないことも明らかとなっているのである。そ

もそも、この時期の犀星の小説を〈市井鬼もの〉と称する「所以」を、須田久美は『弄獅子』（昭和一一・六、有光社）所収の「市井鬼集」にあるとし、その中の一篇の小説「足」の原題「市井鬼記」（『徳島毎日新聞』昭和一一・一・二）が「犀星の「市井鬼」という用語の最初」であることを明らかにしているように、[5]いわゆる〈市井鬼もの〉という概念は昭和一一年の時点から遡及的に構築されたものなのだ。それゆえ、第七章で指摘した、「あにいもうと」（『文芸春秋』昭和九・九）がいわゆる〈市井鬼もの〉の特質を完全に満たしていない小説であることに象徴的なように、昭和一〇年前後の犀星の小説を〈市井鬼もの〉として一括することに対して今日では疑念が生じてしまうのだ。そこで、これまで蔽われていた〈市井鬼もの〉の生成過程及び内実を、昭和一一年の時点において再検討する必要性があると考えられるのだ。

ところで、犀星にとって昭和一一年と言えば、「市井鬼」という言葉を使い始めた年であるだけではなく、九月に非凡閣から「最近の文学的事業の総てのしめくくり」[6]である全集が刊行され始める年でもあり、この時期の犀星の文学活動における一つの結実点と見なすことができる。その中で、小説「龍宮の掏児」だけはその成立過程が不思議なほど明らかにされてこなかった。「龍宮の掏児」はこれまで、昭和一一年三月号の『文芸春秋』に発表された後、新潮文庫第二八六篇『あにいもうと』（昭和一三・一、新潮社）に初めて収録され、[7]この『あにいもうと』で、「一、いとけなき切子《ママ》　二、街の切子　三、切子硝子」の小見出しがつく」といった誤った書誌情報によって受容されてきた。[8]だが、実際は『室生犀星全集』巻四（昭和一一・一二、非凡閣）に収録する際に、「龍宮の掏児」をはじめとし、「この母親を見よ」（『週刊朝日』昭和一一・五・一）、「切子」（『改造』昭和一一・九）、「鏡の中」（『週刊朝日』昭和一一・一一・一）と続く連作小説のうち、前三作をそれぞれ「一、いとけなき日の切子」、「二、街の切子」、「三、切子硝子」と改題して中篇小説「龍宮の掏児」が成立したのである。[9]

「龍宮の掏児」の主人公生田切子は、初出時においてそれぞれ、みえ、母木母々子、生田切子と異なる名を持つ女性として描かれていた。そして、第一章と第二章の間で物語内の時間設定に数年の誤差が生じていること、第二章では切子が三歳の女児の母親となっていることなどから、「龍宮の掏児」が連作小説であるという認識が阻まれてきたのだとも考えられる。だが、「龍宮の掏児」が連作小説であることは、既に犀星自身が昭和一二年一月号の『新潮』に発表された「小説の連作」で明らかにしていたのである。

今年中〔昭和一一年─引用者〕に私の狙つた心理は悉く同じ型の気の荒い女ばかりであつて、「龍宮の掏児」から初まり「この母親を見よ」や「切子」や「鏡の中」の主要女性が悉く同一人であり、やつとこれも一年かかつて三百枚足らずの中篇を為した訳である。（中略）雑誌の性質の上からそれぞれ単独の物語りのやうに装うたこれらの短篇は、私の手によつて再び同一人の女性の名前に書き変へられ、私はまるで二度目の仕事に取りかかるごとく、或は抹殺をしたり活を入れたりして綿々と取り憑いてゐるのも、私としては近頃になく殊勝げな気持であつた。

犀星はこの文章の中で、「短篇作家の悲劇はいつも長篇を一挙に書き上げる時間がなく、そのため、幾つもの雑誌にその連作を掲載することで救はれてゐるのである」と述べている。しかし、たとえ発表の場の制約によって連作小説を余儀なく書くことになったにせよ、切子という同一人物を主人公にした連作小説として「龍宮の掏児」をまとめることによって、結果的に犀星の〈市井鬼もの〉は、その核心を捉えることができるようになったと考えられるのだ。「龍宮の掏児」がこれまで連作小説であることが黙殺されてきたということは、連作という発表形態が〈市井鬼もの〉にとって極めて重要な方法であることが看過されてきたに等しいのである。本章は「龍宮の掏児」の具体的な分析を通して、連作という形式が〈市井鬼もの〉の核心をどのように描き出しているのかを明らかにし、それが昭和一一年の時点での犀星の文学及び同時代の文学の中でどのような意味を持つのかについて考察していきたい。

二 「復讐の観念」の崩壊

「龍宮の掏児」第一章は以下のような書き出しで始まる。

切子は紙が好きだつた。会社の名前の印刷されてゐない用箋は備品戸棚にぎつしり詰つてゐて、角の状袋や辞令用の雁皮紙や簿記用の用紙なぞが、美しい截ち口を揃へて積まれてあつた。この戸棚に鍵をかけて後始末をするのも切子の仕事であれば、朝のうち社員の出勤前に鍵をあけて何時でも仕事のできるやうにして置くのも彼女の役目だつた。

冒頭に並べられた様々な紙類は、単に切子に管理されている品であるだけでなく、「性来紙類が好きな」切子が「美しい」紙という物質そのものに愛着を示していることを表している。このことは、やがて切子が物質としての紙そのものではなく、生きるために騙し取っていく、貨幣としての「紙幣」に執着していくことへの伏線ともなっている。切子の転落の人生はまさにこの紙を盗むことから始まるのだ。切子はこれまで何度か会社の用紙をまとめて手に入れようと試みていたのだが、その都度「心に躓きを感じて」盗んだ紙類を元に戻していた。しかし、ある日切子は「永い間ほしくてならない美しい艶を見せた西洋紙」の紙束を「思ひ切つて」「発作的に」盗んでしまうのだ。偶然その場にやってきた宿直当番の籾山兵太は、切子の「灰ばんだ蒼白い濁つた」表情から、切子が「盗んだ用紙」の存在に気づいたのである。籾山はこのことを会社に内密にする代りに、切子の体を要求し、切子は籾山の言う通りに従うのであるが、「一遍こつきり行けばいいやうに考へてゐた切子の考への的」は見事に外れ、籾山の下宿を何度も訪れることになる。籾山から受ける度重なる「肉体の汚辱」から、切子は「既《も》うあがきさへ取れなかつた」のである。

　ところが、切子はある時「自分だつて籾山のことをしやべる権利」のあることに気づく。「若しあなたが何も彼も仰有るならわたしもあなたのなすつたことを皆云ひつけてあげるわ」。この「大胆」な一言が「籾山を酷く苦しめ」、籾山は口止め料を切子に支払うことになるのだ。籾山は「切子を益々憎むのだが、反対に一日も逢はないでゐると切子の肉体ばかりが心身にからみ」つくようになっていく。こうしてわずか二ヵ月の間に籾山が入社以来貯めてきた四千円の貯金を全額手に入れた切子は、「出来るだけ悪い女になりたくてならないの。しびれの切れた悪い女になり変つてあなたに打つかりたいわ。」と言って籾山の部屋を出て、その後職場も去って行くのだ。

　このように、第一章前半では切子が「人から可愛がられるだけのものを整へられるだけ、整ひあつめた女事務員」から「龍宮のやうな都会のそこに堕ちて行」き、「一見ダンサーくづれのやうにも見え、女優の下つ端のやうにも見える」ようになり、「酒場とカフエをぐるぐる廻つては、それにも飽きて彷徨」する生活を送るまでが描かれている。ここで注意したいのが、学歴もなくただの平社員として勤め続けてきた籾山にとって、「十三年間のあひだ毎月頭のなかで考へつづけたものも金であり、金のためにぺこぺこと卑しいお辞儀と揉手とお愛想とに日を暮して来た」とあるように、金を貯めるという行為に他の社員に対する「復讐的な気持」が込められていたということ、そして、「飛び隔れた美貌」を持つ切子を籾山が自分のものとすることもまた、出世した「同僚への意趣返し」と考えていること、一方で、「何にも知らない切子を旨く殆ど恐喝的に蹦みにじつた籾山」から切子が四千円の貯金をゆすり取るということも、自分の肉体を凌辱した籾山への「復讐」となっていることである。つまり、籾山も切子も方向を異にしながら、ともに物語内において対象を定めた上で「復讐」を行っているということを確認しておきたい。

犀星は〈市井鬼もの〉の「文学的マニフェスト」[10]と呼ばれてきた「復讐の文学」(『改造』昭和一〇・六)の冒頭で以下のように述べている。

> 私は文学といふ武器を何の為に与へられたかといふことを考へる。その武器は正義に従ふことは勿論であるが、そのために私は絶えずまはりから復讐せよと命じられるのである。

「復讐の文学」は犀星が小説を書く意義を文章化したもので[11]、書くことによって「正義や懲戒や討伐、或ひは復讐し或ひは戦ひ、ひたすら正義に就く」ことが、これまでの犀星の人生に対する「復讐」となり「正義」となるのだということが述べられている。これまで「復讐」の対象が不確かであることが指摘されてきたが、「復讐」することが「正義」であるといった意識が、いわゆる〈市井鬼もの〉の物語内において、それぞれ虐げられてきた登場人物たちの「復讐」による救済と重ねられることによって、犀星の書くこと＝「復讐」は、おのおのの小説の登場人物たちによって代行されてきたのである。

例えば、前述した「市井鬼集」に収められた「ハト」（『中央公論』昭和八・八）の一節「塀の中」は妊娠した女給に対しその胎児の父親である男が一貫して「僕のこどもだか何だか分らない」と否定し続け、結果的に女給は男に教わった薬品を用いて堕胎してしまうのだ。しかし、結末の節「歩け」でこの男に制裁が加えられることになる。取調室らしき空間で男に尋問する「私」は、「君はまるで女のにくたいを掠める掏摸のやうな男だよ、そして少しも人間らしい温かみといふものを持つてゐない」と糾弾する。そして男が女給に繰り返し早く堕胎しろと責め立てることによって、強迫観念的に堕胎してしまったことを指摘し、「私は人間として君をにくみきれないくらゐ憎む」というように心理的に「裁く」のである。こうして、第三者である「私」が「復讐」＝「正義」を代行し、この女給は救済されるのである。ここに「女をどうにもならない所まで追いつめておきながら土壇場になって責任を回避しようとする、男の卑劣さに対する憤りとそれを告発せずにいられない情動[12]」を見ることができよう。このことは犀星が「復讐の文学」で、「街にゐる或る女が棄てられ赤ん坊を抱へて、彼女自身も食ひ物がなくてけふ死なうか明日死なうかと考へてゐ」るような、「都会の背景をつくつてゐる」「冗らない悲惨事」は「必ず救はれ整理される筈のもの」であるという「救助の観念」を述べたことと通底しているのである。

「龍宮の掏児」では、こうした「復讐」が心理的な救済から金銭の交換による経済的救済へと変化しているということは、前述の通りである。だが、第一章の後半になると、「復讐」による救済の構図そのものが崩されていくのである。会社を去った切子は「都会の底」で出会った丹波九郎から金を巻き上げる生活を送っていた。別れ際に切子は丹波から千円の紙幣束を受け取り、五百円分の紙幣を丹波の財布から盗んで、その日の塒を求め一年ぶりに籾山の部屋を訪ねている。籾山は、「会社の紙を盗んでぶるぶる震へてゐたころ」と比べ、大金を所持しているらしい切子の態度に気づき、寝床で「僕は先刻から夢となく現となくきみの金をそつくり捲き上げることを考へつづけながら結局、きみは渡すまいとするから頸でも縊める段取りまで考へて廃めてしまつたよ。」と切子に伝える。しかし、切子はその言葉によって「気味悪く次第に羽掻ひ締めにされて行くやうに思はれ出す」のである。第一章結末で再び籾山の下宿を訪ねた切子に恐怖心を与えることによって、一章前半での切子の籾山への「復讐」が、籾山の切子への「復讐」へと反転していく。こうした「復讐」が新たな「復讐」を生み出していくといった、救済されることのない「復讐」が連鎖していくさまを提示してみせたところで閉じられる第一章は、第二章でのそうした救済なき世界に生きるその後の切子の姿へと通じていくことになるのである。

三　救済なき世界の出現

第二章「街の切子」は、切子が「令嬢くずれ」や「ダンサー上り」に加え、「中流の奥さん」や「婦人雑誌の記者」、「女給上り」や「新劇団の女優くずれ」にも見える「現代の凡ゆる混沌とした世相をその容貌に表」す女性として書き出される。切子は「収入の点では不思議極まる生活を為すもの」となっていた。だが、第一章と異なるのは、切子が「千九百三十年以後に於けるこの東京の凡ゆる街区の裏町に住んでゐるところの、這ひ這ひも下手なれば乳歯の生れることも遅い私生児を一人あて抱いてゐる女のなかの一人」となっていることである。三年前に同棲していた蘇木との間に生れた三歳の幼児は、切子の外出中、家主の「お内儀さん」松野に預けられていた。

妊娠した切子は、蘇木と別れて間もなかった当時、製紙会社の重役剛田庫吉に出会った。切子は「たつた二三度の関係」を持った剛田から「様々な嘘八百をならべて」「金を捲き上げ」ていく。お腹の子を剛田の子と偽り、養育費の名目で三百円の小切手を手に入れたのである。それから三年後、再び切子は剛田の自宅を訪ねるのだ。

自らの訪問が剛田を狼狽させ、怒らせるであろうことを予め計算に入れていた切子は、久しぶりに会った剛田の表情から「焦燥の観念」を読み取り、成功を確信する。三年前と同様剛田から再び三百円を手に入れた。切子は「如何なる恥かしい後めたい事がらをしてゐても、いつも子供のためだといふ平凡な罪滅ぼしを念頭に置いてかかつてゐるので、なにごとも遣り良かつた」として、自身の行動を肯定していくのである。その上、切子は「これからだつて気が向けば何時でも参らしていただきますわ。子供の親のところを訪ねるのに誰が遠慮なんぞいたしませう、そしてその経費をいただくのに誰が気がねなんぞするものでせう」と叫び、結局、剛田夫人や女中にまで切子の嘘が知れ渡ることになる。剛田は「畜生！　騙り女め！　遂々おれの家庭まで打ち壊して終ひやがつた。」「必ず返報してやるからさう思へ！」と切子に言い捨てると、三年前にも切子との問題で世話になった元警視庁の町田春太郎に電話をし、今後切子に「一切出入りさせてくれないやうに」ととりなすことを依頼する。銀座で出会った町田に対して切子は以下のように語る。

母親として生きてゆく時にはどういふ悪事をも為し遂げなければならない、切羽詰つた瞬間がございますの。それが悪事であるかないかさへ、最早問題でない場合が多いのでございます。（中略）どういふ犠牲をつくるとも生きて育てて行かなければならないのです。鬼にもなり蛇にもなり、そして生き抜いて行かなければならないのです。

ここには切子が「母親として生きてゆく」ために剛田から金を詐取することが、切子にとっての「復讐」であり「正義」であることが描かれていると考えられるのであるが、だからと言って切子が、この生活から抜け出し、経済的に安定することによって永久に救済されるわけではない。切子は町田に「恐らくまた別な人間を剛田さまの代りに見立てて食ひ散らして行くやうになるでせう」と告げているように、切子は都会を渡り歩いて男から金を騙し取って生きていくことから逃れられないのである。

こうした救済なき世界を生きる者が昭和一一年の時点での「市井鬼」だとするならば、犀星自身の「復讐」=「正義」が登場人物たちによって代行されていた〈市井鬼もの〉と、そのような「復讐」=「正義」の代行が救済としては機能しなくなる「龍宮の掏児」との間には明らかな断絶を見ることができよう。そして、こうした断絶はこれまでの〈市井鬼もの〉の定義の変更を余儀なくさせるのだ。「龍宮の掏児」第二章が発表された翌月、犀星は『改造』に「衢の文学」を発表している。ここで犀星は直接的には前年に発表した「人間街」(『福岡日日新聞』夕刊、昭和一〇・七・一六〜一一・二四)、「聖処女」(『東京朝日新聞』夕刊、昭和一〇・八・二三〜一一・二〇)などの長篇小説を書いたことによって「私は遂に私のものであつた衢の文学に邂逅した」と述べている。だが、「衢の文学」において〈市井鬼もの〉を定義する際、そこに描かれた「市井鬼」を「龍宮鬼」とも言い換え、「悪党でなければ一癖のある、箸にも棒にもかからぬ人物」たちの生きる世界を「龍宮のやうな美しい都会」に見立てているのである。そして、「市井鬼」=「龍宮鬼」を以下のように救済なき世界を生きる人々として再規定するのだ。

叡智は薄暗い陰惨な相貌を持つて遂に市井鬼の群に投じて行くのである。教養ある人間は悲しみながらも永い間、その道が拓かれない時は都会の下水道までずるずるに辷ち墜ちるのである。誰も顧りみて呉れる人もない、さういふ人々は救ひも最早求めない、彼は紫色にふくれ上るあぶくのなかで呻吟するのみである。或種類の人間にあつてはどうしても救へきれない、止むをえないところで眼ばかり光らしてゐるものである。悪いことを知りながらそれに即くことの気安さに、けふも、きのふも深はまりして行くのである。

（「衢の文学」）

また、「無慈悲なほど都会は美しく輝き、冷酷な出来事が起るほど街々が優美に眺められるのである。」というように、「市井鬼」＝「龍宮鬼」が救済なき世界に生きることこそ、「衢の文学」の本質であることが示されている。さらに、「衢の文学」には、以下のような指摘も見られる。

最近様々な意味で文学が衢のなかに陣営を屯してゐる事は事実である。この都会の中心に対つて素材を取つてゐることは文学それ自身も動いている証拠である。そしてこれら衢巷のなかに様々な階級の悪どさを以つて所謂箸にも棒にもかからない女もまた多いのである。これまた白粉を施せるところの美しい市井鬼に外ならぬのだ。あらゆる狡智を以つて男を男と思はない女達は、其処此処に屯して生活のあがりに踠くのだ。（中略）これらの不幸な一件驕慢な女だちは、同時に母親であるところのものは母らしい顔をしてゐるし、女らしいものは大抵主のない私生児を抱いているのである。この都会で最も多いものはこれらの不幸な私生児であり、そのために稼ぐ女がいかに多いかが能く見れば分るのである。

このことから、「龍宮の掏児」で「母親として生きてゆく時にはどういふ悪事をも為し遂げなければならない」と言い、徹底的な「騙り」によって金銭を詐取することが繰り返され、救済なき世界を生きる切子が、「衢の文学」で定義された「市井鬼」＝「龍宮鬼」そのものであることは明らかであろう。そして、第三章になると、切子は子供を人に預けて「思ふまま紙入を膨らがす」ようになっていくのである。

四　漂流する切子と「騙り」の齟齬

第三章「切子硝子」は、第二章から三年の後、「いまが盛りである」「二十八くらゐ」になった切子が六歳の娘聞野を道手勝に預けてから一年が過ぎようとしていたところから始まる。道手は五百円の養育費とともに聞野を押し付けて消息を絶った切子を見つけ出したのだ。道手は切子から受け取った五百円を「さんざんに飲んで」使い果たし、新たに切子から金を引き出そうと考えていたのである。その時切子は、「食料品と食堂を銀座方面に持つてゐる」白山剛介の妻の座を得、店の売り上げから自由に金を引き出せる「一等大切な時期」であり、ちょうど白山相手の「荒稼ぎ」が潮時となって、最後の詐取を企んでいた。「子供を生ませられて」「それを負うて市井にうろついてゐる間の骨身にしみる」生活を経験した切子にとって、「自分自身で手頼るものはお金より外にはな」かったのである。

白山もまた「斯くのごとく金をほしがる」「斯くのごとく何から何まで金によつて動く」切子を「また街のなかに突つ放すことが何よりも必要」だと感じ出していた頃であった。そこで白山は安く「手切金」を支払うために女中の玉枝に切子を監視させ、弱みをつかもうとしていた。この「一癖も二癖もありげに見える」玉枝は切子からも白山に内密にするよう言付かり、「白山からは白山の分で受取り、切子からはそれ相当に両天秤にかけて」金を手に入れていた。玉枝は切子の留守中に切子に子供がいた証拠を見つけるが、信頼と金の両方を得るため白山には全てを語らずにいたのである。

ここで注意したいのが、玉枝が切子の行動を窺うようになってから、「切子といふ女が女の伏魔殿のやうな誇張された気持で感じられ、女中である自分とどれだけの変りもない」ことに気づき、切子と自分を対等に見始めるようになることで、玉枝がこれまでの切子の行動を反復するようになっていくということである。一章で切子が会社の用紙を「発作的」に盗んだように、玉枝もまた「発作的に」切子の着物を盗もうとして留まる件をはじめ、白山から信頼を得たことで、かつて白山の妻の座を奪い取った切子に代わり、今度は玉枝がその座を奪い取ろうと考えるようになるのだ。玉枝は切子に対して次のように言う。

あなたが白山さんの先の女を追ん出しておあとに坐つたやうに、わたしがあなたを街に突き出す順番がもう廻つてゐるのよ。運といふものはぐるぐる年中廻つてゐるものさ、わたしはこれから漸と人間らしい生活にありつくのだもの、漸とそれに邂逅つたんですもの、邪魔をする方なんか誰だつて衝き飛ばして行くわ。昨日ご主人だつて新しい今日はご主人でも土偶の棒でもないわよ。

その直後、語り手は玉枝を「もとの女中玉枝」と呼び、第三章冒頭で切子を表象したのと同様に「いまが女の盛りを思はせる華やかさ」をもって、「切子に少しも喋らせないで捲し立てて云つた」と語ることで、切子の造型を玉枝に重ねていくのである。伊藤整は第三章が発表された当時、「室生犀星氏の書いてゐる切子と玉枝といふ女は、提出されたときの性格は殆ど同じで、同じ女が玉枝にも切子にもなつて」いると否定的に捉えていた。[13]だが、切子によって玉枝が「市井鬼」へと転じていくさまは、物語内に「市井鬼」が増殖していくこととして捉えることもでき、それによって「衢の文学」における悪の世界、救済なき世界が深みを増していくということになるのだ。

一方、切子は娘の聞野との再会を道手と約束していた。金銭と交換に聞野を引き渡すことを主張する、まさに切子と同種の「破落戸《ごろつき》」である道手は、「母親の権利」を主張する切子に支払いを拒絶され、その要求額の五百円を「騙り」によって手にすることができず、平手で切子の頰を殴り耳たぶを滅多打ちにする。反対に切子は「道手の手首にがつしりと鎹を打ち込むやうに」噛み付いて、道手の手首の「皮膚だか骨だか筋肉だか知れないもの」を「じやりじやりと柔らかい音を立てて噛み挫」いたのである。切子が道手の手首に噛り付くという行為は、切子の生理的防衛反応であることは言うまでもない。だがそれは、これまで複数の男たちからの金銭の詐取を成功させてきた「騙り」という言葉を通した応酬と比べれば、道手の「騙り」が切子に通用しなかったのと同様、切子の「騙り」もまた道手に通用しなくなっているということでもある。これは切子が「騙り」によって生きることの限界が近づいてきたことを示していると言えよう。第三章半ばから顕在化する言語による「騙り」と金銭との交換不可能な状態は、結末に向けて次第に増していくようになる。「切子はかつとして飛びかかつて行つて突然玉枝に平手打ちを続けたが、玉枝は玉枝で何をなさるのだと打ち叫んで、切子の頰を大きい平手で力一杯張り飛ばした。」というように、以後切子の「騙り」は言語に加え肉体を行使していくようになるのである。

その翌日、切子に子供がいることを知った白山は手切金を切子に渡すが、切子は「これは半分でございますか、それとも皆でございますか！」と尋ね、全部だと聞かされると「これの二倍は戴かねばなりません。どうぞ、おしまひ下さいませ。」と突き返す。切子にとって紙幣は生きていく上での武器であり、それを手に入れるのが「騙り」という言語なのだ。だが、白山にはその「騙り」がもはや通用せず、「もう、お金で戦ふよりわたしに残されてゐるものは無いんですもの」という言葉の後に、切子は自分の拳を窓ガラスに叩きつけ、「その硝子の一片を手に取るが早いか、前歯でじやりじやり噛み挫きながら」「畜生男！　あなたのお顔も表に出られないやうにするかも知れないから気をつけるがいいわ。」と「叫びつづけ」るのだ。このような自らの肉体を傷つけるという「騙り」によって、結局白山は切子の要求を呑むことになる。

これまで切子の「飛び隔れた美貌」は、白山に対する肉体的「騙り」としてかろうじて機能してはいたが、ここにおいて、額面を二倍に書き換えることが約束された小切手と引きかえに自ら傷つけ失うことになる。この「美貌」がこれまで次々と男たちから紙幣を手に入れてきた切子の武器でもあったことを考えれば、このことは今後切子の「騙り」が完全に機能しなくなるということでもある。そして、結末の一文で「恐るべき悪虐極まる自殺的な光景」と記された切子の「唇と歯ぐき」が「裂けて一杯の口を開けた柘榴のやう」な口からは、もはや「騙り」の言語が発せられることはなく、「騙り」によってしか生きることのできない切子という「市井鬼」＝「龍宮鬼」の死が決定付けられていく。まさに「復讐」も救済も機能しなくなったところで中篇小説「龍宮の掏児」という物語が閉じられることになるのである。

五　おわりに――救済なき世界という同時代性、純粋小説としての〈市井鬼もの〉へ

これまで見てきたように、「龍宮の掏児」は、いわゆる〈市井鬼もの〉と称された小説が、「復讐」＝「正義」

によって救済される世界を描いたものから、救済という本物の「龍宮」には決して辿りつかない救済なき都会の底辺を転々とする世界を描いたものへと変容していく中で、救済なき世界に生きる「市井鬼」＝「龍宮鬼」を如実に描き出した小説であった。そして、各章ごとに雑誌に発表された初出ではその都度完結を迎えつつも、その完結が連作小説において新たな物語の始まりへと連なっていくことによって、そうした救済なき世界が繰り広げられていく様を見てとることができた。

このような連作による救済なき世界の提示方法は、「龍宮の掏児」のみに見られるものではない。前掲『弄獅子』所収の「市井鬼集」の「編纂の仕方」に注目した大橋毅彦は、「この集に収録された各作品の持っている自律性や各作品の間にある境界を減殺し、『市井鬼集』なるものを作品集としてではなく、一つの〈作品〉としてうけとることを視覚的に要請してくれる仕掛け」として、「〝追い込み〟の方式が採られている」と指摘している。(14) それによって、個々の小説の主題の完結性が後景化し、断片的に描かれた「市井鬼」＝「龍宮鬼」たちが都会の底を漂流していくさま、そしてその都会の姿を俯瞰的に見通すことができるようになる。例えば、「市井鬼集」所収の「紙幣」（『婦人之友』昭和一〇・一）には、私生児や捨子、貰い子がそれゆえに「あまさん」という「商売」を強いられていく様が描かれており、家族関係が金銭を媒介に成立し、自らが金銭によって交換されていくさまが窺える。

ふしぎに村々や町のはづれに一軒あてづつあるあまでらには、それぞれの美しいあまさんが屯してゐたが、それらは云ひ合したやうに私生児とか捨子とか懲役に行つた家の娘とか、生れ落ちてから貰はれて行つた女の子とかであつて、終生あまさんといふ商売をしなければならない破目の女ばかりであつた。

そして、そのような境遇にある秀しんは実の父親の瀧口惣吉によって還俗し、金銭と交換されることを企てられているのだ。瀧口は、「あまさん」たちの拘束状態から娘を解放する父親を演じつつ、娘と交換できる金銭に執着しているのである。このような二面性は、秀しんの暮す海月庵の庵主密心にも見られる。「美しい、せいせいした、気持気立てのよい」秀しんが托鉢に出ると、町の人々は「金を出し惜しむ者」がいないほど、「二銭三銭の托鉢喜捨が白銅や銀貨に変」わり、海月庵は金銭的に潤っていた。瀧口に相談された口入屋の柏木勢二が密心に還俗の話を持ちかけた際、密心は柏木を「下司男」と罵るが、一方で密心はその金を町の人々に「実に内々で少からぬ金の融通」をつけ、「貸付け」をしていたのである。ここに一人の人物における相反した二つの感情・態度を読み取ることは容易である。

こうした金銭の交換によって形成される人間関係は、昭和一〇年前後の犀星の小説における基調部分となっている。中野重治はこの時期の犀星の文学を語る際の時代背景として、「経済における世界の変動、実質的にも心理的にも見えてきた恐慌状態」を挙げ、こうした不安定な社会状況のもとで、人々は心理的にも経済的にもさまざまな危機感・不安感を抱き、文学においては、それが既存のリアリズムに対する懐疑として立ち現れ、犀星文学では具体的に「人間が金銭を動かす世界と金銭が人間を動かす世界との人間的対立」という構図として浮かび上がっていると指摘している。(15)

こうして、単に犀星自身が書くことによって「復讐」していくということのみが強調されてきた「復讐の文学」に対して、「何を目標に」「切り込む」のか、「何に向かつて」「復讐する」のかが「はつきりは解らな」かったと広津和郎が述べたような懸念は弱められ、(16)「市井鬼」たちの救済されない現実世界を描くという目標が見出された。そしてそれは、「龍宮の掏児」が書き始められ、一篇の中篇小説としてまとめられた昭和一一年という、犀星の文学活動の結実点に集約されているのである。だが、昭和一一年という年を考えてみれば、「龍宮の掏児」に描かれた切子的「市井鬼」の救済なき世界を生きる姿は、犀星の〈市井鬼もの〉という虚構においてのみ通用しているわけではないと言えよう。広津和郎が「暫定的」と呼んだ同時代における不安定な社会状況こそ、この救済されない世界という物語を支えているのである。

　ここで、改めて「龍宮の掏児」第一章冒頭の「切子は紙が好きだつた。」という一文に着目してみたい。既に述べた通り、第一章の切子は「紙」という物質そのものの美しさに価値を見出していた。切子が会社から盗んだのは「透し漉きになつた」「美しい艶を見せた西洋紙」でできた「書簡箋」であって、「辞令用の雁皮紙」や「簿記用の用紙」ではない。つまり、盗んだ「書簡箋」の紙質そのもの自体に価値があったのである。だが、第二章で製紙会社の重役の剛田から切子が受け取った二枚の三百円の小切手には、同じ「紙」でありながら、それが三百円分の切子の生活を保証する紙幣と交換されるといった〈兌換〉的性質を見ることができる。しかし、第三章になると、切子がそれまで「騙り」によって手に入れてきた「大判の百円紙幣は百円紙幣で打ち揃へ拾円紙幣は拾円紙幣で、各々百円宛ひと束にして蔵つて置」き、「幾十束に打ち重ねられ」たまま、何ものにも交換されることなく銀行の貸金庫室に保管されるといった、〈不換〉的性質を持ったモノとしての紙幣への執着へと再び反転していくのだ。

　このように、それ自体に価値のある紙そのものから、紙幣と交換可能な小切手へ、そして何ものにも交換せずに保管される紙幣そのものへと切子の「紙」への執着が移ろいでいくことは、まさに、いわゆる金貨幣、兌換紙幣、不換紙幣という三種類の貨幣の性質と対応しているかのようである。そこに切子が「女事務員」から救済なき世界を漂流して生きていく「市井鬼」＝「龍宮鬼」と転じていくさまをも重ねることができよう。そして、第三章では不換紙幣を求める「市井鬼」＝「龍宮鬼」切子は言語ではなく、肉体を駆使して騙るようになっていたのである。

西欧における小説・絵画のリアリズムの危機が金貨幣の終焉と時期を同じくしていることに着目したジャン＝ジョセフ・グーは、フランスで金貨幣が市場から消えた一九一九年に構想され、一九二五年に発表されたアンドレ・ジイドの「贋金つくり」を分析し、「金貨幣（monnaie-or）に基づく価値流通の破綻が、言語の写実的もしくは表象的なシステムの破綻を示すメタファーとなっている」ことを明らかにし、「貨幣の金換算価値（valeur-or）に依拠した交換システムを維持できないことが、リアリズム（そして豊かな表現性）という旧来的な価値観に基づく文学的言語」を保証しないことになるのだと指摘している。[17] もちろん、フランスにおける貨幣システムの変容と「贋金つくり」の発表の時期が、「龍宮の掏児」の発表された昭和一一年と異なることは言うまでもない。だが、「龍宮の掏児」が発表されたこの年は、奇しくも日本における、さらに言えば世界全体における貨幣システムの変容、すなわち金本位制が廃止された年と合致していたのである。まさに「龍宮の掏児」においては「金本位制が崩壊し、貨幣が兌換不可能なものと化したとき、一般等価物としての役割を演じるすべてのものは、その機能を停止してしまった[18]」ということを切子の生の中に見出すことができるのだ。

「龍宮の掏児」第一章で切子が籾山との関係を捨て、都会の底に消えて行ったのが、金本位制が廃止された翌年の「不景気で殺伐な千九百三十二年の冬」であることが明示され、第三章で切子が昭和四年に聞野を産み、物語内で六歳になっていると記されているということは、切子の「騙り」が機能しなくなった結末が昭和一〇年ということになる。つまり、切子は昭和一〇年の世界的な金融大恐慌という時代背景の中で救済なき世界を生きていたのだ。そして、いわば不換紙幣と化した切子の発する「騙り」に対して、白山があらかじめ用意した手切金しか渡さないという状況は、グーの分析に倣えば、切子から発せられる言語がもはや白山にとってその「騙り」に応じた価値を持ちえていないということだ。それゆえ、切子が自らの肉体を、特に言語を発する口を傷つけ、紙幣との交換を要求する「龍宮の掏児」の結末は、不換紙幣が世界的に流通していくことに対する経済的不安(19)を抱える時代背景と重ねることで、救済なき世界を漂う「市井鬼」＝「龍宮鬼」という犀星の〈市井鬼もの〉の主人公の生きる姿が一層象徴的な意味を帯びてくるようにもなるのだ。

（1）奥野健男「犀星評の変遷（五）」（『室生犀星全集月報』第六号、昭和四〇・八、新潮社）。
（2）東郷克美「「あにいもうと」の成立――その一側面」（『日本近代文学』昭和四四・五）。
（3）奥野健男「室生犀星の文学―評価の方法」（『文芸』昭和三七・六）。
（4）沢田繁春「市井鬼物のエネルギー」（『論集　室生犀星の世界（下）』平成一二・九、龍書房）。
（5）須田久美「市井鬼」（『論集　室生犀星の世界（下）』平成一二・九、龍書房）。
（6）室生犀星「全集完成のために」（『室生犀星全集月報』第一号、昭和一一・九、非凡閣）。
（7）室生朝子・星野晃一編『室生犀星書目集成―序跋付―』（昭和六一・一一、明治書院）。
（8）室生朝子・本多浩・星野晃一編『室生犀星文学年譜』（昭和五七・一〇、明治書院）。
（9）犀星の単行本未収録小説を収めた『室生犀星未刊行作品集』第四巻（昭和六三・一一、三弥井書店）には「この母親を見よ」が収録されている。奥野健男はそこで「同時期の『龍宮の掏児』や『女の図』などの姉妹作であり、女性の母として生きるためのなりふりや善悪かまわぬ闘い、弱い女性の男性に対する復讐が胸のすくようなタッチで描かれている」と解説している。
（10）沢田、前掲論（注4と同じ）。

（11）仲野良一「室生犀星の「市井鬼もの」――「ハト」をてがかりとして――」（『文芸論叢』昭和四九・三）。
（12）大橋毅彦「犀星文学についての覚書――昭和十年前後の活動をめぐって――」（『媒』昭和五九・八）。
（13）伊藤整「文芸時評（3）眼と頭の背馳」（『東京朝日新聞』昭和一一・九・一）。
（14）大橋毅彦「室生犀星・〈市井鬼もの〉の可能性」（『日本近代文学』平成二・五）。
（15）中野重治「都会の底」（『室生犀星全集』第五巻、昭和四〇・八、新潮社）。
（16）広津和郎「銷夏雑筆〔5〕動機の不安定」（『報知新聞』昭和一〇・七・二〇）。
（17）ジャン＝ジョセフ・グー『言語の金使い――文学と経済学におけるリアリズムの解体』（平成一〇・九、新曜社）。
（18）土田知則「訳者あとがき」（ジャン＝ジョセフ・グー『言語の金使い――文学と経済学におけるリアリズムの解体』平成一〇・九、新曜社）。
（19）例えば、『東京朝日新聞』（昭和一一・一〇・一）には、金本位制の廃止によって、「国際通貨安定の希望をかけしむるに至つたことは事実だが」「世界通貨制度の前途に対して依然大きな不安が」残ることが指摘されている。

Ⅳ

第一〇章　自伝小説の不可能性——純粋小説としての『弄獅子』

一　はじめに——二つの自伝小説と純粋小説論議

室生犀星の長篇自伝小説「弄獅子」（『弄獅子』昭和一一［一九三六］・六、有光社）は、これまで初期の「「幼年時代」等にみられた美化・虚飾が拭い去られより客観的な視点によって描かれた自伝小説(1)」、「犀星文学における最初の本格的な自叙伝(2)」などと位置づけられてきた。そして、第一章で述べたように、犀星の評伝が書かれる際の参照枠として常に引用されてきたのである。例えば福永武彦は「室生犀星伝」をこの「弄獅子」に言及するところから書き出しており、「女中の子として生まれ、名前もつけられずに人手に渡った」という「弄獅子」の冒頭部分を「実にショッキングである」と指摘している(3)。こうした、「弄獅子」の記述が事実そのものとして受け止められていく理由の一つは、序章で確認したように、「弄獅子」構成過程で削除された一節からも窺うことができよう。以下の一節は「弄獅子」全四八章中の八章から四七章までを『生ひ立ちの記』（昭和五・五、新潮社）

として刊行した際に削除された冒頭部分である。

自分の自叙伝は自分で意識して詩的な出駄羅目を書いて小説にしたが、時期を見て書き直したいと何時も考へてゐた。自分はその時期を此頃の自分にぴつたりと息づかせずに感じてゐる。

自叙伝といふものは作家が相応に人間になり、間違ひなく何事でも書き練れる時に初て書くべきもので、自分のやうに若冠の折に書くべき筈のものではなかつた。殊に詩人だつた自分の描出が詩的なものになつてゐたのも、止むを得ないことだつたが、それにしては余りに今の自分と反対してゐた。自分自身に対し厳格であると同時に、読者には小説として興味が無いかも知れないが、自分は猛烈に最一度自分の本当を書き残すつもりである。そして自分は嘘は書かないつもりである。

（「紙碑」、『文芸春秋』昭和三・六）

ここから、自伝小説「生ひ立ちの記」としてまとめられる昭和三年前後に発表された自伝小説が、例えば、船登芳雄が「かつて生い立ちに加えた叙情的虚飾を剝ぐ視点を、初めて開いた」と指摘しているように、事実そのものを虚構を交えずに書き記そうとしている点で、第一小説集『性に眼覚める頃』（大正九［一九二〇］・一、新潮社）に記された幼少期から青年期に至るまでの自らの過去と差異化されていることがわかる。「生ひ立ちの記」は金沢での幼少年期に関わりを持った実母、実父、義母、義父、義姉、義兄、義妹などがより詳細に書き記されており、以後の東京での放浪生活と文学への目覚めに加え、結婚、長男の死、関東大震災を経て、およそ昭和三年の養母の死までが書き加えられている。

ところが、「弄獅子」はこの「生ひ立ちの記」の前後にそれとは異なる意図のもとに書かれた自伝小説「弄獅子」（『早稲田文学』昭和一〇・一〜六、以下「弄獅子」（昭和一〇）と記す）をはじめ、「木馬の上で」（『児童』昭和一〇・三）、「野人の図」（『行動』昭和一〇・四）という二篇の短篇小説[5]を加え、あたかも「生ひ立ちの記」に「弄獅子」（昭和一〇）という枠組みが与えられたような構成となっている。そして、この「弄獅子」（昭和一〇）には「生ひ立ちの記」で事実として提示された犀星の生い立ちの記述が過剰なまでに誇張されているという特徴が見られる。「弄獅子」（昭和一〇）は以下のように書き出されている。

僕は自叙伝めいたものを何度も書いてゐるし、更めて書くやうなことがらがなくなつてゐる筈だが、不思議なことにはありもしないやうな事実が新しい光彩を帯びて、今日の僕に思ひ出させてくれる数々のものがある。それは僕の娘や男の子の生活を毎日眺めてゐて、忘れてゐた新しい小さい事件や連想を発見するからだ。ここで仮りにこの話を君たち、――僕の娘である十二の漸と本字が読めるやうになつたお前と、そして九つになつた女の子のやうな遊びをする男の子に話をするやうなふうで書いて見ようとするのも、君たちの毎日の食物遊戯勉強それらの上にいる母親たちの細かい生活振りを眺めてゐるからである。

（「ぬばたまの垂乳根」）

事実を忠実に書き記したはずの「生ひ立ちの記」をも「自叙伝めいたもの」とし、これから書き記そうとする記述も「ありもしないやうな事実」や「連想」の可能性を秘めているといったように、あらかじめ虚構性が強調された冒頭から始まる「弄獅子」（昭和一〇）は、「僕」の子供たちという仮想の読者が想定されている。「僕」が彼女らを読者に選んだのは、子供たちと「僕」をつなぐ親子関係の絆が、二人の子供達の「女中」に対する傲慢な態度から崩れかけていたからだという。そこで「僕」は「君たちの卑しんでゐる女中といふもののお腹から僕が生まれて来た」ということを告白しているが、そのことは「生ひ立ちの記」において、既に以下のように記されていた。

自分の聞き辛いことは母のいふ女中の子といふ言葉だつた。実家の父は自分の本統の母がまだ小間使をしてゐた頃、(父はその時は妻に先立たれてゐた。)もう自分を腹の中に持つてゐて、腹から出ると七ヶ月位で養家に呉れて遣り、一先づ世間体を繕うたのだが、実際は夫婦暮も同様な父と母だつた。自分は臍から沁み出る血をその儘今も感じる程、母から自分が女中の子であることを諄々と聞かされ卑しめられてゐた。(中略)自分は母の金を幾らかづゝ竊む時に、全く質のよくない例の女中の子といふ烈しい叱声を感じた。自分は女中の子に違ひなかつた。さういふ底の落ちたふて腐れた中に自分の気持があるのも、或は当然な事かも知れなかつた。

(「父母」)

「弄獅子」で書き記されているのは、幼少年期を過ごした赤井家の人々と犀星との関わりであり、端的に言えば「規律や掟や血統のつながらない人間同志がどうして一家族をつくり上げて行つたか」が書き記されているのだ。また、内容的にも「生ひ立ちの記」の前半と重なる部分が多く、あたかも同じ出来事を二人の作家が書き記しているかのようだ。「弄獅子」(昭和一〇)連載終了直後に刊行された『女の図』(昭和一〇・六、竹村書房)にこの「弄獅子」(昭和一〇)のみが収められていることからも、「生ひ立ちの記」と「弄獅子」(昭和一〇)は別の自伝小説として考えられていたと言えよう。

この「生ひ立ちの記」と「弄獅子」（昭和一〇）を合わせた「弄獅子」の複雑な成立過程については、これまで多くの論者が指摘してきたが、その多くが共通して「弄獅子」を自伝小説という枠組みで位置づけてきたと言える。(6) しかし、虚構を交えた初期の『性に眼覚める頃』から事実に基づいた「生ひ立ちの記」へ、そして事実を誇張した「弄獅子」（昭和一〇）を経て「弄獅子」が成立したという犀星の自伝小説の展開を考えるならば、「弄獅子」を統一的視点をもって過去を語る自伝小説としてのみ位置づけることは難しい。むしろ、それが『女の図』刊行後から『弄獅子』刊行までのほぼ一年の間で構想されたものだとしたら、犀星が「弄獅子」で試みたことの意味を改めて問わねばならないだろう。

ところで、『弄獅子』刊行前後の時期は、「単に量的ばかりでなく質的にも最も活動した人(7)」と同時代の文壇で評された、犀星文学が最も成熟した時期でもある。特に、犀星はこの時期に新聞連載、書き下ろし、連作小説など複数の方法によって長篇小説を書き続けており、(8) 長篇小説を書き記すことに意識的な姿勢を窺うことができる。その中で成立したのがこの「弄獅子」なのだ。

例えば、第九章で扱った「龍宮の掏児」の場合、『室生犀星全集』巻四（昭一一・一二、非凡閣）に収録の際に、不統一だった初出時の作中人物の名前を統一し、一つの物語に仕立てようとする意志が見られた。しかし、「弄獅子」では「弄獅子」（昭和一〇）と重複する「生ひ立ちの記」の記述を削除することで「弄獅子」としての整合性を保とうとしているが、自らの過去を語る主体が「僕」「自分」「私」というように統一されておらず、あたかも一人の作家が時系列に沿って語る自伝小説の秩序を意図的に崩しているように見られる。その最たるものが、「弄獅子」終章の書き出しに「私はどうやら幼年時代のことを書きあげたが、私の子供達に読ませる筈のものが何時の間にか、小説風な物語りになつて了つた」と書き記されていることだ。この一節は初出の「弄獅子（完結）」（『早稲田文学』昭和一〇・六）の冒頭であり、犀星の幼少期を書き記して閉じられる「弄獅子」（昭和一〇）の結末がそのまま、養母の死までを書き記した「生ひ立ちの記」を含む「弄獅子」全体の結末となっているのである。

ここから、「弄獅子」は「生ひ立ちの記」に「弄獅子」（昭和一〇）という枠が与えられて成立しているのではなく、「弄獅子」（昭和一〇）という自伝小説の中に「生ひ立ちの記」という別の自伝小説が介入し、幼少期を純粋に語ることが阻まれていくものと見ることもできるのだ。もしそうだとするならば、こうした構想はいかにして成立したのかという問題が浮上してくるのである。

ここで指摘したいのが、長篇自伝小説「弄獅子」が「純粋小説全集」[9]の第八巻として刊行されたということ、そして「弄獅子」にはアンドレ・ジイドの「贋金つくり」の影響が窺えるということだ。周知のように、横光利一「純粋小説論」（『改造』昭和一〇・四）はジイドの影響を受けて書かれたものとされ[10]、「昭和十年前後の文学と文学状況の核心を衝」[11]き、同時代に様々な反響[12]を引き起こした。その影響を受けて刊行された有光社の「純粋小説全集」は、昭和一〇年前後の純粋小説論議に対する「俗化迎合のジャーナリズム」、「醜かつ惨たる、売らんかなの商策」[13]とみなされ、半ば黙殺されてきたと言えよう。しかし、この特異な長篇自伝小説「弄獅子」を「本格的な自叙伝」として専ら位置づけてきたこれまでの犀星研究にとって、同時代の純粋小説論議との関わりにおいて改めて検討していく必要があるように思われるのだ。

例えば、内海暁子は「贋金つくり」における〈純粋小説〉の考え方が日本の文壇で積極的に議論されたのは、「私小説への関心が高まり、作家の自意識に対する問題意識が敏感になっていた」からだと述べ、「特に現実の見方の部分が書き手の自意識の問題と重なり、執筆対象としての「私」の見方、見え方の問題が、作者の「私」の問題を扱いながらも従来の私小説とは異なる新しい小説の可能性を示唆するものとして作家、批評家たちを魅了して行く」ようになったと指摘している。(14)「もし文芸復興といふべきことがあるものなら、純文学にして通俗小説、このこと以外に、文芸復興は絶対に有り得ない、と今も私は思つてゐる」という一文で書き出される横光利一の「純粋小説論」は、そうした文脈の中で発表されたものであり、今日まで様々な観点で考察されてきた。(15) 例えば、中村三春はそうした「純粋小説論」の要点を以下のようにまとめている。

まず(一)「偶然性」と「感傷性」の要素を持つ「通俗小説」から「感傷性」を取り除き、その「通俗小説」と「純文学」とを「一つにしたもの」としての「純粋小説」を提唱し、次に(二)「短編小説では、純粋小説は書けぬといふことだ」として長編主義を主張し、また(三)「自分を見る自分」たる「自意識といふ不安な精神」を表現しうる「第四人称」を「純粋小説」は設定すると述べ、さらに以上は(四)前述のリストにある「長編製作に関するノート」であると結ばれる。(16)

およそ同時代の作家たちへの問いかけから始まり、自身の実践報告として閉じられる「純粋小説論」が発表された当時、川端康成は「要するに、現代小説はいかに書くべきかに就ての、一つの答案、または一つの試案」であり、「現代作家であらうと努め、現代作家であるべき運命に追はれてゐる、横光利一氏が、いかに小説を書いて来たか、また書こうと志してゐるのかの、告白である」と端的に指摘していた。(17) 続けて川端は、「横光氏の「自分の純粋小説論」の主眼は、「それは自意識といふ不安な精神」の扱ひ方にある」と述べ、同時代において、その問いかけの中で関心が寄せられてきたのが、横光が「「自分を見る自分」といふ新しい存在物としての人称」として提唱した「第四人称」という新しい自己の描き方であることを指摘している。こうした提唱の背景には、大衆文学が隆盛を極めていたのに対して、横光が「作者が、おのれひとり物事を考へてゐると思つて生活している」「日記文学の延長の日本的記述リアリズム」と呼ぶ、自然主義リアリズム文学の系統に位置するいわゆる純文学の衰退があった(18)。

こうした危機意識から、横光はいかにして純文学を再興するべきかを問うていくのだが、そのことは横光だけの問題ではなかった。犀星もまた、既成の自然主義リアリズム文学を乗り越える小説を求めていたのである。

何かかう底の分からないやうな鈍重でそれでゐて読んで旨みが泉のやうに湧く小説が出て来ないものであらうか。これが小説だか何だか分からないくらゐ不思議な作品であつて、しかも我々のいままでして来た仕事を一遍に蹴飛ばしてくれるやうなものが現れないであらうか。（中略）もう一度自然主義の底を日干して見て何が出るか見たいものである。

（「文芸時評（2）　づぼらな作品を」、『都新聞』昭和九・九・二〇）

純粋小説論議と言えば、専ら横光に注目しがちであるが、昭和一〇年の時点では、犀星と横光は純文学再興の担い手として並べて論じられていたことを、以下の評論から窺うことができる。

文芸復興といふ事実が、砂一粒でもあるならば、（中略）矢張り、室生氏や、横光氏の近作に見出すのがより正しい認識であらう。少くとも、此の二氏の近来の作品は、現在の混沌とした小説界の帰趨を定むる或る示唆的なものを持つてゐる。当然動き出さねばならない今日の転形期の小説界の第一歩をこの二氏の上に

もみようとすることは、誤りではないであらう。　（飯島小平「室生犀星論」、『早稲田文学』昭和一〇・五）

しかし、犀星の純文学再興への関心は横光のそれとは異なる所へ向けられていた。横光の「純粋小説論」発表直後、犀星は純文学と通俗小説における「感傷性」について以下のように指摘している。

凡ゆる小説といふものは先づ尻切れ蜻蛉であるべき性質のものであつて、人生に完結篇がないごとく突然に事件とか筋とか軋轢とかいふものが、裁断されてもいいものである。それがあるが故に純文学と一般通俗小説の区別があるのだ。大衆の感傷性はいつも人生はかくかくあるべきである解決を訴へてゐるが、純文学はそれにお関ひなしに進む勇敢さを持つてゐるものである。

（「文芸時評2　討たぬ心」、『都新聞』昭和一〇・五・二六）

犀星にとって、横光が「純粋小説論」で言及した「感傷性」よりも、完結しない人生をいかにして書くかということが重視されている。また、後に犀星は「長篇小説といふものは提唱するものでなく、黙々と書いて見るものである」とも述べており[19]、〈純粋小説〉を長篇小説として提唱する横光の「純粋小説論」に対して、前述のように種々の方法によって長篇小説を書き続けることによって〈純粋小説〉を実践してきたともいえるだろう。

これまで純粋小説論議と犀星文学の関わりは「〈長篇〉志向の問題」[20]に焦点を当てて考察されてきたが、横光の問題意識の枠組みの中で犀星文学を捉えようとしても、おそらくそこに回収されることはない。横光が試みた〈純粋小説〉はいずれも自伝小説とは異なるジャンルに属しており、犀星が「弄獅子」で試みている自伝小説における自己の提示の仕方を「純粋小説論」から導き出すことは難しい。しかし、ジイドの「贋金つくり」[21]と「弄獅子」を直接結びつけた場合、その影響関係がはっきりと見えてくるのだ。「贋金つくり」で中心化されているものが、犀星自身の生い立ちそのものと関わっているのである。

そこで、本章では「弄獅子」での試みがいかなる意味において〈純粋小説〉たりえているのかということを、アンドレ・ジイドの「贋金つくり」を参照しながら考察し、『弄獅子』刊行時期の犀星文学における自伝小説のあり方を明らかにしていきたい。

二　「弄獅子」と「贋金つくり」の接点

犀星がジイド文学に接するようになったのは昭和九年の七月であった。同年七月の日記には、金星堂版、建設社版それぞれのジイド全集の翻訳者の菱山修三、堀辰雄から全集を受け取ったことが記されている。[22]その後ジイドを読んで「書くといふことを何と研究的に書いた男であることか」[23]と感嘆の意を表している。そして、「弄獅子」（昭和一〇）連載中に発表された「系統立てた読書」（『文芸通信』昭和一〇・四）では、ジイド文学の「真似をしようと思ふのではなくて、もつと奥の方のものによつて、ものの見方感じ方に役立つ力を与へてくれ」たことを書き記しているのだ。

昭和一〇年連載の「弄獅子」がジイドの「贋金つくり」の影響を受けていることは、「生ひ立ちの記」との比較によって一層明確になってくる。ともに幼年期から書き出されている「生ひ立ちの記」と「弄獅子」（昭和一〇）であるが、長篇自伝小説「弄獅子」としてまとめられる時に、「生ひ立ちの記」の記述が専ら削除されている。東郷克美は「生ひ立ちの記」よりも「弄獅子」において「養母を中心とする主題のより徹底した掘り下げ」がなされており、「養母の描写は凄絶」であると指摘している。(24) 特に、「弄獅子」（昭和一〇）における養母による虐待の場面は「生ひ立ちの記」に比べて残虐性が過剰となっており、そこに虚飾が施されていると見ることもできよう。例えば、「生ひ立ちの記」で「自分は母を恐れるために生きてゐたやうなものだつた。母はどういふ場合にも叱責しないことが無いばかりか、自分を叱るために生きてゐるも同様な存在だつた」と記された場面が、「弄獅子」（昭和一〇）では以下のような養母からの虐待へと変わっていく。

母はしばしば大して理由もないのに僕を打擲をしたが、悪たれ小僧は口答へをしてゐてその口答へをするだけの理由で、再び新しく殴られなければならなかつた。母は真鍮の雁首のついた長い烟管で煙草を喫んでゐたが、長い柄は一尺二寸くらゐはあつたからそれが僕の手の甲にぴしやりと打ちおろされたり、耳のへりを掠め腕や肩先を引ぱたかれたりする時は、その疼痛は途方もなく甚大な物であつた。（「かりそめの母」）

「僕」は養母の躾について「幼少から相当過酷な躾を以てそれに慣れるやうにし、且つ引ぱたいて健康を鍛えるやうにしたものらしかつた」と語っているが、同様の記述を「贋金つくり」に窺うことができるのだ。作中「贋金つくり」という小説を書こうとしている小説家エドゥワールは、「独房監禁法」という章の一節に「子供を束縛する教育は、子供を窮させることによつてこれを鍛へ上げる結果になるのだ」と記している。続けてエドゥワールは以下のような一節も書き記している。

私は、今までに、何と多くの両親達（特に母親）が、その子の中に、実に愚かしい物嫌ひ、実に間違つた片意地、理解力の欠陥、恐怖心等を好んで認め、これを煽り立ててゐる例を見せられたことか……食卓に向ふと「それを食べるんぢやない。それは脂肪ぢやないか。筋をお取り。それは半煮えだよ……」さて夕方戸外に出ると「ほら、蝙蝠が来た……さ、早く帽子をお被りよ、髪の中に入るといけないから。」等々……かうした両親達の言葉にしたがふと、黄金虫といふやつは人を嚙み、螽は人を刺し、蜥蜴は腫物の因だといふ。智的、精神的その他のあらゆる部門について、同じやうな荒唐無稽が山のやうに存在するのだ。

両親の子供に対する過保護ぶりを「不誠実な毒素」と記すエドゥワールは、この日記の結末に「未来は私生児のものなのだ」、「私生児のみが自然と呼ばれる権利があるのだ」と書き加えているのだ。

ここで、「贋金つくり」について触れておきたい。「贋金つくり」はベルナール・プロフィタンディウーという青年が、自身が私生児であることを知り、家出という反抗がなされることから物語が始まる。贋の父であった予審判事プロフィタンディウーに宛てたベルナールの手紙には、本物の「あなたの子供達」と贋物の「私とのあひだに、いつも取扱ひに差別のあつたこと」が記されている。例えば、今村仁司は貨幣について論じる際にこの「贋金つくり」に触れ、「私生児（贋の息子）が義父（贋の父）に反抗するという構図」に、「家族に関わる一切の価値体系の動揺と亀裂、つまり子供の教育を可能にする父の権威、家族の調和という保守的原理、ひいては家族関係を維持する宗教的道徳的価値体系の崩壊の兆候」を見出している。(25) そして、ベルナールの友人オリヴィエの叔父で作家のエドゥワールが〈私生児〉に「深い意味」を見出していたように、「贋金つくり」の物語世界は、ベルナールという〈私生児〉＝「贋金」が本物である種々の規範を「贋物」に変えていくことによって(26)進展していくのだ。
これを踏まえた上で、「弄獅子」（昭和一〇）冒頭に戻って見ると、エドゥワールの記した「独房監禁法」の一節と酷似した一節を指摘することができるのだ。

僕は先づ君たちに餡気のある食物、すなはちお汁粉とか最中とかまんじうとか甘納豆とかを食べることを禁じてゐた。君たちは甘美しいそれらの菓子が例へば恐ろしいお腹の病気を媒介することを知つてゐたから、無理にそれを食べようとはしなかつた。しかし君たちの友だちの何々さんは餡パンをたべてゐたとか、葡萄や桜ん坊や西瓜をいつも何時も平気でたべてゐたとか云つて僕の顔を幾らかうらめしさうにちらと見ることがあつた。さういふとき僕はいつもかう云つて何気ないふうを装うてゐた。「それは何々さんの家ではそんなことを関はないで食べさせて来たんだよ。だから大抵あたるやうなことはないだらう。しかし君たちは食べたことがないから危ないのだよ。決して隠れて食べたりなんぞしてはいけないよ」（「ぬばたまの垂乳根」）

唐突に「僕」の家庭における教育事情から書き出される「弄獅子」はエドゥワールの記述同様、「僕」の過保護ぶりが記されている。「君たちにひょんな不節制から重い病気にならせまいとする」意志が働いているからだという。しかし、このように自ら子供たちに行ってきたことを語ることによって、エドゥワールが作中「贋金つくり」を書き上げられなかったように、子供たちに自らの生い立ちを語り聞かせるという当初の目的通りには書き得ない事態に遭遇するのである。「僕自身が制限してゐながらさういふ制限の外で育つた僕の開け放しな生ひ立ちが、僕の前の方に立ちふさがつて見えるのを感じ」てしまうのだ。つまり、〈私生児〉であった「僕」をはじめとした「規律や掟や血統のつながらない人間同志がどうして一家族をつくり上げて行ったか」、そして、そのような幼少期を過ごした「僕」が「一生涯を滅茶苦茶に揉み散らさ」ずに、「図々しい一個の文学者」になったかを語ることで自らの文学者としての正当性を示そうとすれば、その軌道から「僕」の子供たちは外れることになってしまうのだ。まさに「贋金」が本物を「贋物」に変えてしまうことに突き当たってしまうのである。結末の章の「私はどうやら幼年時代のことを書きあげたが、私の子供達に読ませる筈のものが何時の間にか、小説風な物語りになつて了つた」という書き出しは、自らの生い立ちを率直に語ることができなかったという告白だったのである。

例えば、大橋毅彦は「弄獅子」冒頭において、「語り手である「僕」と聞き手である「君たち」が存在して、前者は後者が女中に対してとる態度を自分がどう思っているか、その思いはなぜ生ずるかというところから始めて、女中の腹から生れた出生の事実について語って」いたが、次第に「女中が置かれた状態とそれに対する思いとを「僕」が語っているようにも、同じことを女中自身が語っているようにも、そのどちらにもとれるトーンを帯びて」くるようになり、「「僕」の女中への自己同一化」が生じていると指摘している。[27] 例えばそれは、以下のように書き記されている。

労働の規約は約十時間くらゐが一斉の制度とされてゐるが、この女中ほど社会的な庇護や同情のそとがはに置かれたものはないのであつた。ひび皸、病気の伝染、豚のやうな代名詞、そして二た言目には何ていやしい野卑な女中であるとか、女中だから仕方がないがもつと良い女中がゐなものであらうかとか、（中略）男と少しでも話をしようものなら不品行だと云はれ、女中のくせに男もほしいんだよと調戯はれ、家ぢやそんな行儀の悪い女中はいらないから今から直ぐに出て行つてくれとか、一日じう、どれだけ働けばそれで働いたうちにはいるのか分らなかつた。夜の十時ころやつと火の気のないにちやついた女中部屋の畳の上にぺたんと座つて、乱れた髪の毛を掻き上げながら、

「ああ、草臥れた」

ただ、さういふ言葉だけが自分の云つてもいい言葉であるらしかつた。

（「ぬばたまの垂乳根」）


子供たちに語るには余りにも過剰な「女中」への中傷が繰り返され、次第に自身が「女中」の位置に立っていくさまが窺える。(28) このことは「弄獅子」（昭和一〇）が通常の自伝小説ではなしえない構造をもったものであることを意味していると言えよう。特に、「弄獅子」（昭和一〇）は「生ひ立ちの記」と比べ、養母と子供たちとをことさら金銭を媒介とした関係で捉えているところに虚構性を見ることができるのである。例えば、「幼年時代」（『中央公論』大正八・八）で「嫁入さきから戻つて」きた姉は「生れかはつたやうに、陰気な、考へ深い人になつてゐた」と記されていたが、実際には義姉は嫁いでいたのではなかった。『弄獅子』において、昭和一〇年連載の「弄獅子」と、「生ひ立ちの記」の冒頭にあたる箇所を接続させる際に削除された箇所の一つに以下の部分がある。

姉は能登の田舎町に近く、娼婦だが芸妓だか分らない、やくざな女に過ぎなかつた。自分は憐愍も同情も持てない、また事実には甚だ不透明な姉を感じてゐた。彼女は帰宅するごとに能登の海辺の貝細工の土産物や、綿の中に裹んだ珍しい貝類を自分に呉れるのだつた。姉は詩人に近い感覚でそれらの美しい貝を海の渚

で、長い間かかつて拾ひ貯めて持つて帰つたものらしかつた。勿論その美しい貝類は自分を喜ばせるには充分だつた。併し姉は一ト月と家にゐずに、口入屋の村田といふ婆さんと母とが交渉した後に、また家を出て行くのだつた。

（「紙碑」、『新潮』昭和三・六）

「僕」は幼少時に生活を共にした姉を「娼婦だが芸妓だか分らない、やくざな女」と呼ぶが、村田と母の「交渉」の内容を明かさず「不透明」に語っている。それに対し、「弄獅子」ではその「交渉」が具体的に語られているのである。

その翌日、口入稼業人の村田某は例の羅紗阿の羽織を着込んで、恐るべき永い年月と、切り詰められるだけ切り詰めた正味手取りの金高の計算を、桁の落ちた算盤をはぢきながら母と打合せをしてゐた。彼らは些んのひと口だけと言ひながら何本かの代へ徳利の尻を擽ぐりながら座を外した。姉の「白い肉体」と紙幣との換算に昂奮しながら、日の暮れるまで動かなかつた。

（「姉びと」）

ここで「娼婦」という言葉の内実として「姉の「白い肉体」」が母によって「紙幣」と交換されることが明示されている。また、この姉によってその当時の混沌とした家族関係の一面も窺える。

貰ひ子の泣き声や継子の叫ぶ声や不徳な養子や、年頃の娘達は売られ何処の町はづれにも娼家が屯し、色情と飲酒とで障子紙は黄ろく湿気を帯びてた。どこの戸籍面もごちや〳〵に乱れて、親子やら兄弟の区別のなかに正しい血統なぞがあるのやら無いのやら判らなかつた。

（「姉びと」）

家族関係が金銭を媒介に成立し、自らが金銭によって交換されていく様は、犀星自身も例外ではなかった。「僕」は「殆ど、生れ落ちるとすぐに」「相当の扶持をつけて貰はれて行つた」のであり、「僕」は「加賀藩の足軽組頭」を父とする「正統」な家系から〈私生児〉となり、金銭と交換されていく。

僕の疑ひをもつのは自分で一生子供を産んだことのない母が、なぜ姉とか兄とか僕とか妹とかを、しかも皆乳を離れるか離れないうちに貰ひ受けて、面倒な保有を敢てしたかといふことにあつた。（中略）ここでは二つの目標を以て母が大勢の子供を育てたことは断言できるのだ。一、扶助料も満足でなかつたらしい事、二、成長させて直ちに働かせる事（中略）とにかくこれら二つの問題のなかで母は我々を育てたものらしい。

（「かりそめの母」）

「僕」を含めた子供たちと養母との関係は「扶助料」を媒介に成立しており、養母はその後、「成長させて直ちに働かせ」て収入を得ようと目論んでいる。血縁的親子関係が成立せず、金銭と交換される商品として見なされていた私生児たちは、それゆえにいわば金銭を媒介にした贋物の家族という共同体を形成していく。しかし、このような欺瞞性を含んだ家族こそ、「僕」がかつて生活を共にした本物の家族であるということをも同時に語っているのだ。

また、妹きぬの実の父親が赤井家にきぬを養子として差し出したのは、「山里の女が」「都市に嫁入る」ことに

「容易ならぬ光栄に似たもの」を感じる里親の「打算的」で「堅実な考へ」からだった。実父の「光栄」のために「打算的」に交換されたきぬは〈貰い子〉となっていくのである。こうして、「僕」が幼少時に育った「赤井といふ家」は「規律や掟や血統のつながらない人間同士」が集まって「一家族をつくり上げて」いた。そのことは、法的、血縁的家族関係が金銭によって崩壊したことを意味していると言えよう。「僕」はこの家族と自らを「沢山の小説」すなわち虚構性を含んだものと見なしている。本物の血縁的な親子関係ではないという意味で〈私生児〉性を帯びた「僕」や妹らは金銭を媒介とし、小説同様虚構性を含んだ贋物の家族という共同体を構成する。さらにこの家族はその内部においても金銭を窃取し合っていくのである。

母が度たび寺の方に廻つて来ると、例の小抽出しのある箱にある金を持つて行き、それから中の間にある子持簞笥の抽出しを掻き回し、その紙屑やらお守護札や蚊帳の釣手や糸屑の一杯詰つた一番奥にこつそりと一包みにしてある銀貨をそつくり持つて行くのであつた。それは父の匿し金ではあるが一ト月に一遍くらゐ、四十女は公けにそれらの金を持つて行くのであるが、此の山荒しには父も覚悟してゐて何とも抗議を申出る事がなかつた。

（「極楽図絵」）

住職の父が奉納金を隠匿していること、そして、その金を赤井家の家父長的存在たる母が持ち出すことで、父や母が家族内外で持っていた属性としての正統性が喪失しているさまが確認できよう。「この寺のなかに盗びとは母ばかりではなく皆が皆で、ちよつと本堂に行つては小使銭を稼ぐことを怠らなかつた」とあるように、この「一家はまるで盗むことしか考へなかつた」のである。赤井家の人々は誰もが本堂に収められた奉納金を盗み、それによって維持される寺としての権威や正統性をも喪失させていく、贋物の家族たちなのだ。

このように、自らの幼少期を書いた自伝小説「弄獅子」（昭和一〇）では物語内においてその家族がことさら虚構性に富んだ贋物であることが強調されている。しかし、小説という虚構において提示されたかつての贋物としての自己は、一方で現実にそれを語る小説家としての自己の存在を成立せしめていく。純粋な自己を語ろうとすれば、不純な自己を語らざるをえないこと、それゆえに事実に忠実な記述ではなく、虚構を交えた記述によって自伝小説を書くことが逆説的に現在の小説家としての自己の姿を示すことになる。こうした、現実と虚構の関係を改めて意識した時、長篇自伝小説「弄獅子」の構想が浮上してくることになるのである。そして、再びジイド文学との接点が見出されてくるようになるのだ。

三　ドストエフスキー、ジイド、犀星

「弄獅子」の連載が終了し、『女の図』に収録され刊行された昭和一〇年六月と言えば、犀星が新聞連載小説「人間街」を準備する時期であった。「新聞小説に就いて」（『新潮』昭和一〇・一二）で犀星は、「今年の晩春、福岡日日新聞から突然に連載小説を依頼され」たと記している。その際犀星は「一体、菊池寛氏はどうしてああ受けるのであらうか」と、「貞操問答」を読み、「悠々淡々として彼は闊達に書いてゐた」が、「僕は僕流に、それがどう間違つてゐやうと関はないぞといふ気」で書き始め、結局「人間街」は以下のような特徴を持つ新聞連載小説となったと述べている。

「人間街」では九人の主人公を、同じい度合で書き、殆、すれすれにきつぱりと性格心理を表現して行つた。私はこれ程同じい轡をならべさせて主人公を書き上げたことは、始めての経験であつた。しかも、危険極まるハリガネ渡りをするやうな私の芸当は、その日の行当りばつたりで荒筋に肉附をしてゆき、その日次第のこまかい人生を繕つて行つたのである。

「弄獅子」連載中に「人間街」を書き始めたのであるが、その過程で犀星は、複数の主人公に焦点を当てる方法を手に入れたことになる。大橋毅彦はこの「人間街」が「主人公の不特定化が志向された長篇」であり、そこに「純粋小説論」との関わりを以下のように見出している。

主人公とは、それに作家の現実に対する立場が投影されていくものであり、かつその立場が確保せられていたがゆえに、従来の小説にあっては主人公なるものは、おそらく一人で足りていた筈だ。だが、（中略）現実を統一する理念や展望を作家が失った時、その折の小説は、主人公なるものをただ一人の人間に固定する必然性や有効性を奪われ、その主人公同様に思考もすれば行動もする、人間達の一切を同等に取り扱う方向に、その歩みを取り始めるのではないだろうか。(29)

このことを自伝小説として考えて見た場合、全体を統括する統一的な立場で自己の生い立ちを語るということができず、複数の「私」に分散せざるをえなくなるということになろう。「弄獅子」に「僕」「私」「自分」といった複数の一人称が用いられていたのも、こうした自己内部における分裂を示す意識的な方法であったと見ることもできるはずだ。

しかし、こうした手法は「人間街」を書きながら自然と身につけたものではなく、この時期のある読書体験が大きく関わっていたとも考えられるのだ。

「罪と罰」を読んでスギドリガイロフといふ人物に邂逅した時に、私は何やら頭を掻きむしられたやうな新しい「発見」を感じた。以前、十八年も前に読んだ時に一体このスギドリガイロフといふ人物が、この小説の中に描かれてゐたのであらうか、――どうも私の記憶にはこの人物がゐなかつたやうに思へた。描かれてゐても私は気附かずに読み過ごしたのであらうか、或ひはこの小説のなかに十八年も私に邂逅しなかつたスギドリガイロフが、その十八年の間に何物かの肉霊を加へて、いまの私に迫つて来たやうにも思はれた。

（「小説中の人物　一、スギドリガイロフの邂逅」、『時事新報』昭和一〇・九・二）

この評論の冒頭は昭和一〇年の「六月以来私は碌々書物らしい書物を読む暇さへなく、明けても暮れても原稿ばかり書いてゐた」という一文から始まっている。そして、「何かを、何等かの意味で殖やして行かなければならぬのに、本を読む暇のないことは私にかうしてゐてはならぬと、警戒の念をさへ感じ出した」とも述べており、ドストエフスキーの「罪と罰」から何らかの小説の方法を読み取ろうとしていることがわかる。犀星によればこのスヴィドリガイロフは「田舎で殺人同様に陥し入れた金持の後家の遺産」で「子供のやうな生娘と結婚」することに苦悩し、「ホテルの一室で寧ろ凶悪に正義を嗤つて、亡霊を打ち挫ぐがやうにピストルで自殺」する人物で、「最後まで正義や徳と相反逆しながらも、結局、正しいものに従くこと」に関心を寄せたのである。(30) しかし、犀星はこの作中人物に関心を寄せるだけではなく、スヴィドリガイロフの挿話が「罪と罰」全体に及ぼす関係にも高い関心を寄せていくのである。

ドストイエフスキイのいぢくり廻す挿話といふものは、全く恐るべき個々の人生と小説とを相照らし合ひながら持つてゐる。彼が気に入つた挿話のわき道にはいつて行くときには、（マルメラドフの事件のごとき）行文が一どきに驀らに迸りながら走り出してゐる。「飛んでもない挿話」は彼に取つて主流をなしているやうに澎湃としてゐるのだ。

私は何時の間にかドストエフスキイ軍隊と名づけてゐるほど、かれの作品布置の陣営を快適無双のものとなしてゐた。全く今日の私にとつては、もはや、彼の小説を読むことは小説そのものであるより、小説のなかの軍隊に接するかのやうな整然たる凱旋を仰ぎ見るやうなものであつた。

（「小説中の人物　三、ドストイエフスキイ軍隊」、『時事新報』昭和一〇・九・四）

つまり、作中における一つの挿話が小説全体において無視し得ない働きを持ったものとなっていくことを、この「罪と罰」を通して小説創作の新たな方法として意識していったのである。木村幸雄は「犀星のドストエフスキイ受容の仕方の特徴」について、「自分の人生と直に結びつけて、日々の生活のなかで咀嚼し、自分の生き方の糧とし、それがひいては文学の糧ともなるという行き方である」と指摘した上で、犀星のスヴィドリガイロフへの認識について以下のように述べている。

昭和十年前後におけるドストエフスキイ理解の水準から見れば、犀星のスヴィドリガイロフ把握は、小説家の直観によるものにちがいないが、きわめて独特なもので群を抜いていたといわなければなるまい。同時代の小林秀雄のドストエフスキイ論を見ても、悪の系譜としてスヴィドリガイロフからスターヴロギンへの線にちょっと注目しているところもあるが、関心はもっぱらラスコーリニコフとソーニャの関係に向けられていたのである。(31)

第一章で触れたように、大正六年頃、犀星はトルストイとドストエフスキーを読み耽り、このソーニャや「虐げられし人々」のネルリといった下層階級に生きる少女たちに高い関心を寄せていた。彼女らの境遇に自身の生い立ちを重ねていたと言ってもよい。およそ二〇年後に犀星が関心を寄せたスヴィドリガイロフもまた犀星自身と重なる部分を持っていたと考えられる。木村は前掲論で、犀星の言葉を引いて「スヴィドリガイロフが、正義や徳に対する徹底した反逆者であること、しかしそういう悪漢も結局自殺という自己否定によって正しいものにつかざるを得ない」と述べているように、スヴィドリガイロフが悪と善の両面を具えている人物であることを指摘している。このドストエフスキー文学の登場人物における二面性に関心を寄せていたのがまさにジイドであったのだ。

例えば、大岡昇平はジイド文学が日本の文壇で流行する背景に、いわゆる「不安の文学」を挙げて、ジイドをその代表とする同時代の見方に対して、「ジイドほど不安から遠い人はいない。彼は不安ではなくただ不確定なのである」と指摘している。(32)続けて大岡は「彼の不確定とは生の緒力の間に行悩む者の不安ではなく、積極的にそのどれにも囚はれずに進まうとする方法となつた」とし、「ジイド自身もドストエフスキイに学ぶ人」であったと、その影響がドストエフスキーからのものであると述べている。こうしたジイドのドストエフスキー文学から得た不確定性とはどのようなものであるかについて、小林秀雄は以下のように指摘している。

彼は先づドストエフスキイの小説中の人物には所謂具体性とか明瞭な輪郭が少しもない事に心ひかれた。丁度複雑限りない観念が人間の衣を纏つた様なその姿が、豊富過ぎる観念を人間の形でどう限定しようかといふジィド当面の制作態度に強く影響した事は当然であらう。(33)

そこでジイドはドストエフスキー作品における人物のある特徴に行き当たるのである。犀星がスヴィドリガイロフについて言及したように、ラスコーリニコフのソーニャ対する感情を例にとり、ジイドは以下のように指摘している。

彼の作中のある主人公は、最も烈しい情緒に悩まされ、それが憎悪に起因してゐるのだらうか、それとも愛に起因してゐるのだらうかと、疑ふやうなことがある。この二つの相反した感情が彼のうちで混交し、ごちやごちやになつてゐるのである。(34)

ジイドはドストエフスキー作品における「主人公は、その憎悪を誇張した時こそ、最も愛の間近に在り、その愛を誇張した時こそ、最も憎悪の間近かに在る」という「時を同じうして現はれる」心理状態(35)に強く興味を持っていたのである。ジイドがドストエフスキーに関心を持った理由について、宮坂康一は以下のように指摘している。

性格の一部を取り出し、整理して描くフランス文学の伝統は、論理的に描くことが難しい感情や性格から、作家や読者の目を遠ざける。しかしドストエフスキイは、無視されがちであったこうした複雑な感情や性格を、矛盾も厭わず描写することで、これまで文学作品で表現されたことのない、新しい心理を提示して見せた。作中人物における首尾一貫性を重んじるフランスの文学伝統にとって、これは驚嘆に値するものであった。(36)

続けて宮坂は、ジイドが「フランス文学では考えられない、矛盾や不合理に満ちた人間を描くドストエフスキイ作品」に「限りない魅力を見出し、称揚している」と述べ、この「ドストエフスキイ論」の受容の痕跡を堀辰雄に見出す際に、堀辰雄が犀星に向けて書いた「室生犀星の詩と小説」(『新潮』昭和五・三)の以下の一節を引用している。

あなたの精神が私をこんなにも感動させるのは、その精神が非常に烈しい野蛮なものであると同時にそれが非常に柔らかな平静なものであるためのやうです。ドストエフスキイの中の或る物がヂイドの所謂「天国と地獄との結婚」によつて我々を打つやうに、それが我々をば打つてくるのです。それについて私は或る一つの発見をしたのですが、あなたの精神が野生を帯びて起き上るのはいつもあなたの外側に向つてであり、あなたの内側に向つてはそれはかならず平静な働きをするのです。

つまり、堀辰雄は、ジイド文学と犀星自身が持つ二面性に共通点を見出していたのである。

ここまでの流れを整理すると、犀星が昭和一〇年にドストエフスキーの「罪と罰」を改めて読み直した際に発見した、スヴィドリガイロフの持つ悪と善の二面性は、同時代の日本の文学者たちにはほとんど注目されなかったものであった。しかし、これは同時代の文学者たちの多くが関心を寄せていたジイドが、かつてドストエフスキーの作品に見出していた関心どころであり、ジイドの「ドストイエフスキイ論」を読んだ堀辰雄が昭和五年の段階で既に犀星の中に同じものを読み取っていたということである。つまり、ジイドを介してドストエフスキー文学に見出された特徴が、実は犀星自身の特徴でもあったということである。ここに犀星とジイドの重なりを見ることも強ち間違いとは言えないだろう。

なぜなら、犀星とジイドの文学的重なりは、この時期複数の論者によって指摘されていたからである。伊藤整は犀星の小説「自殺」（『改造』昭和六・三）を論じる際に、「恰度あのアンドレ・ヂイドが何でもないことを書くときにはことさら持つてまはつた曖昧さで、読者、それよりも先に批評家を瞞着する、あれと同じやうな、それは真髄まで徹してゐるひとつの逞しさ、と言つて宜いほどのものである」と述べていた[37]。また、衣巻省三は、複数の主人公を配置した犀星の新聞連載小説「人間街」が『復讐』（昭和一〇・一二、竹村書房）と改題され刊行される際に付された序文を引用しながら以下のように述べている。

《この二人物が口火を切つたとなると、奔流の如く収拾すべからざる軋轢の中に、幾多の可憐なる叫び声と、愈私らしい人生を掘じくり返せる筈だつた》と。又、《最後まで呼吸もつかせずに作中人物と話し合ひ、彼等の心持を知ることが出来たことは愉快に感じられる》と。

はからずも私はジイドの言葉を憶ひだした。――偉大な作家と言ふものは心棒強く作中の人物の声に聴き入る。と云つたことを。そしてジイドの、――思想は肉体を持つて構成されてあらねばならぬ。と云ふことも。[38]

このように、犀星がジイド文学に接する以前から有していたジイド的資質は、「罪と罰」の読書体験によって呼び覚まされていく。ここに長篇自伝小説「弄獅子」の構想が完成すると見るならば、この小説におけるさまざまなほころびが、大きな意味を持ってくることになるのだ。

四　不純な自伝小説

ここで改めて「生ひ立ちの記」に戻って考えてみたい。堀辰雄が犀星の資質として「非常に烈しい野蛮なものであると同時にそれが非常に柔らかな平静なもの」を指摘した昭和五年に刊行されたのが、まさに『生ひ立ちの記』であり、そこにジイド文学の文脈の中で評価されるべき契機を見出してみたい。実は冒頭から一貫して「自分」という一人称を用いて語ってきた「生ひ立ちの記」の結末近くの章「餓鬼」[39]には、固定された視点で語られていくリアリズムの方法で自伝小説を書こうとする意図に反したものが含まれている。「餓鬼」の書き出しは以下のように始まっている。

我々は母が成仏した時に、母の枕上を去つてお互ひ黙り合うて坐つてゐたが、兄が最初に皮肉つて「やれやれ」と腰の骨を叩いて見せた。——姉が母の枕の下から財布を取り出し、兄の嫁と計算し出したが、百八円あつた。自分も兄もその金に見覚えがある気がしたが、為替で送つた覚えが金に見えたのだ。

「餓鬼」冒頭でもいわゆる自然主義リアリズムの流れを汲んでいるように書き出されているが、養母の死に際して参集した血のつながらない家族の中にいるはずの「我々」の一人である「自分」はその後、弟の参一として外側から対象化され語られていく。

弟自身もこれほど冷淡に死に対うたことがなかつた。普通の知己の死に会うても何か死の内容について気持の影響されるものを其の折々には感じたものであるが、今彼の中にあるものは酷薄な見せしめ懲らしめの烈しい感情が、苛立つて仏の上に跨つてゐることを知つてゐた。それに就いて少しの反省をもたなかつた。

ここには母（養母）に対する参一の「酷薄な見せしめ懲らしめの烈しい」憎悪の感情を見ることができ、参一に寄り添っている語り手を確認することができる。しかし、その語り手は結末で養母を極楽に送るといった、先の感情と相反する行動を語っていく。

母親は何故極楽の道を歩いてゐたか、彼女のやうに亭主を惨酷に取扱ひ、子供を虐待したものが何故に極楽に行けるのか、人間はこんなことを詮議し不平を鳴らす。彼女がさういふ善いところに行けるなら、彼女よりも最つと善い生活をしたものは何処へでも行ける筈だ、さういふ不当なことがあるものではない、――
併乍ら母親は極楽の道を歩いてゐた。

語り手は、生前の養母の所業からすれば地獄が妥当であると訝しがるが、それでも極楽の道を歩ませていく。このように、相反する二つの感情が養母に対して働くさまを「餓鬼」に見ることができる。しかも、この相反する感情を弟一人の人格の中で収めてはいない。養母の所業は直接的にではなく、以下のような超越的な立場から語られていくのである。

天使の一。ではお前はなぜ来たのだ。
天使の二。この女の亭主からの言伝でわし達は来ただけだ。此の女の亭主は善い人間でわし達は心で好いてゐる。（中略）見よ、あそこにゐるのは此の女の子供達で、彼等は此の女の死について何等悲哀の感情を持つてゐない、彼奴等は彼奴等の父親からの使ひであるわし達をさへ知らない。

（中略）

天使の一。短い一生を送つた女でも、善いところへ行く権利があるのか、一体この女はどういふ生涯を暮したのだ。
天使の二。第一に此の女は役者買ひをし、夫をその最後まで虐待つくしたのだ。彼女は夫の寝床を半年も清めなかつた。夫の寝床はまるで虱と臭気で一杯であつた。その時に失明してゐたのだ。此の女の一番恐ろしいことは、その失明した夫に細い紐を与へて首を縊る真似をさせてゐた。併し夫は何も言はないでその紐で首縊る真似をして、此のやくざ女の機嫌まで取つてゐたのだ。さうしなければ一層虐待されることを知つてゐるからだ。

（中略）

天使の一。もう此の女の話をするのは止めにしてくれ。わしはそれでなくとも天使を廃業したくなるばかりだ。

天使の二。わしも近ごろ天使を止めたいと考へてゐる。こんな女の枕もとで踊ることは最う耐らない。女といふ奴ほど此の世に憎むべき奴はゐない。

天使の一。そろそろ此の女を祝福してやらう。二度とかういふ女が此の世に存在して来ないやうにな。

また、こうしたフィクショナルな状況は、「餓鬼」中特定の人物を語る際に出現する。先に引用したように、死んだ養母が極楽を歩く場面をはじめ、死んだ養母との対話が以下のように記されていく。

「あなたは何故に我々四人の兄姉を貰ひ受け、御苦労にも今日迄育てたのです。四人ともその親に別れてあなたの手元で育ち、あなたとは別な血統でゐながらあなたは御自身の血統に我々を交り込まさうとせられたのです」

「わたしは唯、お前達を貰ひ受ける養育費がほしかつただけです。それだけお聞きならお前方は何も言ふことはないでせう。もう一つわたしはお前方をシエフアードのやうな立派な高価な犬にも育てて見たかつたのです。けれどもその浅薄な考へは中途で廃めました。そのかはり中途からお前方が一人前になつた時に、お前方によつてわたしが寝そべつて食べられるよい空想を捨てることが出来なかつたのです。（後略）」

このように、「餓鬼」では養母を書き記す時に専ら虚構を取り入れている。そのことは、成長した子供たちを記す場面とは対照的であると言えよう。だがそれは、養母が既に死者となっているからではない。弟が現実に抱える憎悪の感情と相反する感情が虚構というかたちで提示されているのである。こうした相反する感情を持った自身を綴った過去の自伝小説に目を向けることで、「弄獅子」（昭和一〇）の試みが補完されていくのである。

犀星が自らの生い立ちを語る際に避けて通れないもの、それは血のつながらない者同士が集まった家族のことである。だが、「弄獅子」（昭和一〇）で試みたように、その生い立ちを子供たちに語ろうとすると、語りえなくなってしまう。偽りの家族の中で育ってきた自身を正当化すれば、自身と血のつながった正統な家族である子供たちを不純なものとして認めてしまうからである。例えば、「餓鬼」では死んだ養母に「お前方は血統だけを信じるとよい」、「お前方はよい子供を生み、わたしに懲りてわたしのやうな惨酷なおもちやを手にせぬやうになさるとよい」と語らせている。この養母の要望は語り手自身の意識とも重なっていた。

彼等兄姉は何処から集まつて来たか、さういふ貰ひ子制度の家族に何が真実に働いてゐるか、読者の中にも母親でないものを母と呼び、兄や姉でないものを兄や姉と呼び合ひ、妹でないものを妹と呼ぶ家族に親しむ者がゐられるだらう。或ひはさういふ家族の中にゐて無理無体に生活をしてゐる者があるかも知れない。それらの人々が成人した後に何が彼等の心の中に残るか、彼等は真実でさへも鍍金したものであることを知り、最後にその真実をさへ叩き壊さうと努力する。

続けて、「一つの家族の血統は正しくする必要がある。主流による血統が万遍なく父や母やその子供に充ち、その子供は正純な血統によつて交り気のない本質を作らねばならぬ」と記されているように、「餓鬼」では血のつながらない家族が、それゆえに「正純な血統」を求めていくさまを窺うことができるのであるが、「弄獅子」（昭和一〇）における「正純な血統」の揺らぎと接続することによって、全体として正統であろうがそうでなかろうが現在の自己の存在に変わりはないという認識として読み取ることができるのだ。ここに、本物の自己を語ることが自己の形成してきたかつての贋物の家族を語ることでもあるという関係を見るならば、ジイドが「贋金つくり」で試みたことと通底していくように見えるのだ。山内祥は「贋金つくり」について以下のようにまとめている。

『贋金つかい』とは、現実化が非現実化であり、虚偽が現実にほかならず、措定がまさしくそれ自身において反措定を措定することであるような、奇異な世界、かかる世界＝内＝存在としての商品人間が、自己自身に対しても、他者に対しても、《贋金つかい》として関係しなければならない、という真実を、小説という虚構――すなわち虚偽――を通して表現したものにほかならなかったのである。(40)

そもそも、中島健蔵が「純粋小説といふ言葉が世界文壇の問題になつたのは、アンドレ・ジイドの長篇小説『贋金つくり』が切つかけであつた」と指摘しているように、(41)〈純粋小説〉という用語はエドゥワールの日記の中の以下の一節に端を発している。

小説から、特に小説に属してゐないやうなあらゆる要素を除き去つてしまふこと。近年写真が或る種の正確さにたいする関心から絵画を解放したと同じやうに、近き将来に於て蓄音機は、小説から、今日の写実作家が兎角鼻にかけたがる克明な会話などを一掃してしまふ日が来るにちがひない。外部的な出来事、事件、外傷は、活動写真の領域だ。人物描写にしても、それは本質的に小説の部門に属すべきものとは考へられない。さうだ、純粋な小説（そして、芸術に於ては、他のものに於けると同じく、矢張り純粋さだけが肝要だ）が、そんなものに煩はされなければならないなどとは、何としても考へられない。

そして、同時代の純粋小説論議と言えば、およそこの〈純粋小説〉を書こうとする姿勢に向けられていたように思える。しかし、「贋金つくり」では決して〈純粋小説〉が書き得ないことをも同時に物語っているのである。〈純粋小説〉を求めようとしても決して〈純粋小説〉には辿りつかない諸々の混沌とした事情を書き記していくこと、それが「贋金つくり」だとするなら、犀星が「弄獅子」で試みようとしているのは、純粋な自己を語ろうとすれば、不純な自己を語らざるを得なくなること、そして、自らを成立せしめる不純な要素こそが正当な自己の証となっていくことを書き記すことなのではないだろうか。エドゥワールの日記には、自身が書こうとしている小説の「《深い主題》」が「現実の世界と、われらがそれを以て作り上げる表現との間の対抗」であると記されている。これに倣えば、犀星が現実に生きた過去と、それを自伝小説として表現していくこととの間に生じる語りえぬものの存在を「弄獅子」は語ろうとしているのだと言うことができる。

そのように考えれば、「弄獅子」には統一的視点で自らの過去を語ろうとする意志が見られないことも首肯できるはずだ。(42)そして、「弄獅子」の結末が養母への記述で閉じられていることも、自身の生い立ちにまつわる虚構性を積極的に肯定していく姿勢として読み取ることができるのである。

惨酷で無学な母のあらゆる躾けは年をとるとともに、私の心の皮のやうなものになつてゐた。一種の精神的なかさぶたのやうなものかも知れない、兎に角、私は私の野蛮や無教育や悪徳な考へにふける時に、それは嘗て生存してゐた一人の母であるよりも寧ろ私の伝説のやうなものになつて、その形相を顕はしてゐた。（中略）彼女がかういふ高揚された伝説のなかに這入り込むといふことに、何と仮りにも母と呼んで育つて来たといふ事実が恐ろしかつた。

　人間はいかなる下等賤劣な女に育てられても、一たん、それを母としてあがめた日があるからには、一生その母としての感じや恐れが附いて廻るものらしかつた。嫌悪すべきわが四十女は七十まで生き延び、たらふく人生の宴果てて他の客がみんな帰つたあとにまで座り込んで、たうとう七十三かで亡くなつたのであつた。そして私にはたうとう青面不動のやうなものに映じてしまつたのだ。（「完結」）

　これまで、養母を中心とした「貰ひ子」たちによる贋物の家庭に育った犀星は、養母から過酷な虐待を受けてきた。その養母の「野蛮」性を指摘し嫌悪の対象として書き記してきた。しかも、「餓鬼」では半ば養母を虚構の世界に追いやり、自らの「血統」を「正純」なものにしていこうとすることによって、自らの正統性を示そうとしていく。しかし、結末において、一度虚構の世界に閉じ込めた養母を再び現実世界に戻し、そこで養母の「野蛮」さを、実は自身が受け継いでいたことを明らかにしていく。つまり、血のつながらない親子関係であった養母と自身の間に「野蛮」なものが遺伝していることを認識しているのである。この認識によって、自身を語ることが養母を語ることであり、養母を語ることが自身を語ることでもあるという関係を見出すことになるのだ。「弄獅子」において「女中」の子＝犀星と、「女中」の孫＝子供達という自らの出自の「正純な血統」を書き記す意識が薄れ、養母とのいわば不純な「血統」こそ「正純な血統」であることを明かしていく。自身と子供たちとの関係が語りえないものへと化していくのに対し、養母と自身との関係を語ることによって「弄獅子」の世界は閉じられていく。このように考えれば「弄獅子」という題名の意味も自ずと明らかになってくる。犀星は『弄獅子』の序で以下のように書き記している。

自伝的記号であり、生ひ立ちの記であり、そして私のすつかりが書きつくされてゐる作品、「弄獅子」、歳時記に曰く「上元の夜、台湾にて、街中の壮漢、廟前にて行ふ祈禱にあはせ、一人は獅子を舞ひ一人は長刀にて、獅子を截らんとして互に乱舞し、傍らより銅鑼にて囃し立つ。これを弄獅と称し、この時長刀をもつ者を刣獅といふ」それ以外の深い意味はないのである。

この二者に犀星と養母を当てはめてみることは容易であろう。この歳時記が『俳諧歳時記』(新年の部)(昭和八・一二、改造社)であることを指摘した星野晃一は、「犀星は「獅子」ではなく「刣獅」でなければなら」ず、「犀星は、その巨大な獅子、赤井ハツに復讐する棒振りであった」と指摘している。[43] しかし、「弄獅子」はこれまで見てきたように、養母ハツに対する「復讐」の物語ではない。さらに言えば、どちらが「獅子」でどちらが「刣獅」なのかが問題なのでもないのだ。「一人は獅子を舞ひ一人は長刀にて、獅子を截らんとして互に乱舞し、傍らより銅鑼にて囃し立つ」とあるように、二人の人物が「獅子」と「剳獅」となって乱舞するさまが「弄獅」なのだ。二者間の優劣関係というよりも、むしろ養母と自身、過去と現在、現実と虚構など、相互に置換可能な関係を「乱舞」する二者間に見出すことによって、自己の生い立ちを書き記した長篇自伝小説「弄獅子」の持つ、不純なものを語ることが純粋な自己を語ることになるということ、つまり養母を語ることが犀星自身を語ることになるという構造を明らかにすることができるのである。

五　おわりに――自伝小説の不可能性

これまで見てきたように、「弄獅子」は、かつて自己の生い立ちの語りえぬものを虚構を交えて書き記してきた犀星が、虚構そのものを記すことを通して自己自身を表出することを可能にした特異な自伝小説である。そして、それは純粋な自己など語りえないということ、語ろうとすれば語りえぬものに遭遇してしまうといった自己表象の限界をも書き記しているのである。例えば、「弄獅子」には実母の姿はほとんど記されていない。また、読者として想定した自分の子供たちへの言及もなされなくなっていく。結果として、自己の成長が養母とともにあったという一点に集約される自伝小説となっている。

こうした自伝小説を書くことによって残されていく残余が、犀星に次々と新たな自伝小説を書かせていく。例えば、『弄獅子』刊行の二年後に刊行された自伝小説『作家の手記』（昭和一三・九、河出書房）には、実母に対する憧憬が見られるようになる。各章冒頭に掲げられた詩の一つに以下のようなものがある。

月のごとき母は世にあるまじよ
良きこころのみ保てる女もあるまじよ
われら良しとなすもの
われら恭ふものに何時の日か行き逢はなむ
何時かまた月のごとき母に逢はなむ。

「弄獅子」で半ば黙殺してきた実母への思いが再び前景化してくるのがこの『作家の手記』であろう。冒頭で犀星はこの自伝小説の目的を以下のように指摘している。

私は私の自伝の記録を何度書いたかも、はかりがたいが、私は最初に書いた自伝から十年あとにまたべつの伝記をつづつて、遺漏された新しい悲しみを発見したが、それからいままでに、またもや十年の歳月をすごしてゐながら私は生みの父と母、育ての父と母、そして彼等の背景となるそのまはりの人々や時代や心理を書こうとするのである。

「弄獅子」で語りえなかったものを再び書こうとするさまを、ここから窺うことができよう。同様に、晩年には『杏っ子』（昭和三二・一〇、新潮社）を書く。ここでは自身の生い立ちだけでなく、娘の誕生から結婚前後に至る成長を書き記していく。こうして、残余が新たな自伝小説となり、そこからまた残余が生まれていく。書くことによって、書こうとする自己の姿が歪められ、そして書き得ない自己の残余が残されていく。決して完全な自伝小説には辿り着かないのであるが、それでも犀星は自伝小説を書き継いでいく。この終わりなき自伝小説の執筆が犀星を小説家たらしめていくのであり、その作業は生涯行われていたといっても過言ではない。

このような認識に至って、再び『弄獅子』に戻るならば、そこにはもう一つの終わりなき世界が書き記されていることに気づかされるだろう。前章までに述べてきたように、昭和一〇年前後の犀星の文学活動を特徴づけるのは、いわゆる〈市井鬼もの〉である。その特質を改めて言えば、心理的、経済的な抑圧を受けて窮地に立たされる、およそ都市下層階級に生きる人々が、これまで抑圧してきたものに復讐するといったものである。しかし、その復讐が次第に機能しなくなり、救済されない世界を生きることにいわゆる〈市井鬼もの〉は変わっていく。その過渡期に位置づけられるのが、『弄獅子』後半に収められた「市井鬼集」なのである。(44)

『弄獅子』は前半の「弄獅子」において、自分自身についての純粋な自伝小説など書きえず、自己を書こうとすれば、自己の生い立ちにまつわる様々な夾雑物が入り込んでくること、そして、そのような夾雑物の最たるものとしての養母を嫌悪しつつそこに自己の根源を見出し、養母を書くことが自己を書くことでもあるという認識に至る。一方、後半の「市井鬼集」では、不正や抑圧に対する嫌悪の感情を持った人物を配し、そこに「弄獅子」では純粋に書き記せなかった自らの感情を重ねていく。犀星は「黴の文学」(『改造』昭一一・六)で、いわゆる〈市井鬼もの〉に登場させた「どの人物も作中では私の分身であり、遂に私の悪を吐きつくすために登場するやうなものである」と述べているように、自伝小説の書き手、すなわち実在の小説家室生犀星が、同時に〈市井鬼〉、つまり虚構の存在でもあるという関係をこの書物は形成しているのである。そして、贋物の家族、会社、地域などの共同体の秩序が金銭をめぐる人々の欲望によって構築あるいは破壊され、何が本物で何が贋物であるのか、その境界線が揺るがされていくのである。

こうした『弄獅子』の特質を踏まえ、犀星の文学活動を見ると、再びジイドとの接点が見出されてくるのだ。フィリップ・ルジュンヌは自伝小説を論じる際にジイドについて以下のように述べている。

ジッドの目的は、自己のイメージ、即ちそのあらゆる錯綜と歴史を伴った生きている人間のイメージをもたらす（作り出す、と示すの二重の意味で）ことである。しかしその目的の手段は、厳密な意味での **stricto sensu** 自伝的物語を利用することではない。ジッドは、フィクション的なある作品、批評的な他の作品、なるほど私的な他の作品、といった諸々のテクストが作り出す建築物にこそ、自分のイメージを顕示する任務を託すのである。まるで自分が何者であるかを書く必要はなく、書くことによってその何者かになるのでなければならないかのように、万事が行われるのだ。(45)

続けてルジュンヌは「一つ一つ取れば、少しも自伝的な忠実さを求めてはいないが、しかしそれらが全体で構成する空間の中では、相互作用によってジッドのイメージを決定するテクスト」がジイド文学の特徴であり、それを「自伝空間」と呼んでいる。

犀星が長年にわたって書き続けた小説もまた、この「自伝空間」と呼べるものではないだろうか。小説を書いても決して事実には辿り着かない。だからこそ、小説を書き続けるのだ。「僅かな作品をのたくつてゐても人生の百分の一どころか、万分の一くらゐも書きえないのだ。いつも我々の小説は小説の序文のやうなものであつて、本文にゆくまでに却々道も遠く又どれだけも書いてゐないのだ(46)」。

『弄獅子』における試みから窺える室生犀星にとっての〈純粋小説〉とは、〈純粋小説〉を書くことではなく、

〈純粋小説〉など書きえないということを示すものであったと言える。そのことは、自伝小説から虚構を排して事実そのものを書き記そうとして始めた『生ひ立ちの記』から『弄獅子』へと展開する過程で見出すことになる、もう一つの不可能性、すなわち、純粋な自伝小説など書きえないという認識と重なっていく。自らの純粋な生い立ちを書き記すということは、虚構に満ちた生い立ちを書き記していくことに他ならず、それゆえ、虚構を排した自伝小説を完成させることはできない。『弄獅子』刊行の二年後、六年後といった比較的短い期間に刊行された『作家の手記』と『泥雀の歌』（昭和一七・三、実業之日本社）という二つの自伝小説には、『弄獅子』では書き尽くせない自己の残余が書き記されていく。常に未完の自伝小説を書き続けていくこと、そのことが自身の事実を忠実に再現する方法となるのだ。

（1）遠城寺志麻「中期の自叙伝「弄獅子」について」（『室生犀星研究』第四輯、昭和六二・四）。
（2）星野晃一『室生犀星　何を盗み何をあがはなむ』（平成二一・四、踏青社）。
（3）福永武彦「室生犀星伝」（『現代日本文学館』第二一巻、昭和四三・七、文芸春秋社）。
（4）船登芳雄『室生犀星論――出生の悲劇と文学――』（昭和五六・九、三弥井書店）。
（5）それぞれ「五　木馬の上で」、「六　田舎役者」として収められている。
（6）例えば、船登、前掲書（注4と同じ）、園城寺、前掲論（注1と同じ）などがある。
（7）『改造年鑑』（昭和一一・一、改造社）。
（8）第八章、第九章で述べた「女の図」「龍宮の掏児」などの連作小説の他、新聞連載小説として「人間街」（『福岡日日新聞』昭和一〇・七・一六～一一・二四）、「聖処女」（『東京朝日新聞』夕刊、昭和一〇・八・二三～一二・二〇）を、書き下ろし小説として「戦へる女」（『室生犀星全集』巻一、昭和一一・九、非凡閣）を書いている。

（9）この「純粋小説全集」は昭和一一年二月より全一五巻の予定で有光社より刊行されたが、実際は一三巻までとなった。各巻の構成は以下の通りである。第一巻（横光利一『盛装』昭和一二・二、「盛装」「花花」所収）、第二巻（林房雄『衣装花嫁』昭和一一・一〇）、第三巻（武田麟太郎『下界の眺め』昭和一一・一二）、第四巻（岸田国士『鞭を鳴らす女』昭和一一・八、「鞭を鳴らす女」「啄木鳥」所収）、第五巻（尾崎士郎『情熱の伝説』昭和一一・四、「情熱の伝説」「貨物船の夢」「喜劇役者」所収）、第六巻（林芙美子『稲妻』昭和一一・一二、「稲妻」「蝶々館」「蔓草の花」「青春賦」所収）、第七巻（芹澤光治良『春箋』昭和一一・七）、第八巻（室生犀星『弄獅子』昭和一一・六、「弄獅子」「市井鬼集」所収）、第九巻（川端康成『化粧と口笛』・舟橋聖一『白い蛇赤い蛇』昭和一二・三）、第一〇巻（宇野千代『罌粟はなぜ赤い』昭和一二・一、「罌粟はなぜ赤い」「大島の話」所収）、第一一巻（片岡鉄兵『流れある景色』昭和一一・五、「流れある景色」「続花嫁学校」所収）、第一二巻（岡田三郎『春の行列』昭和一一・九、「春の行列」「舞台裏」所収）、第一三巻（深田久弥『強者聯盟・津軽の野面』昭和一一・一一）。

（10）小田桐弘子「「純粋小説論」の成立――ジッドとの関連に於て――」（『国学院雑誌』昭和五三・一二）。

（11）曾根博義「戦前・戦中の文学――昭和8年から敗戦まで」（『昭和文学全集別巻』平成二・九、小学館）。

（12）川端康成「文芸時評」（『文芸春秋』昭和一〇・六）、「「純粋小説」と通俗小説」（『新潮』昭和一〇・七）。

（13）小笠原克「〈純文学〉の問題――「純粋小説論」前後――」（『文学』昭和四四・九）。

（14）内海暁子「アンドレ・ジッドと日本文学――「純粋小説」の誘惑」（『お茶の水女子大学比較日本学研究センター研究年報』平成一八・三）。

（15）例えば、山本芳明は今日の研究状況について、「ジイドやドストエフスキーらとの比較文学的な考察をするアプローチ、〈偶然〉や量子力学などの哲学や自然科学との関わりや、自意識・四人称の問題と横光の長編小説から照射する分析など、管見に入っただけでも、多彩な試みがなされている」と指摘している（「それは「純粋小説論」から始まった――「純文学」大衆化運動の奇跡」、『学習院大学文学部　研究年報』第五六輯、平成二二・三）。

（16）中村三春「〈純粋小説〉とフィクションの機構――ジイド『贋金つくり』から横光利一『盛装』まで――」（『山形大学紀要（人文科学）』平成五・一）、なお引用文中の「前述のリスト」とは横光の著作、「上海」「寝園」「紋章」「時計」「花花」

「盛装」「天使」の七篇を指している。
(17) 川端康成「文芸時評」(注12と同じ)。
(18) 例えば、黒田大河は「発表当時「純粋小説論」は、第一に純文学の衰退を通俗小説の偶然性を取り入れることによって救おうとする、状況論的な提唱として受け止められた」(「『純粋小説論』と主知主義とをめぐって」、『同志社国文学』平成一六・一二)と指摘している。
(19) 室生犀星「文芸時評」(『文芸春秋』昭和一一・八)。
(20) 大橋毅彦「純粋小説論議の季節と犀星文学――長篇小説「復讐」への視点――」(『媒』昭和六〇・八)。
(21) 本章における「贋金つくり」の引用はすべて山内義雄訳『贋金つくり』(『ジイド全集』第四巻、昭和九・九、建設社)に拠った。
(22) 室生犀星「日録」(『四季』昭和九・一〇)。
(23) 室生犀星「文学雑談」(『あらくれ』昭和九・一二)。
(24) 東郷克美「「あにいもうと」成立の前景」(『佇立する芥川龍之介』平成一八・一二、双文社出版)。
(25) 今村仁司『貨幣とは何だろうか』(平成六・九、筑摩書房)。
(26) 中村栄子『楽園探求――アンドレ・ジードの思想と文学――』(平成七・四、駿河台出版社)。
(27) 大橋毅彦「犀星文学についての覚書――昭和一〇年前後の活動をめぐって――」(『媒』昭和五九・八)。
(28) 宮坂康一は「堀辰雄「不器用な天使」における「本格的小説」の模索――コクトオ及びジイドの影響を中心に――」(『昭和文学研究』第五八集、平成二一・三)でジイドの「贋金つくり」に「明確な個性を持たず、他の人格と一体化することで安定を見出すという現象」が見られると述べ、それを「自他一体化現象」と呼び、それが作中「複数の人物において丹念に描かれている」と指摘している。
(29) 大橋毅彦「純粋小説論議の季節と犀星文学――長篇小説「復讐」への視点――」(『媒』昭和六〇・八)。
(30) 室生犀星「小説中の人物 二、スギドリガイロフの自殺」(『時事新報』昭和一〇・九・三)。
(31) 木村幸雄「室生犀星におけるドストエフスキ受容について――ソーニャからスヴィドリガイロフへ」(『言語と文芸』平成

二・九）。

(32) 大岡昇平「文芸時評」（『作品』昭和九・四）。

(33) 小林秀雄「ジィド」（『岩波講座　世界文学』昭和八・四、岩波書店）。

(34) アンドレ・ジイド「ドストイエフスキイ論　ヴュウ・コロンビエ座に於ける講演」（『ジイド全集』第九巻、昭和九・四、建設社）。

(35) ジイド、前掲論（注34と同じ）。

(36) 宮坂康一「堀辰雄におけるジイド「ドストエフスキイ論」の受容――論理性と不合理の戦場――」（『昭和文学研究』第六一集、平成二二・九）。

(37) 伊藤整「室生犀星」（『文学』昭和七・三）。

(38) 衣巻省三「室生犀星を語る」（『文芸通信』昭和一一・一）。

(39) 初出は『文芸春秋』（昭和四・三）。

(40) 山内昶「『贋金つかい』の構造」（『甲南大学文学会論集』昭和四三・三）。

(41) 中島健蔵「純粋小説とは何か？　解説的に？」（『文芸通信』昭和一〇・五）。

(42) 本稿同様「『弄獅子』そのものとしての一貫性が獲得されていない」と指摘する大橋毅彦は、前掲「犀星文学についての覚書――昭和十年前後の活動をめぐって――」（注27と同じ）で、『弄獅子』の枠にあたる「弄獅子」が『女の図』（昭和一〇・六、竹村書房）に収録された際に、同書に別の小説として収められた「野人の図」（『行動』昭和一〇・四）が、「昭和十二年五月刊、非凡閣版『室生犀星全集』第三巻所収の『弄獅子』において」全文削除された理由を「『弄獅子』の持つ自伝的な枠組みに対して、そこに収斂される要素とそうでない要素との双方を、この作品が有していたから」と指摘している。逆に言えば、章中語り手として機能してきた過去の「私」が深夜までの酒宴に耐え切れず「ぐつすりと睡り込んでしまつた」後の、「私」の知りえない光景がその後章全体の三分の一ほど記されているといった、「自伝的な枠組み」から逸脱する要素を「野人の図」が持っているということである。

(43) 星野、前掲書（注2と同じ）。

（44）第九章五節参照。
（45）フィリップ・ルジュンヌ『自伝契約』（平成五・一〇、水声社）。
（46）室生犀星「文学の神さま　下」（『国民新聞』昭和一〇・一・九）。

第一一章　自伝小説の中の浅草——犀星文学の原点

一　犀星文学の中の「浅草」

室生犀星の自伝小説は、前期から中期にかけて自身の生い立ちの記述が書かれるたびに更新・変更されていき、第一〇章で指摘したように、『弄獅子』（昭和一一〔一九三六〕・六、有光社）において、自己を語ることが養母をはじめとした他者を語ることでもあるという認識に辿り着いた。だが、こうした変更・更新によって、前期から中期に至るまでの自伝的テクスト及び自伝小説が書き続けられてきたなかで、記述に大きな変化が見られず一貫している部分があることに気づく。それは犀星が初めて上京した当日に浅草を訪れたということ、そしてそこで目撃した浅草の街並の記述である。

明治四十三年十月五日の午前、私ははじめて慕はしい東京の地をふんだ。新橋の停車場へは、当時美術学校の生徒だつた田辺孝次、今年も特撰になった吉田三郎、今年文展に出した幸崎伊次郎などが同郷である上に、みな彫刻をやつていた――が迎へに来てゐた。そしてふらふらする長旅でつかれた私を晩は浅草へ引つぱつて行つて、十二階をぐるぐる引き摺るやうにして歩かせた。

（「自叙伝奥書――その連絡と梗概について――」、『中央公論』大正八［一九一九］・一二）

煤煙の罩めた新橋ステエシヨンに降り立つた自分は、迎へに来てゐる田辺孝次や吉田三郎、それから幸崎伊次郎の顔を歩廊の人込みの中に見出した。（中略）晩食の後に自分と幸崎は田辺に連れられ、浅草公園の活動の通りを散歩してゐた。雑閙の中にある刺戟的な境遇の変化は、自分の半生の生活を瞬間的に粉砕した。自分は群衆や楽隊や人の匂ひに慣れ、そういふ明るい中を歩くことに快楽を感じた。

（「自叙伝的な風景（その一）」、『新潮』昭和三・八）

また、同じく自伝小説『泥雀の歌』（昭和一七・五、実業之日本社）にも、「新橋駅に降りた私はちひさな風呂敷包と、一本のさくらの洋杖を持つたきりであつた。」からはじまり、上京当日の晩に「田辺と幸崎とで浅草公園に行き、六区の映画館街につれこまれた」と記されていく[(1)]。このように、「弄獅子」以降も自らの生い立ちから始まる自伝小説の中で、作家を志して上京した青年時代の犀星とともに「浅草」が繰り返し語られているのである。犀星の浅草体験は、上京初日だけでなく、東京で生活を始めてからも続き、例えば、前掲『泥雀の歌』の記述に従えば、「国元から送らせた書籍や着物、マントは悉く金に換へられ、その金は悉く浅草公園で費ひはたされ」ていくようになるのだ。

だが、消費された金銭と引き換えに、この浅草通いは犀星文学の方向性を決定づけ、犀星文学の一つの特徴を形づくることになるのだ。犀星の文学テクストには、浅草を舞台としたもの、あるいは浅草に言及したものが少なくない。特に大正一〇年前後に集中して書かれており、浅草について、あるいは浅草の文学について語る際に、それらはしばしば引用されてきた。(2) 例えば、「魚と公園」(『太陽』大正九・五)の冒頭は以下のように書き出される。

私ははじめ四五人の頭ごしに、蒼白い細々しい噴き上げが絶え間もなく登るのを眺めてゐたが、そのうち一人去り二人去りして、いまは一間四方ぐらゐにしきられた瀬戸煉瓦の水盤と私とだけが寂しく対ひあはせられたのである。いつもこの雑閙の公園に私はよくやつて来たけれども、あるいは活動写真や、または他の見物にいそがしく、いつも素通りしながらも何日はゆつくりと眺めたいと思つてゐた。

この「雑閙の公園」こそ浅草公園であり、やがて「私」は、浅草公園内の瓢箪池や六区の活動写真街を徘徊しながら「連絡のない妄念に憑かれ」ていき、下宿先へと戻っていく。また、「ヒッポドロム」(『新小説』大正一一・九)では、「わたし」が「彼の雑閙の公園」で見かけたロシア出身のいわば大道芸人に関心を寄せ、その「窪んだ眼窩や、唐黍色の髭や日に焼けた色をみるとき、みんな露西亜を逃げ出してきた人々であることに気が附き」、彼らが生活の場を求めて浅草に辿り着いたことを思い描いていく。これら浅草公園を舞台とした小説の語り手は、専ら六区を中心に昼夜を問わず徘徊しており、時に以下のような浅草公園の夜の、いわば裏の顔とでも言えるような光景までも捉えていく。

十二階から吉原への、ちやうど活動館のうしろの通りの、共同便所にならんで、いつも一台の自動車が憩んでゐた。晩の十二時ごろからどうかすると明方の一二時ころまで、いつも決つたやうに休んでゐる自動車はめつたに動いたことがなかつた。何時の間にやつて来て、いつ動き出すか分らないが、きまつたやうに窓々にカーテンをおろしながら、街燈と街燈との間の暗みに、にぶい玻璃窓を光らしながら置かれてあつた。

（「幻影の都市」、『雄弁』大正一〇・一）

例えば、坪井秀人が指摘しているように、この自動車は簡易的な性交渉の場を提供するために停車しており、この後「かれ」は、その自動車から降りてくる男女の姿を目撃し、「都市の正体（裸身）を見てしまう(3)」ことになるのだ。また、堀切直人は、この「「幻影の都市」のクライマックスは、「かれ」が十二階の螺旋階段をのぼり降りする場面であ」り、それは「室生犀星の浅草彷徨、青春放浪のクライマックスでもあった」と指摘している(4)。続けて、堀切は犀星の「浅草彷徨」について、次のようにも指摘している。

室生犀星はやがて浅草彷徨をやめる。彼は田端の崖の上の家に住み、結婚し、文筆の仕事も世に認められる。野良犬のような青春放浪は終わり、彼は一つの土地に根をおろすことの喜びを知るに至る。田端の高台が「第二の故郷」と感じられるようになったころ、犀星は上京後、数年間にわたる浅草彷徨を「蒼白き巣窟」や「幻影の都市」という小説で追体験し、それによって浅草に別れを告げる(5)。

確かに、犀星は明治四三〔一九一〇〕年の初上京の後、数回の帰郷、上京を繰り返し、大正五年に田端に家を構えることになる。そして、大正後期になるにつれ、犀星の文学テクストから浅草が舞台となったものや浅草に言及したものが減っていく。昭和二年になると犀星は浅草について、「一層このごろの浅草がきらひになつた」、「この原稿をかくためにも一日浅草へ行つて見たが、別に何一つ心に残ることもなく、ゴミゴミした埃くさい印象ばかり受けた」と述べていく(6)。だが、前述のように、昭和三年以降の自伝小説の中で、自らとともにかつての浅草の街並とそこで生きていく人々の姿が記されているということは、犀星が浅草そのものと完全に「別れを告げ」たわけではないのである。むしろ、後に自伝小説『生ひ立ちの記』（昭和五・五、新潮社）や『弄獅子』へと収められる自伝小説を書く過程で再び浅草に目を向けることで、この浅草が次第に犀星文学の中で普遍化され、いわゆる〈市井鬼もの〉を生み出す一つの契機となっていくとも考えられるのだ。

そこで本章では、犀星文学における前期から中期の活動の中で、浅草表象を次第に後景化していくものとして捉えるのではなく、中期の自伝小説を書く過程で再び浅草が犀星文学の中で焦点化され、その中で普遍化していくと仮定し、犀星文学における浅草の意義について、そのひとつの可能性を提示してみたい。

二　「浅草」への関心の変遷——「淫売窟」から「活動写真」へ

まずは、犀星が上京当日の夜に浅草で何を見、何に関心を寄せていったのかについて、自伝小説の記述をもとに確認しておきたい。前節で引用した「自叙伝的な風景（その一）」の直後には以下のような記述が見られる。

自分等は六区の淫売窟を廻り、此の大都会の千九百六年代の穴を覗き見るのであつた。自分は驚かなかつたが体軀の一部分に抓られてゐるやうな痒い痛みを感じ、この痛みに女等の鋭い東京弁と肉感とが影響するのであつた。白粉のある顔や人の手を握ることに馴れてゐる手や、惨めなお下げの少女などが気持に残り、溝や湿つた裏戸や物憂い簾の動くありさまが其儘印象された。自分はかういふ淫逸な雰囲気の中に生活することに、窺かに興味を持つやうになつた。

まず、犀星は「六区の淫売窟」に漂う「淫逸な雰囲気」によって性的な「興味を持つ」ことになる。しかし、その「興味」は次第にそこで働く女性たちの過酷な労働環境へと向かい、やがて、彼女たちへの同情や哀れみといった形で記されていくようになる。例えば、前掲『泥雀の歌』には以下のような記述がある。

私達はすぐ塔の下から岐れた幾本ともない小路といふ小路、通り抜けられぬ裏通りが通り抜けられ、からだを横にしなければ歩けぬ裏路地を歩いた。そこには間口一間くらゐの家がぎつしりならんでゐた。哀れはここに続いた。千九百十二年代の不幸な女らはここに屯して夜昼となくはたらいてゐた。

この「六区の淫売窟」をめぐる性的関心から娼婦たちへの同情という流れは、前掲「自叙伝奥書――その連絡と梗概について――」から引き続いており、そこでは「いまに落ちついたら美しい女等のゐるところへ行つて遊んだら面白いだらうと考へた。ここでは誰も咎めないからだ。」などと書き記されていた。だが、その後再び上京し、実際に足を運び、彼女たちの姿を間近で眺めた後、「面白い」という考えは消え失せていく。

私はそこで恐しい場面を見た。世界にかういふ毒々しい汚れはてた地上があるだらうかとさへ思はれた。乞食にさへ容易に得られる二十銭三十銭が、ここでは皆その肉体をふみくだく淫楽のさもしい料金として、清浄なものをも挫かれへし潰された。まるで、燐寸の棒のやうに瘠せほそつた女性が、いろいろなあくどい病気にとつつかれながらも、なほその身代金の高までこぎつけるまで稼がねばならなかつた。

（「自叙伝奥書――その連絡と梗概について――」）

これらのテクストにおいて反復されているのは、夜の浅草公園一帯を照らし出す光やその街並が醸し出す雰囲気によって、まずは虚構として「美しい女」を眺め、次いでその女性たちの厳しい現実を知るというように、犀星の関心が移ろいでいくということだ。そしてそのことは、浅草公園を現実と虚構の二面性を持った場として認識することにもつながっていく。このような体験をもとに、犀星は例えば以下のような詩を発表していくのである。

これはどうしたことだ
この闇のなかにうぢうぢとうごいて
銀貨一枚で裸体にもなる女等
ああお前はこのやうな混濁の巷で
聖母マリアのやうな美しい顔をどうするつもりだ

刷りへらした活字のやうな肢体は
釘のやうにひんまがつたくちびるは
その毒毒しい人を食つたやうな調子は
永久世の中へ出てゆかれなくなるまで
稼いでも稼いでも貧乏してゐるお前達
手も足もすりへらしてしまふまで
たましひをめちやくちやに傷めるまで（後略）

（「この道をも私は通る」、『感情』大正六・一）

こうした彼女たちの姿を間近で捉えようとする視点は、この界隈の象徴的存在である十二階（凌雲閣）を見上げる形で描くことにもつながっていく。『泥雀の歌』で「私」は十二階を見上げ、「七階と十一階に灯がついてゐて、その灯のついてゐない窓々が映画館のあかりを六角形の二角の面に受けてゐて、ココア色の煉瓦にしみた夜の濃い藍紫のいろが美しかつた」と、その姿に「感激」する。だが、その直後、「私」は「その塔のふもとに行き基礎の上まで覗きこ」み、そこに「苔が張つて」いることを発見する。人々をその高さゆえに魅了してやまない十二階のふもとに苔が繁っていることに気づくのだ。それはまさに、浅草六区の繁栄が地を這うものによって支えられていることを象徴している。浅草の街を低い目線で捉えたとき、その繁栄の陰にひそむ地を這うものたちの悲しみを見出すことになるのだ。

また、犀星が浅草公園の中でも特に六区と千束町の「淫売窟」に関心を寄せていく一つの理由として、上京後の下宿先から浅草への道筋が関わっているとも考えられる。『泥雀の歌』には、上京直後、「私は昼間は仕事をさがしに行くふうをして、車坂から真直ぐ浅草公園に抜ける一本道をぶらつき、そして公園にはいると魚釣りをし、帝国館や電気館にはいり「新馬鹿大将」や探偵物の映画を見物してゐた」とある。その後根津に下宿してからも、浅草公園へと向かう道は同じであった。

谷中から上野公園を抜け、陸橋を渡つて車坂から、例の浅草公園の大勝館に打つかる一本道路を私は或る時は午後から、或る時は夕方から、また或る時は突然午前十時といふのにその長たらしく、ゴミゴミした蛇屋だの古靴屋だの家具屋だののならんだ通りを歩いて行つた。（中略）そして私は飽きることもなく、きのふも、けふも、この道路から公園に通つて行つた。私のやうな用なし共を容れてくれるものは、この浅草公園の外にはどこに行つても身をかくすやうな処がなかつた。

（『泥雀の歌』）

この「大勝館に打つかる一本道路」とは現在の合羽橋本通りのことであり、国際通りへと通じている。つまり、犀星は仲見世を通り、浅草寺を参拝してから遊興施設に赴くといったルート(7)を通らずに、浅草公園の中で最も「雑閙の巷」(8)であった六区へと直接足を運んでいたのだ。それゆえ、浅草の裏の部分がクローズアップされ、直接的にそこに生きる女性たちの姿が浮かび上がってくるのである。

しかし、犀星が浅草に寄せた関心とは、「淫売窟」で働く女性たちだけではなかった。再び自伝小説『泥雀の歌』の記述から確認してみたい。

今夜見た公園にあるいろいろな生活が私に手近い感銘であつた。小唄売、映画館、魚釣り、木馬、群衆、十二階、はたらく女、そして何処の何者であるかが決して分らない都会特有の雑然たる混閙が、好ましかつた。東京の第一夜をこんなところに送つたのも相応はしければ、半分病ましげで半分健康であるやうな公園の情景が、私と東京とをうまく結びつけてくれたやうなものであつた。

これら「都会特有の雑然たる混閙」の中で、特に犀星が関心を寄せ、その後自らの創作に手法として取り込むまでに至るのが、「映画館」とそこで見た活動写真である。犀星の自伝的テクストの記述に倣い、「こんどは活動写真の人混みの中へ」[9]と目を転じてみたい。大正九年以降、犀星は活動写真について、常に「浅草」とともに繰り返し語り、「ただ此の活動写真だけが今の私と浅草を結びつけるのだ」[10]と、その結びつきを強化していく。また、「仕事をして草臥れると」「たいがい浅草へまで」「活動を見にゆく」[11]ということや、「仕事の暇に時々浅草まで行」[12]くなどと記しているが、単純に娯楽として犀星は映画を見ていたわけではない。第二章で指摘したように、「藍いろの女」（『国民新聞』大正一〇・一・二）、「映像三品」中の「十字街」（『国粋』大正一〇・四）など、この時期の犀星の文学テクストにはそうして足繁く浅草の活動写真館に通い、そこで見た映画からの影響を確認することができる。また、第五章で述べたように、「幾代の場合」（『文芸春秋』昭和三・九）以降、昭和期に入ると犀星の小説テクストから映画的な要素が薄らいでいくようになるが、一方で同じ昭和三年から映画時評を執筆するなど、犀星の映画への関心はその後も続いていくのである。

このように、上京直後から浅草に通い続けてきた犀星は、浅草体験を自身の文学活動の糧としてきただけでなく、大正一〇年前後の時点で既に、浅草の街の本質的な部分を認識していたのである。次節では小説「幻影の都市」を例に、浅草の街の特徴を辿ってみたい。

三　矛盾で構成され、矛盾が肯定される街――「幻影の都市」の中の「浅草」

「幻影の都市」の主人公「かれ」は浅草公園で遭遇する人々、池の中の鯉、そこの街並などあらゆるものが作り物に見えていく。「かれ」の目の前に確かなものとして存在しているにもかかわらず、それらは現実味を帯びてこないのだ。確かなものの不確かさ、本物の嘘くささ。浅草公園はそうした矛盾を抱え、その矛盾が肯定され街が形成されていく。犀星文学における浅草はそのような場として描かれることになるのである。

下宿から出掛ける「かれ」の「足はいつも雑踏の巷に向」かっていた。「何かの匂ひに吊られた犬のやうに」、「かれの住んでゐる町裏から近い芸者屋の小路」をぶらつく。しかし、「かれ」が小路の家々に入る機会は「貧しさ」もあってか与えられてない。「かれ」はその小路の家々の「何処から起つてくるとも分らない」「女の肉声」を聞き、家々の中にいる生身の女性の代替物として、その声だけで「感覚的愉楽」を味わっていく。また、「かれ」は「派手な女」や「芸者」など、その界隈で見かける「さういふ種類の女」を「何かしら色紙ででも剪つて作りあげたやう」に、作り物としてまなざしながら、この通りを「いつまでゞも歩きつゞける」のだ。

この、実在の女性を作り物として捉え、本物の代替物のように魅入っていく「かれ」の認識のありさまは、外出前に「かれ」が下宿部屋で行っている、ある行為の延長線上にある。「かれ」は種々の広告画や絵はがき、婦人雑誌のグラビアなど、印刷物の女性を「蒐集」している。小説冒頭には、「かれ」が下宿部屋でそれらの印刷物の中の女性に魅入り快楽に浸っていくさまが以下のように記されている。(13)

かれは時には悩ましげな呉服店の広告画に描かれた殆普通の女と同じいくらゐの、円い女の肉顔を人人が寝静まつたころを見計つて壁に吊るしたりしながら、飽くこともなく凝視めるか、さうでなければ、やはり俗悪な何とかサイダアのこれも同じい広告画を壁に張りつけるかして、にがい煙草をふかすか、でなければ冷たい酒を何時までも飲みつづけるのである。

呉服店にせよ「サイダア」にせよ、広告画に描かれた印刷物の女性だけが「かれ」の選択肢の中にあり、はじめから現実の女性は選択肢に含まれていない。つまり、「かれ」の日常において、女性は自身の実生活に直接的に干渉することのない虚構の存在として認識されているのである。むしろ小路から聞こえてくる「女の肉声」やすれ違う紙製（作り物）の女性たちは、実は代替物などではなく、そのこと自体が「かれ」にとっての現実の女性であったのだ。

また、「かれ」が日々徘徊している浅草公園の街並みも作り物であった。「かれ」が訪れた瓢簞池の中に泳ぐ鯉と六区の街並が、そのようなものとして水面にはっきりと映し出されていく。池の中の「埃と煤だらけの鯉」は「生きてゐるもののやうに思へ」ず、あたかも「紙作りでもされたもの」のように感じていく。また、「幾千といふことない看客を呑みこんでゐる建物」、すなわち六区の活動写真館の建物はその窓が水面上に「さかさまにそのボール製の窓窓」として映し出されていく。六区には明治三六年に開館した日本初の常設映画館、電気館をはじめ、オペラ館、富士館、三友館、大勝館など、明治四〇年から犀星の上京する前年の明治四二年まで、次々と活動写真館が開業している。これら多くの人々を引き寄せる活動写真館の中で、観客はスクリーンに映し出された幻影に魅了されることになるが、それ自体が虚構体験であり、それを上映する建物自体もまた、瓢簞池の水面に映し出された瞬間に、紙製のような作り物としての側面が浮かび上がっていく。つまり、瓢箪池の水面に映し出された虚像としての街並は、六区の繁華街の実像が虚構によって構成されているさまを明るみに出しているのである。

さらに、「かれ」が初めて出会った現実の女性もまた、その実在性が不確かなものであった。かねてから浅草公園界隈で噂されてきた「有名な女」、「電気娘」を「かれ」は目撃することになる。彼女は体内に電気を帯びており、「おんぶした子供」が三人とも窒息死したとか、「外国人の種子」をもっていると噂されてきた、「ふしぎな娘とも女中ともつかない女」であった。その「電気娘」と何度目かに遭遇した際に「かれ」は彼女から声を掛けられたと思い込み、彼女と会話を交わすことになる。やがて往来で「かれ」を見つけると「電気娘」の方から微笑んでくるようになっていく。こうして、「かれ」の実生活の中に確かなものとして存在するようになる「電気娘」だが、一方で「かれ」は「電気娘」の身体が印刷物の女性や街中の芸者と同様、作り物のようにも感じている。「かれ」が初めて「電気娘」を目撃した際に注目したのはその「蒼白い皮膚」であった。

此のふしぎな女の皮膚の蒼白さには、どこか瓦斯とか電燈とかにみるやうな光がつや消しになつて含まれてゐて、ときには鉱物のやうな冷たさをもち、または魚族のふくんでゐるやうな冷たさをもつてゐるやうにながめられたのである。

「電気娘」の皮膚はマットな質感や適度な光沢を持っており、「街燈の下」か「商店の瓦斯の光」に照らされると、その「洋紙のやうな白み」が一層際立ってくる。そして、瓢箪池の水面に漂う映画女優、「アニタ・ステワードの白々しい微笑んだ絵はがきが、かれの方から濡れたまゝ、日の光りのまにまに浮いて見えた」際に、「かれ」は「ふしぎにその印刷紙の蒼白い皮膚が濡れてゐるために、ふいに、れいの女のことを思ひ出した」のである。「かれ」は「電気娘」を雑誌のグラビアや印画紙に焼き付けられた写真の中の女性のようにも認識しており、「かれ」にとって「電気娘」は実在の女性でありながら、絵はがきの中の映画女優のような虚構の存在でもあったのだ。さらに「かれ」は夜ごとに見かける「電気娘」の「あやしい姿」と、「あるときは黒ずんで立ち、あるときは星を貫いて立つてゐる」「彼の界隈にあるふしぎな十二層の煉瓦塔」とを「むすびつけて考へ」ていく。「十二層の煉瓦塔」もまた、実像が虚像であるという両義的な意味合いを含んでいたのである。

この「十二層の煉瓦塔」（十二階）は、明治二三年一一月の開業から大正一二年九月の関東大震災による倒壊まで、およそ三〇年にわたって浅草公園六区の北側の千束町に「のつそりと立ちあがつて」いた。十二階は浅草公園を訪れる者にとって、必ず視界に入り込む確かなものとして存在していた。それにも拘らず、「電気娘」と同様、その塔の内実は虚構性に富んでいることを「かれ」は体感していく。結末近くで「かれ」は初めて十二階の内部に入り、頂上を目指して階段を上っていく。塔の内部で「かれ」は「奇怪な或る幻像」を体験することになるのだ。「第九階にまで昇りつめたとき、そこの壁にさまざまな落書が鉛筆や爪のあとで記されて」あった。「かれ」は「明治四十五年十月五日武島天洋。」という実在しない年月が書き記された落書きに目を向ける。また、頂上に辿り着いた「かれ」は「四囲の窓窓がすべて金網を張りつめられ、そこから投身できないやうにしてあつた」にも拘らず、その金網をすり抜けて「恰も射すくめられたやうな一羽の鴉が舞ひおちるやうに、かれ自身がいま地上へ向けて身を投げる」姿が浮かんでくるのだ。そして自分が「道路の上につツ伏して」いる光景を想起した瞬間、「かれは金網につかまつてゐる指さきが余りに強く摑つてゐるために痺れてゐること」に気づくのだ。

塔の内部では時間に歪みが生じており、存在しない日時や、現実と異なる未来の姿までもが浮かび上がってくるのである。

さらに、「かれ」は塔の内部が空間的にも歪みを生じている感覚にとらわれていく。地上へと階段を降りていく「かれ」は、「しまいには幾つの階段を上つたり下りしてゐるか分らな」くなっていた。

「いつたい此処は何階目なんです。さつきから考へてもわからないんですが……。」さう言ふと、番人はぢつとかれの顔をみつめた。その目はうごかなかつた。かれもしばらくぢつとしたが、顔が乾いて熱が出てきたやうな気がした。

「こゝは七階目ですよ。あなたは先刻から此処を一体何の気でかけ廻つてゐるんです。気味の悪い方だ。さあ、こゝが下り口ですよ。」

「かれ」が地上に降り、出口から塔を見上げると、十二階は確かに「呼吸をのんで立ちあがつてゐた」。「かれ」の昇降体験や十二階の存在の確実性とは逆に、「かれ」が塔の内部で体験したことは、不確かなもので満たされていた。「かれ」のまなざしが捉えた光景が「ほとんど夢のやうに遠くながめられた」り、時間的にも空間的も歪んだ感覚を持っていく。十二階は塔の内部に確かなものが何一つなく虚構に満ちているということを、塔そのものの姿が隠蔽するかたちで、浅草の地にはっきりとその姿をあらしめているのである。

「幻影の都市」には、瓢簞池と十二階が醸し出す風景写真の絵はがきの構図のような調和的、連続的な光景は見られない。十二階が、その内部（内実）が虚構に満ちていることを現実に屹立する塔の姿そのものによって隠蔽しているのと対照的に、瓢簞池はこの街並を水面に映し出すことによって虚構に満ちた現実の姿を露わにしている。十二階が瓢簞池に映し出されないのは、両者が相互にその働きを否定し合いながら、浅草公園の一部を構成しているからだ。例えば、十二階と瓢簞池を一枚の構図に収めることによって、こうした異質性が浅草公園を浅草公園たらしめていることを、逆に隠蔽していくとも言えるのだ。「かれ」のまなざしは、そうした矛盾を暴露し、六区を中心とした浅草公園の様相を明るみに出していく。

しかし「かれ」は、こうした浅草公園の現実＝虚構の関係の中で自身を位置づける、言い換えれば、そうした秩序のもとで「かれ」自身の生を置き、その世界の内部で生きるまでには至っていない。それゆえ、この街で作り物（虚構）との同化を試みるが、「かれ」は失敗する。十二階の地上に降り立った「かれ」が入口を振り返ると「このふしぎな古い塔のドアがみな閉められはじめた」。いわば虚構に満ちた塔の内部空間から締め出されるかたちで、「かれ」は十二階を見上げていたのである。「幻影の都市」では「かれ」が虚構を現実で覆った十二階を背後にし、覆われた現実を虚構の姿に戻す瓢簞池の方へと向かうところで物語が閉じられている。しかし、「かれ」がこの街を外側から見続ける限り、浅草という街に同化しえずに、いつまでも公園一帯を徘徊し続けることになるのだ。

四　「浅草的」なるものへ――「都会の底」への再接近

このことは、第八章で指摘したように、中野重治が「対象を見て取つてはいたがむしろ受け身の姿でそれをしていた。それにつつかかつて行き、それを動かそうとこちらからはたらきかけて試み、それを相手に挑みさえする態度に彼は出ていなかつた」(14)と指摘したことと通底している。つまり、中期の自伝小説を書く中で再び浅草に接近し、それを初期の小説の方法とは異なる形で表出してはじめて、内側を生きる語り手像を構築することができたのである。

ここで指摘したいのは、中野が挙げた「都会の底」とはまさに浅草を指し示していたということである。犀星が大正期に浅草を舞台とした、あるいは浅草について言及したテクストの一節に、以下のようなものがある。

　私はその重苦しい彼女の運命が、もう少女時代から切り苛なまれてゐることを考へると、どうしても此都会の底の底まで下りて来なければならなかつた彼女を寧ろ当然の運命のやうに思へた。自分のからだを見るうちに粉にカチ砕くやうな生活をしてゐても、その生活を呪ふとか、そこから脱けて出たいといふ望みをも持たずに、小さな目の前の興味や、いろいろな人種に食ひ物にされてゐても、いつも「仕方のない」ことのやうに打棄つてゐる彼女を哀れに感じた。（「蒼白き巣窟」、『蒼白き巣窟』大正九・一一、新潮社）

あの界隈の溝や下水やマツチ箱のやうな長屋や支那料理やおでん屋などをみると、ふしぎに其処にこの都会の底の底を溜めたをりがあるやうな気がする。夜も昼もない青白い夢や季節はずれの虫の音、またはどこからどう掘り出してくるかとも思はれる十六七の、やつと肉づきが堅まつてひと息ついたやうに思はれる娘が、ふらふらと小路や裏通りから白い犬のやうに出てくるのだ。（「浅草公園の印象」、『中央公論』大正九・七）

三年に一度づつの底浚ひにはふしぎにも幾つものダイヤモンドの指輪と、ほかに又純金の指輪が必らず落されてゐるといふことや、銀貨が沈められてゐることや、その他に純金細工の櫛やかんざしや珊瑚珠や、ときとすると不思議な絵画が幾束となく固く封じられて底深く沈められてあることや、男と女との人形が固く両方から搏められ、錘をつけられ、かつ呪われたままで底泥のなかに沈みこんでゐることなどがあった。あらゆるこの都会の底の底の忌はしげな情痴の働きが、なほかつ此の水中のなかに春のやうに濃く、あるものは燦然と輝いて沈められてあるのであつた。（「幻影の都市」）

中野はこれらの「都会の底」の表象の仕方が半ば皮相的であったとし、それに対し、昭和一〇年前後の小説テクストに見られる作中人物の人生に「大都市のほんとうのどん底[15]」を見出すようになったと指摘している。そして、この「大都市のほんとうのどん底」が記された小説として中野が挙げていたのが、まさに〈市井鬼もの〉だったのである。

中野が「ファシズムと軍国主義侵略への国家体制の再編と、失業の膨張と農業恐慌とが、都会生活をとめどなくその日暮らしのものとして荒らして行く。それにもかかわらず人間は生きなければならない。特に社会の下層の人間は生きなければならない。そこに生れてくる修羅像へと犀星はほとんど武者ぶるいして立ちむかつて行った[16]」と記した直後に引用した小説が、第八章で扱った連作小説「女の図」（昭和一〇～昭和一一）であった。「女の図」は養父伴とその女房ハナが私生児であるはつえときくえを金銭を稼ぐ手段として酷使するさまが描かれており、この養父母の歩んできた生の背景に浅草が登場するのだ。

伴は明治末葉のごちやついた世相のなかで誰でも遣つたやうに、仕事から仕事の間をハリガネ渡りをして歩いた男で、焼鳥屋、虫屋、靴なほし、硬質陶器、バナナ売、こはいろ屋を経て、千九百十年代には千束町のゴミ溜の間に新聞縦覧所と名づけられる、奇怪なその実は純粋な淫売屋の主人にまで出世してゐた。千九百十年代の千束町の家々の屋根の上にのつそりした十二階の煉瓦塔が立つてゐてこの都会のそらにフイリツシヤン・ロツプスの怪画を打展げて描いてゐた。伴の女房のハナも此のゴミ溜の酸つぱい女だちの間に噎ぶほど白粉を塗りこくつて、やけくそな荒胆稼ぎに若い時分の一番肌のいいところを擦り減らした女であつた。(17)

「千九百十年代」と言えば、まさに犀星が上京して間もない頃であり、「女の図」はその当時の浅草が舞台となっているのだ。また、ハナに愛想を尽かして家を出ようとした伴の後を追ったきくえが、伴にまかれて一人残されたのが浅草公園六区の活動写真街でもあった。さらに、昭和期に入ってからの浅草の一面も「女の図」には記されている。ハナは機嫌が悪くなると、はつえときくえの稼ぎが悪いことを挙げ、「お前がたのやうに兄さん唄はしてよ十銭、兄さん踊らしてよ十銭でひと晩かかつてブリキの屑のやうな奴がほんの七八つとは、時勢も違ふが情けない話さ。」と皮肉をこめて言う。このはつえときくえの商売はしばしば浅草の飲食店で見かける光景であった。添田唖蝉坊は『浅草底流記』(昭和五・一〇、近代生活社)で以下のように指摘している。

ノミ屋や末流の洋食店には、さま〴〵の門付芸人や辻占売りがやつて来る。男の新内や義太夫の素語りなどもあるが、十九か二十位の女が三味線をひいて、九ツ、十位の小娘がうたつたり、踊つたりする組が最つとも多い。小娘は馴れ〳〵しく、或ひは図々しく入り込んで、客の前や横手ににじり寄つてくる。肉弾戦線である。

「お客さん、何かうたはしてよ、ね、うたはして頂戴よ。」
「ねぇ、いくらでもいゝからさ、唄はしてよ。」
としつこくせがむ。十銭白銅一個も呉れる客があると、（後略）

啞蟬坊によれば、「ノミ屋」は「車夫や下級労働者の屯」であり、神谷バー、新井屋バーをはじめ、「乞食バー」まで「沢山の種類とそして階級」があるという。はつえやきくえが浅草のバーで商売していることは作中に記されていないが、「女の図」の舞台は浅草界隈であり、それが物語の背景となっていることで、この時期の犀星文学の中に浅草的要素が浮かび上がってくるのだ。

「チンドン世界」（『中央公論』昭和九・一〇）もまた、いわゆる〈市井鬼もの〉と呼ばれた一連の小説テクストに含まれており、ここにも浅草との関わりが見出せる。昭和五年前後にトーキー映画が日本で本格的に導入されるようになると、浅草の映画館の様相も一変していく。例えば、鈴木清治郎は「浅草恐慌風景」（『改造』昭和六・九）で、浅草六区の活動写真街について以下のような指摘をしている。

六区の興行街は不景気のどん底だ。縦横無尽にイルミネーシヨンばかりがあくどくぎらつかせてるが、電燈料を三ヶ月や四ヶ月溜めてるのはザラにある。（個人の家ならとつくに切られてる。消されないのが奇怪だ。）給料の不払乃至延期も珍しくない。

続けて鈴木は「東京倶楽部に去る五月、馘首反対のストライキがあつた。トーキー設備による楽師の解雇に端を発し、浅草地方無産団体会議の積極的な支持応援により、解雇取消外八ヶ条の要求を貫徹し有利な解決をみた」と述べているが、次第に「映画会社が競つてトーキー日本版に手をつけ」はじめれば、「説明者と楽師の大量馘首」や「給料不払問題に影響しつつ必ず拡大するに違ひない」と懸念している。

「チンドン世界」はこのような昭和初年代の映画界の事件を背景に映画館「アヅマ・キネマ」の閉館間際の館主と従業員の賃金を巡る攻防を描いている。館主望月は金策に奔走するが融資が得られず、「アヅマ・キネマ」は「この半病人のやうな内部のあらゆる明りが料金不払のために、最後の切れであつた消燈が実行されて行つた」。また、ここを売却し従業員の給料を支払おうとする算段を取りつつも、「諸君の給料のことですが此処ですぐお払ひするのが当然ですけれど、それは自身の意志であつても不如意の只今のところそれを実行することが出来ません」と給料不払いの可能性も示唆していくのである。「アヅマ・キネマ」は「新東京に編入された場末の湿けた三ツ辻の行当りにあ」る映画館とあり、浅草六区が舞台とは明言されていない。しかし、この小説から浅草めいたものがやはり窺えるのである。

そして、いわゆる〈市井鬼もの〉の到達点である連作小説「龍宮の掏児」（昭和一一）において、犀星は中野の言う「大都市のほんとうのどん底」を書き記すようになるのだ。第九章で指摘したように、事務員の生田切子が会社の備品の用紙を盗んだことを宿直当番の籾山兵太に知られ、籾山の要求に従うようになるが、籾山の度重なる要求を逆手にとり次第に切子は籾山の貯金を騙し取り、やがて会社を辞め、「この龍宮のやうな都会の底」を生きていくようになる。切子はやがて金銭的には潤っても何ものかが満たされない生、人間の飽くなき欲望を追求し、何かを得ることで何かを犠牲にするような生を生きていく。添田啞蟬坊が「浅草には、あらゆる物が生のまゝ投り出されてゐる。人間の色んな欲望が、裸のまゝで躍つてゐる」(18)と指摘したように、切子はそうした浅草の特徴を自らの生の中で再現していくのである。

この「龍宮の掏児」についても中野重治は言及していた。未発表原稿として没後に発表された「「龍宮記」について」(『中央公論文芸特集』昭和六三・春)には、「千九百二十年三十二年前後の東京の町、その町裏、そこにさういふ生活をいとなむ一人の女の運命といふことが作の中軸であ」り、また、「作者は、かういふ女を、社会のなかでといふよりも作者のなかでといふ仕方でとらへるしかないやうに、一人の文学者として、社会的に日本でおかれてゐた」と指摘している。この指摘から、「龍宮の掏児」は、切子という一人の女性が生きた東京の普遍的な街を舞台としつつ、その街が犀星にとってはかつてのあの「浅草」のような街でもあるという、普遍的な場が同時に特殊な場でもあるという関係が見出せる。この関係は、虚構であることと同時に現実でもあるという、犀星が上京後に見出した浅草の姿と重なるだけでなく、この関係に基づく小説の方法は、やがて、第一〇章で指摘したように、不純なものを語ることが純粋な自己を語ることになるということ、養母を語ることが犀星自身を語ることになるというこの時期にまとめられた自伝小説「弄獅子」の方法へと通じていく、前期から中期に至る犀星文学を一貫するきわめて本質的なモチーフでもあるのだ。そのことを、中野の「龍宮の掏児」への言及から窺うことができるのである。

五　犀星文学の原点としての「浅草」とその普遍性

「私自身にとつては、彼は文学上および人生観上の教師であつたし、今でもそうである」[19]と述べた中野重治は、プロレタリア文学全盛の時期に犀星の浅草を舞台とした詩を引用し、自らの芸術理論を語っていた。『芸術に関する走り書き的覚え書』（昭和四・九、改造社）の一節「芸術について」で、「芸術」とは「人間の感情を組織する一つの社会的手段」であると定義し、「そのことをどのやうに行なふ」かについて語る際に、音楽を例にとり、「人びとの感情を」どん底へと陥れ、そうした環境下に生きる人々がその逆境を逆手にとって生きるさまについて例示する過程で、「我々はそこにそのやうな人々、「その黴菌をふり散らして歩くことにより、自分の瀕死的な境遇の仇を討つ」と言われ得るところの人々を見出すのである」[20]と、犀星の『愛の詩集』所収「ある街裏にて」の一節を引用している。『愛の詩集』には、浅草の十二階下で働く女性たちが記されているのだ。

このように、中野が自らの文学テクストの中で言及あるいは引用した犀星のテクストがいずれも浅草を舞台としたものや、そこから浅草的な要素を抽出することができるものであり、中野が犀星文学に見出した下層社会に生きる人間像の中にプロレタリア文学と通じる要素をも見出せるのである。

これまで見てきたように、犀星の書いた自伝小説の多くが自己の生い立ちを語るところから始まっているように、犀星は常に自己の根源に立ち戻りつつ新たな文学の手法を身に付けていく作家である。そして、その自己の根源とともに語られる浅草もまた、犀星文学にとっての原点として機能していると言える。最後にもう一度犀星が上京当初に見た浅草の一面について見てみたい。中野が引用した犀星の詩「ある街裏にて」は「街裏へ」（『感情』大正六・二）を改稿したものであった。以下に初出「街裏へ」の一節を記しておく。

ここは失敗と勝利と堕落と襤褸と
淫売と人殺しと貧乏と詐欺と
煤と埃と饑渇と寒気と

押し合ひへし合ひ衝き倒し
人人の食べものを引きたくり
気狂ひと乞食と恥知らずの餓鬼道の都市だ
やさしい魂をもつたものは脅かされ威かされ踏みつけられ撲ぐられ
生涯どうにもならないやうになり
又は女は無垢のうちに汚され売られる処だ
人道や正義や正直や恩義は燐寸を摺つたやうに消へてなくなり
いつも一つの救済さへも為されてゐない

（中略）

ああこの都市こそは私の永久に住むとこだ
この都市こそは生きて教へられることの多い私の為めにはどつしりした永久の書物だ
おれはまだどれだけも読んでゐない
読んで読んでそして読みつくさう！　ここにあるこの大きな書物を

ここには浅草が「いつも一つの救済さへも為されてゐない」場であることが記されており、やがて「龍宮の掏児」としてまとめられる救済なき世界の原型を窺うことができるのだ。また、この時犀星は浅草という都市を「生きて教へられることの多い私の為めにはどつしりした永久の書物」と捉え、「この大きな書物を」「読んで読んでそして読みつくさう」と自身に語りかけている。犀星の文学活動は、いわばこの浅草というテクストを読み込むことから始まり、それを犀星の文学テクストとして提出していく営みの反復とも言うことができるだろう。また、犀星は前掲の随筆「浅草公園の印象」で、その根源となるテクストとしての「浅草公園そのものが既に空想的である」と指摘している。この「空想」を「虚構」と言い換えてみた場合、犀星の東京での文学的営みの出発点に虚構との出会いがあり、そして浅草という虚構の場を文学テクストに書き記すことで、その「読み」に応じてきたと言えるだろう。そして、昭和期の自伝小説において自己の生い立ちとともに虚構としての浅草が語られ、そこから再び「都会の底」へと向き合うようになるということは、小説という虚構の世界に自らの生い立ちを閉じ込めてきたのと同様に、上京当時の浅草を自伝小説の中に温存しつつ、浅草を浅草的なるものへと普遍化していく過程を自伝小説を書く行為の中から読み取ることができるにちがいない。

（1）室生犀星「泥雀の歌（四）――長篇自叙伝――」（『新女苑』昭和一六・八）。
（2）例えば、東京都台東区立台東図書館編『下谷・浅草の文学案内』（昭和四六・三、東京都台東区教育委員会）、藤田正二「浅草と文学」・小木曾淑子編「あさくさの文学年表」（『増補新訂　浅草細見』昭和五一・一二、浅草観光連盟）、堀切直人『浅草　大正篇』（平成一七・七、右文書院）などが挙げられる。
（3）坪井秀人「十二階の風景」（『物語』平成五・七）。
（4）堀切直人「浅草に魅せられた文学者たち」（『文学』平成二五・七、八）。
（5）堀切、前掲論（注4と同じ）。
（6）室生犀星「浅草」（『新潮』昭和二・八）。
（7）例えば、明治期に刊行された観光案内『東京横浜一週間案内』（明治三四・一〇、史伝編纂所）には、「浅草雷門にて下車し、これより」「赤煉瓦造りの仲見世を素見し、仁王門をくゞりて、正面の観音堂に参詣すべし」とあり、続けて、「一通り観音堂の礼拝をすましたる上は、それより、公園内にある種々の見世物等を見物すべし」と浅草観光の道筋を示している。
（8）室生犀星「自叙伝奥書――その連絡と梗概について――」（『中央公論』大正八・一二）。
（9）室生犀星「自叙伝奥書」（注8と同じ）。
（10）室生犀星「浅草公園の印象」（『中央公論』大正九・七）。
（11）室生犀星「活動写真雑感」（『電気と文芸』大正一〇・一）。なお、『星より来れる者』（大正一一・二、大鐙閣）に収められる際に「街灯余映」と改題される。
（12）室生犀星「活動写真に就いて」（『新潮』大正一〇・三）。
（13）大橋毅彦は「眩暈空間としての〈室内〉と〈街路〉――「幻影の都市」解読――」（『室生犀星への／からの地平』平成一二・二、若草書房）において、この冒頭の場面で、「「広告画」を媒体とする妄想の中に浮かび上がった女の像の方が、実体よりもなまなましい感触をもって迫ってくるという」現象を、「〝写し〟に相当するものの方が〝ほんもの〟よりも実在感を示しはじめた、あるいはこの二つのものの境界が曖昧になって、従来そこにつけられていた優劣の序列までもが転倒してきた、「かれ」の感覚上での出来事」として捉えている。
（14）中野重治「都会の底」（『室生犀星全集』第五巻、昭四〇・八、新潮社）。
（15）中野、前掲論（注14と同じ）。
（16）中野、前掲論（注14と同じ）。
（17）初出は「女の図」（『改造』昭和一〇・三）。
（18）添田唖蟬坊「浅草底流記」（『改造』昭和三・五）。
（19）中野重治「教師としての室生犀星」（『現代日本小説大系』第三四巻、月報第二九号、昭和二五・一一、河出書房）。引用は『中野重治全集』第一七巻（平成九・八、筑摩書房）に拠った。
（20）引用は『中野重治全集』第九巻（平成八・一二、筑摩書房）に拠った。

［付記］本章の一部は「隠蔽する十二階／暴露する瓢箪池——室生犀星「幻影の都市」」（『浅草文芸ハンドブック』平成二八年刊行予定、勉誠出版）と重複する箇所が含まれている。

終章　犀星文学における自己言及性——「蜜のあはれ」の方法

一　はじめに——犀星文学晩年の特徴

昭和三〇［一九五五］年から晩年に至る後期に発表された自伝小説「杏っ子」（『東京新聞』夕刊、昭和三一・一一・一九～昭和三二・八・一八）は、第一〇章で触れたように、自らの生い立ちを語るところからはじまり、娘の誕生とその成長を書き記していく。自己を語ることが娘を語ることでもあるという自他の融合の姿勢は、自伝小説『弄獅子』（昭和一一・六、有光社）における自己を語ることが養母を語ることでもあるという認識の延長線上に見出されるものだ。こうした自伝小説の方法をふまえ、犀星文学晩年の特徴に改めて着目するならば、これまで指摘されてきたものの中で、「現実と虚構の区別」がなくなる手法、[1]「現実と虚構の境界線を薄め、両者を自在に行き来する」手法[2]がクローズアップされてくる。

そうした手法で書かれたとされる「はるあはれ」（『新潮』昭和三六・七）では、男が「うたを作り、それを紙に書いて市で売つてたつきの代にかへて」生活しており、「書卓」でうたを書いていると、「洋紙と文房具を商ふ店の夫人」が現れ、男に「わたくしのからだを差し上げ」る代わりに「うたをお書きになるのをやめてほしい」と申し出る。この夫人は、男と同じ世界に生きている人間ではなく、男がかつて出会った記憶の中の女性なのだ。端的に言えば、奥野健男や中西達治が指摘しているように、この女性は「弄獅子」三十章に登場する「大観音のある追分通り」の文具店の「石膏で作つた裸体の女神の腰に、白いめりんすのスカアトを纏はせてゐる、さういふ罪のあるやうな善良げな」「お内儀」である。[3] 奥野は「弄獅子」において「三行ばかり書かれている女性」[4]を「五十年間、内部世界にとどめておいて、「はるあはれ」で清潔で最も淫蕩な女ひとのイメージに結晶させた」[5]と指摘し、中西は「記憶のひだの奥にたたみこまれていたこの女性のイメージが突然男によみがえってきた」と指摘している。この男は「語り手によって表現された作者の分身」[6]であり、ここでの現実と虚構の融合は男がうたを書く過程で犀星文学における過去の創作物を現出させることで可能となっているのだ。逆に言えば、この男が自らの創作物の中に入り込んでいるということでもある。ここから、犀星文学晩年の特徴として、犀星文学における犀星文学の引用を挙げることができよう。

例えば、「告ぐるうた」(『群像』昭和三五・一~六)は金沢市を舞台とした、文学活動に携わる若い男女の恋愛とその顚末が記されている。山名灰子、三木ゆりえという二人の新進女流歌人と、ゆりえに添削指導を行う澤卓二、やがて灰子に結婚を申し込む正木年彦が主な登場人物であるが、正木を犀星、灰子を妻のとみ子とした若き日の自伝小説としても読まれてきた。[7] 本書全体の枠組みから言えば、第二章で述べた「結婚者の手記――あるいは「宇宙の一部」」(『中央公論』大正九[一九二〇]・二)で遭遇した書きえない他者(妻)を、晩年に至ってもう一度妻(灰子)に同化しながら書き記すことが可能になったとも言えるが、ここで指摘したいのは、ゆりえと澤の関係である。ゆりえは本名の百合山あい子として郵便物の整理事務を、澤は編集者として同じ新聞社に勤めているが、社内ではあい子は自身がゆりえであることを隠していた。地元の文壇に精通する澤はゆりえの創作の添削を行っており、やがて二人は関係を持つことになる。この、文学を志す女性がその指導者の男性と関係を持つさまは、第五章で扱った「幾代の場合」（『文芸春秋』昭和三・九）の幾代と荻田の関係が下敷きとなっていると考えられる。しかも幾代にはモデルがあったことを犀星自身語っており、(8)「告ぐるうた」を自伝小説として読む場合に、「幾代の場合」との結びつきが強められてくるのだ。だが、幾代と荻田の関係においては、幾代が荻田から捨てられ、復讐を誓うところで物語が閉じられていたが、ゆりえと澤においてはその関係が逆転する。

結局、澤卓二が手塩をかけて育てあげた女はその書き物のなかで暴れ出し、気がついた時分には最早手に負へなくなつてゐると見た方が、早わかりであつた。澤卓二には女に教へるところがなくなり、ゆりえはずつと先の方に向つて歩いてゐる作詩のなりふりであつた。（「告ぐるうた」）

このように、かつての犀星文学は晩年の小説において単に引用されるだけではなく、パロディ化されており、ここに一種のメタフィクション性を読み取ることもできよう。

このような、現実と虚構の融合及び、犀星文学の引用・パロディ化に意識的な、犀星晩年の特徴が最も強く窺える小説として、「蜜のあはれ」（『新潮』昭和三四・一〜四）を挙げることができる。この小説では自らを〈あたい〉と呼ぶ人物と、〈あたい〉から〈をぢさま〉と呼ばれる人物の対話が専ら全篇を通して繰り広げられていく。例えば、冒頭近くで歯が痛む〈あたい〉が丸ビルのバトラー歯科医院での治療を終え、入歯をして帰った後の対話が以下のように記されている。

「藻も少しいれてよ、古いのは棄てちやつて、ごはごはした生きのいいのがいいわ。あ、わすれてゐた。どう、この歯は立派でせう。」

「あつてもなくてもいいのに、おしやれだね、きみは、」

「だつて晩にはしくしくと何時までも疼いて、どうにも手がつけられないんですもの、をぢさまがそんなに冷淡なこと仰有ると、化けて出るわよ。」

「金魚が化けられるものかい。」

〈をぢさま〉は目の前にいる対象が人間の女性であるかのように語りかけていくが、一方で、その対象が金魚そのものであることも同時に語っていく。この〈あたい〉が人間の女性なのか金魚なのか読者は判断し難くなり、結果的に女性／金魚として一度個々に具現化したイメージを再び言葉そのものに戻さざるをえなくなっていく。こうした特異な〈あたい〉の表象の仕方について、鳥居邦朗は以下のように述べている。

どこまでが若い女の姿をした金魚との会話で、どこからが金魚そのものの姿をした金魚の会話なのか、その境界は全くとらえられない。おそらく、それを読み取ろうとすることは無駄なことなのであろう。そのような具体的なイメージを求めて読むべき小説ではないのである。金魚でもあり若い女でもある曖昧模糊としたものに、ただ言葉を与え、その言葉とやりとりしているだけなのであろう。(9)

まさに、「蜜のあはれ」は読むことによって作中人物を書かれた言葉そのものとして意識させていく小説であると言えよう。しかし、これまでの先行研究で最も顕著だったのは、金魚が女性に変身すること、全篇が会話で構成された小説であること、そうした特長をもって「蜜のあはれ」が突出した前衛小説あるいは超現実主義的作品であることといった特殊性を、ことさら強調して語ってきたことだ。例えば篠田一士は「蜜のあはれ」連載中に「一匹の雌の金魚が美しい女性に変身して、ひとりの老作家と生活を共にするという前提の下に、この小説は全編、金魚と彼女の話し相手である老作家や女の亡霊との会話でできあがっている」と述べており[10]、その傾向は、例えば、「すべてが会話で成り立っている小説。金魚が人間と会話をしたり、金魚が人間の姿になったり、幽霊が登場したりと、超現実的な世界が描かれている[11]」などと今日まで引き継がれている。このような枠組みで「蜜のあはれ」を語ることがこれまでの枠組み自体を反復・強化し、次第に「蜜のあはれ」は空虚なものとなっていくようになる。

こうした、書かれた言葉を疑いもなく自明なものとして受けとめてしまう傾向は「蜜のあはれ」の読みの可能性を狭めていくことにもなるのだ。例えば、桐生祐美子は「蜜のあはれ」刊行時に付された「後記　炎の金魚[12]」中の記述に注目し、そこから「蜜のあはれ」を以下のように規定していく。

この小説はほぼ全篇が、会話文という形態で構成されている。後記「炎の金魚」の段階で、初めて作者が前線に現われ、いわば、映画論評のような真似事を試みている。作者自身、そのなかで、そして私は愛すべき映画「蜜のあはれ」の監督をいま終えたばかりなのである。漸く印刷の上の映画といふものに永年惹きつけられてゐたが、いま、それを実際に指揮を全うし観客の拍手を遠く耳に入れようとしてゐるのである。

と述べており、作者が映画の手法で、いや映画そのものとして、この『蜜のあはれ』を書きあげたことが窺い知れる。(13)

桐生は「後記」に記された「印刷の上の映画」という言葉をもとに「蜜のあはれ」自体を「映画そのもの」として「書きあげた」と断定している。しかし、「蜜のあはれ」は映画を意識したものではなく、書かれた言葉そのものを強く意識させる小説なのだ。伊藤氏貴が端的に指摘しているように、「蜜のあはれ」が会話体で構成されているのは「誰の視点からにせよ、地の文を用いてしまえば、金魚の姿を客観的に捉えなくてはならなくなってしま」うからであり、「金魚少女は金魚であったり少女であったりするのではな」く、「同時に金魚であり少女であるように描かれて」おり、〈あたい〉は「映像化することが全く不可能」な存在なのである。(14)つまり、〈あたい〉と発話する主体が〈金魚／女性〉という二重の身体を持つさまは、言語においてこそ表現しうるのであり、〈あたい〉は書かれたものとしてのみ表象可能な存在であると言うことができる。「蜜のあはれ」が言葉をめぐる問題、特に書かれたもの自体の疑わしさを問うことを誘発するテクストであるならば、「後記　炎の金魚」において、あえて「印刷の上の映画」と書き記されたことの意味も問われてくることになるだろう。

例えば、〈をぢさま〉は〈あたい〉に向けて「金魚とは寝ることが出来ないしキスも出来はしない、ただ、きみの言葉を僕がつくることによつてきみを人間なみに扱へるだけだ」と述べ、〈あたい〉が〈をぢさま〉自身の虚構の産物であることを認識している。また、〈あたい〉はかつて〈をぢさま〉に小説を見てもらっていた田村ゆり子という〈いうれい〉に向けて、「ばれちやつたわね、をぢさまが小説の中で化けて見せていらつしやるのよ、もとは、あたい、五百円しかない金魚なんです。それををぢさまが色々考へて息を吹きこんで下すつているの」と述べ、〈あたい〉自身も作中で〈をぢさま〉によって創作された虚構の存在であることを認めている。つまり、「蜜のあはれ」は作中人物が虚構であることを自ら語るという意味においてメタフィクション小説と言うことができる。

そのことは、戸塚隆子が既に指摘した通りであるが、[15] 続けて戸塚が「後記「炎の金魚」という額縁に補完されて本体である狭義「蜜のあはれ」の物語の真実味は増す」または「メタ・フィクション全体の真実味が保証される」と述べていることには留保が必要だろう。なぜなら、「蜜のあはれ」はメタフィクションという虚構が虚構であることを意識させる小説であり、むしろ、今野哲が指摘しているように、この小説における「真実性は、実現されることによってではなく、可能性のままに限りなく先送りされることによって保持されている」と見なすべきだとも考えられるのだ。[16]

ここで、メタフィクションの定義を確認しておきたい。例えば、青柳悦子はメタフィクションの意味の「一つは、フィクションについて考察するフィクション、より広く言えば文学についての自己省察を行なう文学作品の意味であり、もう一つはいわゆるパロディ文学の総称としてである」とし、続けて、「どちらも文学を（部分的）対象とする文学であり、創作というかたちで行われる文学批評である」と指摘している。[17]

そこで本章は、この二つの意味をメタフィクションとしての「蜜のあはれ」において見出し、「蜜のあはれ」はどのように自らのテクストを省察し、どのようなテクストに対してパロディ足り得ているかを考察し、これまで指摘され続けてきた「蜜のあはれ」の特殊性を犀星文学全体の中で改めて位置づけなおしていきたい。

二　映画的手法から脱映画的手法へ

第二章で指摘した通り、犀星は古くから映画に強い関心を寄せ、自ら映画的手法をその創作に応用し、「主題から書かずに情景から書く作家(18)」と称されていた。また、第四章で述べたように、小説を書き始めた大正一〇年前後には、作中人物の身体を断片的に捉え、〈見る〉という行為に特化した、いわば傍観的な語りを特徴としてきたのである。また、犀星は映画そのものに対しても数多くの言及を残しており、特に犀星の映画に対する関心は映画女優へのまなざしに見出すことができる。例えば「活動写真雑感」（『電気と文芸』大正一〇・一）には以下のような記述が見られる。

概して私は、すべての活動を通じて、女優が絨毯の上にくつしやりと潰されたやうに掻げ出されたり嘆愛したりするポーズは非常にすきである。美しい大きな馬、その張りきつた四股、臀、さういふところに、それが下らない映画でもかなり私を惹きつけるものがある。わけても海水浴などの場面には、まざ〴〵とそとゝ（ママ）は暗い館内に、いろ〳〵な裸体が浮かぶ。私は活動より外に西洋人のからだを見たことがない。

犀星の文学活動は映画あるいは映画的手法とともにあったと言っても過言ではなく、犀星は昭和三年以降、映画時評を諸雑誌で担当するようになっていく。例えば、映画と文学の心理描写について言及した時評で犀星は、「映画の場合では其心理描写の目的が、心理過程のみを追ふてゐないで、事件と場面とのかゞりをする為に成される手法」であり、「文芸作品の如く最初から性格と心理とを目的として描写することは、映画的な本道を過つものであり、その効果は退屈なものになる」と述べた後で、「映画はその作中の「顔」を以て描写を進行させるため、さういふ直の材料で打つかつて行くことは到底文芸の場合で為される描写と比較にならない。その「顔」のみの表現が既に心理的な作用であるために、殊更に性格や心理を突き止める必要がないのである」と指摘している(19)。

これまでの犀星の手法である身体を断片的に捉える語りの延長線上に、映画の「顔」による心理描写を見出すことは、犀星にとって容易であったと言えよう。しかし、特定の人物が他者の表情を捉え、その人物の内面を読み取ることには限界がある。それを犀星の小説における映画的手法の限界と指摘していたのは、犀星の弟子の一人、堀辰雄であった。

あなたの方法がさういふレアリスムとして欠陥を持つてゐるのは、一つはあなたの方法が映画の方法からあまりに多くのものを借りてゐるからではないかと思います。(中略)あなたの小説の全体のテンポ、一場面から他の場面へ転回の仕方、俳優の顔を大写しにするやうなところどころの心理描写、等の中に映画的なよさを認めました。しかしカメラはいかに努力しても、現実の陰影をしか捕へることが出来ないものです(20)。

第五章で指摘したように、こうした限界を指摘され始める前後に犀星は、女性の内面をその女性に寄り添って語り始め、それがやがて女性に限らずさまざまな作中人物たちに寄り添い、その内面を語っていく手法として昭和初年代、一〇年代を通して顕著になっていくのだ。例えば、第七章で扱った「あにいもうと」(『文芸春秋』昭和九・七）には、以下のような記述が見られる。

投げ込む石はちから一杯にやれ、石よりも石を畳むこちらの気合だと思へ、へタ張るならいまから襯衣を干してかへれ、赤座はこんな調子を舟の上からどなりちらしてゐた。てめえの褌は乾わいてゐるではねえか、そんな褌の乾いてゐる渡世をした覚えはないおれだから、そんな奴はおれの手では使へない、赤座はそんなふうで人夫たちの怠気を見せる奴をどんどん解雇した。

川師赤座の河原での活気ある姿を記した冒頭部分には、赤座の声が地の文と密接に結びついているさまが窺えるが、実は赤座の表情やその身体はこの一節に記されていない。このような犀星文学における小説の手法の変遷の延長線上に、「蜜のあはれ」の方法があるのだ。

「お嬢様は金魚屋さんみたいですね、どなたがいらつしつても、金魚のことなんか些つとも見てくださらないのに、ご親切にして頂いて済みません、皆、お嬢様の方を見上げてゐますわ、言葉が解るやうな顔をしてゐるんですもの。」

「ええ、あたいが好きだから、金魚の方でもわかるらしいのね、をぢさま、金魚がをぢさまのことをあなたの誰だと訊ねてゐるわよ、だからあたい、この人はあたいのいい人だと言つてやつたわ、（後略）」

右の一節は〈をぢさま〉と〈あたい〉が銀座のバーに来た際に、店内の水槽の中の金魚が弱っていることに気づいた〈あたい〉が、店員に水を交換して塩を入れるようにと助言をする場面である。「人間にあたいの化けの皮がわかるもんですか」と言う〈あたい〉の姿は店員にはその通り人間の女性として捉えられている。水槽の中の金魚はもちろん、〈あたい〉の「顔」は記されてはいない。それだけでなく、〈あたい〉は姿そのものを記されてはいないのだ。そのことについて大西永昭は以下のように指摘している。

この「蜜のあはれ」のテクスト上では、身体は書き手の意識から排除されてしまっている。そして、身体が排除されることで、金魚としての身体、少女としての身体のどちらか一方のみに束縛されることがなくなり、金魚であり同時に少女であるという「非・リアリズム」的な設定も可能となっているのである。(21)

まさに、〈あたい〉の身体が記述されないということにおいて、非映像的な表象としての〈あたい〉を現出せしめているのである。そのことは、言葉と映画のイメージの差異について映画評論家飯島正が以下のように指摘していることと通底している。

ことばのイメエジといふものは、そのことばを耳にしたひとが、いろいろな風に解釈し、いろいろな風に想像することのできるものです。「犬」なら「犬」といふことばがひきおこすイメエジは、だれでも大体おなじです。またおなじでなければ、ことばとしての機能をはたすことができない。しかし、おのおののひとが頭のなかにゑがくイメエジは、全然おなじかといふとさうはいへない。

（中略）

映画においては、そのイメエジが、うごかすべからざる一つの写真であるといふことです。つまり、それは、見るひとが、決して見まちがへることのない、見るひとによつてちがふといふやうなことのない、決定的なイメエジなんです。そこにあるもの以外のものが考へられないイメエジ、ある実在のものをうつした写真であります。(22)

「蜜のあはれ」の〈あたい〉は身体のイメージを一つに特定できないという意味でも非映像的な存在である。しかもこうした表象は犀星文学における小説の方法が傍観的な語りから出発し、次第に内面を表出していく過程を経て、言い換えれば、映画的手法から脱映画的手法へと至る文学的営みを経て為されたものなのだ。

三　排除される創作主体

「蜜のあはれ」は作中人物が虚構の存在であることを自認する、言語によってのみ表象可能な存在が書き記された小説であることは、既に指摘した通りである。また、それは「蜜のあはれ」が書くこと、あるいは書くという行為を強く意識した小説であるということをも意味している。例えば、今野哲は前掲論で「蜜のあはれ」を構成している会話自体がある特定の主体によって加工されていることを以下のように指摘している。

作品世界はある年の夏から冬にかけての出来事と見做せるが、この期間に金魚と上山その他との間で交わされた会話が作中に叙述された分量のみに止まるとは考えにくい。金魚のなかなかのお喋り振りからしても、その間には膨大な会話が交わされていた筈である。つまり、作品本文は数ヶ月間に渉る会話の総体から切り取られているのであり、従って、そこには会話を選択的に取捨している何らかの機能を想定することができるのである。[23]

端的に言えばそれは「蜜のあはれ」の「テクスト内世界全体が、作中人物である老小説家の「書く」行為によって成立してることを意味している」[24]ということだ。しかし、「蜜のあはれ」という物語を統括する立場にあるはずの〈をぢさま〉はその創作行為において、自身のあずかり知らぬ事態に直面していく。例えば、〈をぢさま〉の講演会の会場で、一五年前に亡くなった田村ゆり子という女性に遭遇したことを〈あたい〉が〈をぢさま〉に伝える場面は、以下のように書き記されている。

「そんな人が物をいふ筈がない、だが、その時計の話はほんとのことなんだ、明け方に心臓マヒで倒れてから、五時間誰もその部屋にはいつた人間がゐないんだ、掃除夫が鍵のかかつてゐないドアから何気なくすかして見ると、田村ゆり子は仰向けになつて畳の上で死んでゐた、その時にまだ時計はうごいてゐたのさ。」

「だつてをぢさまは何故そんなお顔をなさるの、また、額から汗がにじんで来たわ、ひよつとするとあぶらかも知れないわ。」

「をぢさんの驚いたのは、その女ときみとが話をしたといふことに、驚いてゐるんだ、きみはその女をまるで知らないくせに、いま言ふことがみんな本統のことなのだ、その実際のことにやられてゐるのだ。」

一五年の時を隔てて、本来なら決して出会うことのない二人が邂逅したことに〈をぢさま〉は驚愕する。実際には〈をぢさま〉の書くという行為のもとで二人の邂逅は成立している。しかし、こうした〈をぢさま〉の意志を超え、〈をぢさま〉の作る虚構世界が齟齬を来して行くさまが作中で散見されるようになっていくのだ。しかもそれは〈をぢさま〉と〈あたい〉の間で顕著になっているのである。

「きみを何とか小説にかいて見たいんだが、挙句の果にはオトギバナシになつて了ひさうだ、これはきみといふ材料がいけなかつたのだね、書いても何にもならないことを書いて来たのが、まちがひの元なのだ、をぢさんの年になつても未だこんな大きい間ちがひを起すんだからね、うかうかと小説といふものも書けないわけだ（中略）」

「はたき尽してあるだけ書いておしまひになつたから、あたいを口説いたんぢやないこと、誰もほかの女に持つてゆくには、あまりにお年がとりすぎてゐるから、けんそんしてあたいを口説いて見たわけなのよ、そしたら金魚のくせに神通自在で、ひよつとしたら人間よりかなほ知る事は知つてゐると来たのでせう。で、書くことの狙ひが外れちやつた訳でせう。」

ここには、〈をぢさま〉が想定以上に〈あたい〉を書き過ぎてしまい、〈をぢさま〉の創作物である〈あたい〉が〈をぢさま〉の意志を離れて主体的な立場に立とうとするようなさまが窺える。そしてそれは、〈をぢさま〉の家を訪ねてきた田村ゆり子にどうしても会おうとしない〈をぢさま〉と、会わせようとする〈あたい〉との会話部分において一層明確になってくる。

「ぢや本物の人間でないと言ひたいんでせう、だから、会ふ必要はないといふのね。」

「よくそこに気がついたね、あれは本物の女ではないんだ、きみが金魚屋に行く途中で田村ゆり子のことを、考へながら歩いて、遂々、本物に作り上げてしまつたのだ。」

「ぢや、何時かの街の袋小路の行停まりで見たときも、あたいのせゐだと、仰有るの。」

「あの時は僕ときみとが半分づつ作り合せて見ていたのだ、だから、すぐ行方不明になつて了つた。人間は頭の中で作り出した女と連れ立つている場合さへある。死んだ女と寝たといふ人間さへいるんだ。」


〈をぢさま〉が〈あたい〉に対して行っていたのと同様に、〈あたい〉も現実には存在しないはずの人物を目の前に作り出すことが可能であることを〈をぢさま〉自ら語っている。それは〈をぢさま〉の創作行為に〈あたい〉が参入していることを物語っているのであり、しかも〈をぢさま〉は「僕ときみとが半分づつ作り合せて見ていた」と述べるように、この時点で〈をぢさま〉と〈あたい〉は対等な立場に立つことになる。かつて〈あたい〉は「書く人と書かれる人のちがひは、大変なちがひだから」「あたいのことなぞ書いちやいやよ」と〈をぢさま〉に語っており、明確に書き手とその創作物、言い換えれば〈をぢさま〉と〈あたい〉自身の関係を差異化して認識していた。しかし、〈あたい〉は自ら〈をぢさま〉の虚構世界を統括しようとするかのように、結末に向けて会話に饒舌さを増していく。前掲の引用の後、〈あたい〉は〈をぢさま〉の家の外にいる〈をばさま〉（田村ゆり子）から呼ばれて〈をぢさま〉のもとを離れる際に、〈あたい〉は最後に〈をぢさま〉に向けて「威張つたつて碌な小説一つ書けないくせに」という批判の言葉を投げつける。その後、作中に〈をぢさま〉の言葉が見られなくなるだけでなく、〈をぢさま〉の姿自体この場面を最後に物語から消えていくようになる。さらに言えば、結末の〈あたい〉と〈をばさま〉の会話からも〈をばさま〉の言葉が消え、〈あたい〉の言葉だけが残されていくのだ。

「俟つてゐて頂戴、意地悪ね、きふにそんな早足になつちやつて、ほら、見なさい、危いわよ、水溜りにはまつちやつたぢやないか、ちよつと立ち停つてよ、一と走りお家に行つて、懐中電燈持つて来ますから。」

「…………」

「俟つてと言つてるぢやないの、聴えないのか知ら、振り向きもしないで行つちやつた。」

「…………」

「をばさま、田村のをばさま。暖かくなつたら、また、きつと、いらつしやい。春になつても、あたいは死なないでゐるから、五時になつたら現はれていらつしやい、きつと、いらつしやい。」

このように「蜜のあはれ」は、〈をぢさま〉の創作物である〈あたい〉が次第に〈おぢさま〉と同様の創作力を身につけ、〈をぢさま〉の支配から逃れ、その虚構世界において主体的な立場に立つようになり、〈をぢさま〉が〈あたい〉を統御できなくなる物語ということができる。さらに言えば、「蜜のあはれ」は作中の書き手が作中の創作物を統御できなくなるだけでなく、作中からもその声や姿が消え、自らの創作物〈あたい〉によってあたかも排除されていくような構成となっているのだ。まさにそれは、「「文学は現実を模倣する」という古典主義的前提に則るフィクションの諸条件を根柢から問い直し、最終的にはわたしたちのくらす現実自体の虚構性を暴き立てる」[25]というメタフィクションの手段を「蜜のあはれ」は選択しているということに他ならない。では、「蜜のあはれ」が「暴き立てる」「現実自体の虚構性」とは何か。おそらくそれは、虚構が虚構であることを過剰なまでに書き記していく「蜜のあはれ」の外部に位置づけられた「後記　炎の金魚」の記述を虚構として読み取ることで一層明確になってくるだろう。

四　反転する虚構と現実

「蜜のあはれ」とその後に記された「後記　炎の金魚」の関係を、書き手の立場からこれまでの先行研究について整理した大西永昭は、以下のような新たな読みを提示している。

従来の「蜜のあはれ」論では、この後記を作者室生犀星によって書かれたものとして、「蜜のあはれ」を読む上でのサブ・テクスト的に扱ってきた。仮にこの後記をそうしたものとして認めるならば、①作中の老小説家上山を作者犀星に近似した存在として認め、小説、後記ともに犀星の書記行為の下にあるとみるか、②「蜜のあはれ」を書いたのを老小説家、後記「炎の金魚」を書いたのを犀星とし、後記を小説「蜜のあはれ」の外部に存在するテクストと位置づけるか、のどちらかの態度を選択する必要に迫られる。

（中略）代わりに提唱されなければならないのは、後記をも含めた全体を作中の老小説家による書記行為による一つのフィクションとみなし、そこにテクストのメタ構造を看守する読みである。[26]

大西は「蜜のあはれ」も「後記　炎の金魚」も共に〈をぢさま〉によって書き記されたものであるという読み方を進め、「後記　炎の金魚」について、「金魚の死という小説における主要登場人物の死を描くことで、この「話」らしい話のない小説にストーリー上の結末を与えている」と指摘している。しかし、この「後記　炎の金魚」には書かれたものを次々と否定していく記述がなされており、大西の指摘する「ストーリー上の結末」も「嘘」であることが記されているのだ。

> 「蜜のあはれ」の終りに、燃えながら一きれの彩雲に似たものが、燃え切つて光芒だけになり、水平線の彼方にゆつくりと沈下して往くのを私は折々ながめた。かういふ嘘自体が沢山の言葉を私に生みつけ、つひに崩れて消えるはれがましさを、払い退けられずにゐたのである。七歳の少女が七歳であるための余儀ない遊びならともかく、私はすでに老廃、その廃園にある青みどろの水の中に、また盛りあがる囈言に耳をかたむけてゐたのである。

既に述べたように、「蜜のあはれ」の結末は〈あたい〉の〈をばさま〉に向けた呼びかけで閉じられている。「燃えながら一きれの彩雲に似たものが、燃え切つて光芒だけになり、水平線の彼方にゆつくりと沈下して往く」さまは〈あたい〉の「死なないでゐるから」という生きようとする意志とは対照的なものとなっている。書き手自らこの一節を「かういふ嘘」と書き記し、さらにそれを自嘲的に「囈言」と呼んでいる。同様の記述は次の引用箇所にも見られる。

先にも述べたやうに、一尾のさかなが水平線に落下しながらも燃え、燃えながら死を遂げることを詳しく書いて見たかつた。つまり主要の生きものの死を書きたかつたのだが、そんな些事を描いても私だけがよい気になるだけで、誰も面白くも可笑しくもなからうと思つて止めた。

「後記　炎の金魚」の書き手は「蜜のあはれ」において「一尾のさかなが水平線に落下しながらも燃え、燃えながら死を遂げること」を結末部分で示したかった。しかし、実際にはそのような結末は「蜜のあはれ」で記されていない。なぜなら、この書き手は「蜜のあはれ」において創作主体としての立場を奪われてしまったからだ。つまり、「蜜のあはれ」という虚構世界で自ら創作した〈あたい〉によってその世界を支配されてしまった〈をぢさま〉が、「後記　炎の金魚」で再び書き手として登場しているということなのだ。

また、〈をぢさま〉は「後記　炎の金魚」を書き記していく過程そのものをもこの「後記　炎の金魚」に書き記していく。

この解説のやうなものを書き終へた晩、何年か前に見た映画「赤い風船」を思ひ出して、それを書き込むことを忘れないやうに心覚えをしてその晩は寝たが、翌朝になつてすつかり忘れてしまひ、まる二日間思ひ出せなかつた。（中略）

だが、私はつひに「赤い風船」を今日思ひ当てて、いつぞや、かういふ物が書きたい願ひを持つてゐたが、お前が知らずに書いた「蜜のあはれ」は偶然にお前の赤い風船ではなかつたか、まるで意図するところ些かもないのに、お前はお前らしい赤い風船を廻して歩いてゐたではないか、お前だつて作家の端くれなら、或

る日或る時にひよんな事から感奮して見た映画の手ほどきが、別の形でこんな物語を書かせてゐたではないか、（後略）

ここで注目したいのはアルベール・ラモリス監督・脚本の映画「赤い風船」[27]（昭和三一）を「後記　炎の金魚」執筆中に想起していたということだ。つまり、「蜜のあはれ」執筆中には忘却していた「赤い風船」と「蜜のあはれ」を事後的に結びつけているのである。〈をぢさま〉は「蜜のあはれ」を「或る一少女を作りあげた上に、この狡い作者はいろいろな人間をとらへて来て面接させたといふ幼稚な小細工」以外の何ものでもないことを「後記　炎の金魚」冒頭近くで既に明らかにしていた。だが、このように併記されることによって「蜜のあはれ」と「赤い風船」に関連性があるかのような錯覚に陥り、逆に〈あたい〉という「一少女」を創作したことで、結果的にその物語世界において主体的立場が転倒したことを隠蔽していくのである。「後記　炎の金魚」が「蜜のあはれ」と接続することによって、「後記　炎の金魚」に記されたさまざまな事実が虚構であることが明かされていく。「蜜のあはれ」から閉め出された書き手である〈をぢさま〉が「後記　炎の金魚」で行っているのは、書記行為を真実から虚偽へと反転させていくことで自らの存在を再び示し、書かれたものの自明性を問うているのである。したがって、本章冒頭で指摘した「印刷の上の映画」の件もまた、字義通りに捉えるのではなく、印刷されたもの、つまり文字表現としての「蜜のあはれ」が映画とは最も対極に位置するものであることを指し示していると考えるべきであろう。そのことは、虚構を語ることが現実を語ることであるという「弄獅子」の方法を反転させ、現実を語ることは虚構を語ることでもある、つまり、書かれたものは嘘に他ならないということを明かしていたのである。

五　おわりに――犀星文学が犀星文学をパロディ化すること

これまで見てきたような書かれたものの自明性を問う、いわば小説であることをめぐる自己言及性は「蜜のあはれ」と「後記　炎の金魚」の間で完結しうるものではない。例えば、巽孝之はメタフィクションの具体例として以下のような方法を挙げている。

たとえば、ひとつの小説内部にもうひとつの小説を物語るもうひとりの小説家が登場すること。たとえば、小説内部で文学史上の先行作品からの引用が織り成され、批判的再創造が行われること。たとえば、小説内の人物が実在の人物と時空を超えて対話したり、作者自身や読者自身と対決したりすること。たとえば、小説を書いている作者自身がもうひとりの登場人物として介入し、大冒険をくりひろげたり殺害の憂き目にあったりすること。(28)

「蜜のあはれ」の〈あたい〉は、犀星文学全体の中で見れば、過去に書かれたある小説の登場人物と重なっている。以下の引用は自らを「もうだいぶ前に亡くなつている女」と言い、〈あたい〉が「京都の病院で手術して死んだ方」と呼ぶ田村ゆり子とは異なるもう一人の〈いうれい〉と〈あたい〉との対話場面である。

「をぢさまはどうしていうれいのお友達が、こんなに沢山おありなんでせうか、も一人のいうれいは講演会にまでいらつしつたんですが、まるで本物そつくりに作られてゐました。（中略）」

「あなただつて、それ、そんなに、巧くお上手に化けていらつしやる。」

「まあ失礼ね、でも、驚いちやつた、今まであたいの化けの皮をはいだ人は一人しかゐなかつたのに、あんたは一見、すぐ剝いでおしまひになつたわね、どういふところでお判りになります、……」

傍線部の〈あたい〉の発話は、犀星が昭和一一年に完成した連作小説「女の図」の以下の一節を「引用」していることが指摘できよう。

あの時の酔つぱらひ屋さん！　一遍かつきりしか逢はなかつた変挺なとても忘れることの出来ない酔つぱらひ屋さん！　あの人だ、あの人そつくりだ、あの人が此処の屋敷の若主人だ、あの人だ、あのぐでんぐでんも酔つぱらひの正体のない蒟蒻屋さんがここの主人だ、ああ、あたいは遂々見付かつて了つた。あたいはすつかり身元を洗はれて了つた。あたいの化の皮が剝がれて了つた。あたいはどうなる。あたいは化け損ねて了つた。……

この「あたい」は「貰い子」として五歳年下のきくえとともに養母ハナの指示のもとで、夜毎街の盛り場を歩き回り日銭を稼いでいたはつえである。この時はつえは花山家の屋敷に「女中」として奉公しており、過去に夜の酒場を渡り歩いていた生活を若主人花山武彦に悟られてしまったと危惧しているさまが記されている。しかも、「女の図」は冒頭近くにおいて、はつえときくえが夜の酒場で日銭を稼いでいくさまが以下のように記されている。

夕暮れの一瞬はこの都会の形相を美しい険悪なものに突き落し、町の果に汚れた泥の付いた二疋の金魚が泳いでゐた。鉛と混凝土の道路は幾何学的にくねり紆曲つて花火のやうに装飾電燈をともす家々を、ぎつしりと二側にならべて道路自身が生きて何か芸当をしてゐるやうなものであつた。二疋の金魚はどんでん廻りのドアの間からちよろちよろ泳ぎ込み、そして又ドアの間から泳ぎ出ると待ち構へた道路はそれを次から次へと皿廻しのやうに、騒々しい店内の内部におくり込むのであつた。

はつえという「あたい」は〈あたい〉の前身であり、下層社会での生活から抜け出し、〈をぢさま〉というパトロンのもとで庇護されるようになるという筋道を「女の図」と「蜜のあはれ」との間に見出すことができるのだ。そのことは、第八章で指摘したように、「女の図」自体が完結を拒み、結末を遅延させていく連作小説であり、メタフィクションとしての「蜜のあはれ」の真実性が「可能性のままに限りなく先送りされることによって保持[29]」されることと通底していくのである。

「蜜のあはれ」はこれまで「老人の性[30]」や「エロチシズム[31]」といった側面から捉えられがちであった。しかし、これまで見てきたように、かつて犀星が文学的出発時期から関心を寄せ、小説の方法として取り入れてきた映画的手法を捨て去り、新たに心理的方法を獲得してきたように、「蜜のあはれ」は先行する犀星文学のモチーフや手法を模倣、パロディ化することで成立している、犀星文学の方法意識が最も明確な小説である。そして、言葉でしか表現できない〈あたい〉、映像化しえない〈あたい〉を書きえたということは、奇しくも堀辰雄が犀星の映画的手法を批判した際に、「我々は、小説からあらゆる外面的なもの（例へば筋とか動作とか風景など）を除去するために出来るだけ映画を役立たせなければなりません。その時、又そこに最も純粋な小説が生れるに、違ひありません[32]」と述べたように、犀星文学における〈純粋小説〉の一つの試みであったとも言えよう。このことは、星野晃一が紹介した犀星最晩年のメモ八枚目に記された「小説にならない小説、小説といふものの限定を先づ叩きこはそう。その事業はずつとつづかなくとも、その一篇だけでも、よい」という小説観[33]に裏打ちされている。

本論第一〇章で述べたように、いわゆる〈市井鬼もの〉が隆盛を極めた昭和一〇年前後に、自伝小説『弄獅子』で試みられた〈純粋小説〉の不可能性は、純粋な自伝小説など書きえないということであり、虚構として書き記すことによってのみ純粋な自己を語ることができるという認識であった。だが、「蜜のあはれ」では、虚構を書き続けてきた自身が、自ら作り出した虚構に支配され、書くことが阻まれていくさまを見ることができる。ここに、自己言及性を見るならば、「蜜のあはれ」はまぎれもなく自伝小説として機能していると言えるだろう。これまで書き続けてきた自伝小説群が常に未完であったことを、「碌な小説一つ書けない」と批判しているのが、いわゆる〈市井鬼もの〉の代表的な少女を想起させる〈あたい〉である。その〈あたい〉によって、現在という一つの視点から過去を振り返る自伝小説の方法を省察させられていく。「蜜のあはれ」は、犀星の小説における書かれたものの自明性を自らの過去の文学的営みにおいて自己言及的に問うているのである。そのような意味において、「蜜のあはれ」は犀星文学の一つの到達点と言うことができるのだ。

（1）奥野健男「作家と作品　室生犀星」（『日本文学全集33　室生犀星集』昭和四八・九、集英社）。

（2）星野晃一『室生犀星　創作メモに見るその晩年』（平成九・九、踏青社）。

（3）初出は「自叙伝と《ママ》風景（その二）」（『新潮』昭和三・一〇）。
（4）奥野健男「室生犀星の文学―評価の方法」（『文芸』昭和三七・六）。
（5）中西達治「「はるあはれ」の世界――幻化される性――」（『室生犀星研究』第一二輯、平成七・五）。
（6）中西、前掲論（注5と同じ）。
（7）新保千代子『室生犀星きき書抄』（昭和三七・一二、角川書店）、船登芳雄「『告ぐるうた』の世界――残像への執着――」（『室生犀星研究』第一六輯、平成九・一一）など。なお、一色誠子「室生犀星『告ぐるうた』論―もの書く女たち」（『室生犀星研究』第三五輯、平成二四・一一）では、これまでの研究史を詳細にまとめている。
（8）昭和三三年一〇月一六日消印、伊藤信吉宛葉書には「「幾世《ママ》の場合」にはモデルがあつて」と記されている。
（9）鳥居邦朗「『蜜のあはれ』〈室生犀星〉」（『解釈と鑑賞』平成元・四）。
（10）篠田一士「まばゆい感覚の世界　小説の定法を破った「蜜のあはれ」　文芸時評　中」（『東京新聞』夕刊、昭和三四・三・二七）。
（11）児玉朝子「蜜のあはれ」（浅井清・佐藤勝編『日本現代小説大事典　増補縮刷版』平成二一・四、明治書院）。
（12）「後記　炎の金魚」は「蜜のあはれ」連載終了後の昭和三四年五月号の『新潮』に「小説の聖地」として発表された。
（13）桐生祐三子「室生犀星『蜜のあはれ』論　イメージの源泉――女ひとを探求しつづけた眼」（『福岡大学日本語日本文学』平成八・一二）。
（14）伊藤氏貴「室生犀星『蜜のあはれ』」（千石英世・千葉一幹編『ミネルヴァ評論叢書〈文学の在り処〉別巻③　名作は隠れている』平成二一・一、ミネルヴァ書房）。
（15）戸塚隆子「室生犀星「蜜のあはれ」論」（『室生犀星研究』第一五輯、平成九・六）。
（16）今野哲「超現実主義的作品論――「蜜のあはれ」の場合――」（『論集　室生犀星の世界（下）』平成一二・九、龍書房）。
（17）青柳悦子「メタフィクション」（土田知則・青柳悦子・伊藤直哉『ワードマップ　現代文学理論　テクスト・読み・世界』平成八・一一、新曜社）。
（18）百田宗治「変態性欲の現はれ」（『新潮』大正九・七）。

（19）室生犀星「文芸時評」（『新潮』昭和三・六）。
（20）堀辰雄「室生犀星の詩と小説」（『新潮』昭和五・三）。
（21）大西永昭「欠落する身体の言語空間─室生犀星「蜜のあはれ」試論─」（『近代文学試論』平成一九・一二）。
（22）飯島正『映画と文学』（昭和二三・七、シネ・ロマンス社）。
（23）今野、前掲論（注16と同じ）。
（24）大西、前掲論（注21と同じ）。
（25）巽孝之『メタフィクションの思想』（平成一三年・三、筑摩書房）。
（26）大西、前掲論（注21と同じ）。
（27）「アルベール・ラモリスがパリを背景に赤い風船と少年の愛情の交錯を、風船の動きに情感を仮託して描いたファンタジー。36分の短編だが、話されるセリフはわずか3つ、とコメンタリーもなく、流れる映像だけで見せた映画詩。」（畑暉男「赤い風船」、『ヨーロッパ映画作品全集』昭和四七・一二、キネマ旬報社）。
（28）巽、前掲書（注25と同じ）。
（29）今野、前掲論（注16と同じ）。
（30）児玉、前掲論（注11と同じ）。
（31）高橋新吉「抒情詩人の本領　ちりばめられた語感の美しさ」（『日本読書新聞』昭和三四・一一・九）。
（32）堀、前掲論（注20と同じ）。
（33）星野、前掲書（注2と同じ）。

あとがき

本書はこれまで未整理とされてきた、犀星文学の小説テクストにおける全体像を提示することを試みたものである。しかし、本書で扱った犀星の小説テクストはその全体量から言えばごくわずかにしか過ぎない。だが、何度も書き換えられ更新されていく自伝小説群に着目することで見えてくる、自伝小説を書く方法の変遷から、犀星の小説テクストは犀星という仮構を様々に生み出してきたと言うことはできる。犀星は小説という虚構を逆手にとり、自身や自身の著作をパロディ化しながら自らを意図的にプロデュースしてきた、そのような虚構に対する強い意識をもった作家であるということが、本書で扱った小説テクストから窺えるのだ。

犀星が小説を自伝小説から書き始めたということは、自伝小説の中で自らの生い立ちを提示しようとすることに意識的だったということであり、自伝小説を書く行為自体が自らの存在証明であることを物語っていると言えよう。しかし、自己の存在証明が自伝小説を書く行為の中にあるということもまた、犀星文学における一つの解釈に過ぎないことは言うまでもない。だが、今後の犀星研究において問題提起となれば幸いである。

本書は平成二三［二〇一一］年度に早稲田大学大学院教育学研究科に課程博士学位申請論文として提出した「室生犀星研究――自伝小説における虚構性の考察――」に、加筆と訂正を施したものである。審査にあたって下さった、金井景子先生、千葉俊二先生、東郷克美先生、大橋毅彦先生、公開審査会で有益なご助言を頂いた石原千秋先生に、まずは感謝の言葉を申し上げたい。

また、この学位申請論文を提出するにあたり、お力添えを頂いた教育学研究科近代文学ゼミの先輩、同期、後輩の皆様にもこの場を借りて厚くお礼申し上げたい。

室生犀星と言えば、「ふるさとは遠きにありて思ふもの」ではじまる「小景異情 その二」をうたった詩人であるというイメージが強い。しかし、幸か不幸か、私が最初に読んだ犀星の著作は小説「あにいもうと」であった。妹・もんと兄・伊之の躍動感溢れる罵り合いに衝撃を受け、決して犀星は抒情詩人という括りだけでは捉えることのできない作家だと感じた。また、こうした作中人物の発する言葉について詳しく調べてみたいとも思うようになった。私が室生犀星の研究を志したのは、大学生の頃のこうした素朴な疑問からであった。

素朴な疑問に加え、研究方法や研究に対する姿勢も素朴だった私を時に厳しく、そして温かく見守り続けながら修士・博士後期課程を通じてご指導下さったのは東郷克美先生である。大学院時代から日々、東郷先生を目標に文学研究を志し、また、教師になるというのはどういうことなのかについても、手探りで実践してきたように思う。そして、修士・博士後期課程のみならず、学位申請論文提出に向けてご指導・ご助言下さったのが金井景子先生である。これまで書き続けてきた犀星の論文を一つにまとめるにあたり、本書のような自伝小説という枠組みをご教示下さった。また、提出準備が大詰めを迎えた頃に起きた東日本大震災によって一度は提出を諦めかけたが、その際に大変温かい励ましのお言葉を頂いた。お二人の先生を師と仰ぐ教え子より、心から深謝申し上げたい。

本書の刊行にあたり、森話社の西村篤氏には大変お世話になった。本書刊行を引き受けてくださり、校正におけるきめ細やかなご助言を頂いた。記して感謝申し上げたい。最後に、高校卒業後合わせて一五年以上も大学・大学院で勉強、研究することを応援してくれた両親と妹に心からの感謝の意を表したい。

能地　克宜

平成二七年一一月

初出一覧

＊いずれも加筆、修正を施している

序章　書き下ろし

第一章　原題「〈自己を語ること〉＝〈虚構を語ること〉に目覚める頃――室生犀星『性に眼覚める頃』刊行前後――」（『室生犀星研究』第三七輯、平成二六・一一）

第二章　修士論文をもとに書き下ろし

第三章　原題「〈変態〉を表象する〈感覚〉――室生犀星「香爐を盗む」の方法――」（『日本文学』第五六巻第九号、平成一九・九）

第四章　原題「抑圧された殺人の記憶――室生犀星「心臓―退屈と孤独な幽霊に就て―」――」（『国文学研究』第一四五集、平成一七・三）

第五章　原題「女性心理との〈交際〉――室生犀星「幾代の場合」論――」（『室生犀星研究』第二九輯、平成一八・一〇）

第六章　原題「〈くろがねの扉〉を開く室生犀星――〈市井鬼〉生成の場としての『鐵集』時代――」（『室生犀星研究』第三一輯、平成二〇・一〇）

第七章　原題「身体化する〈市井鬼もの〉／決壊する「あにいもうと」――室生犀星の小説・演劇・映画――」（『いわき明星大学人文学部紀要』第二三号、平成二二・三）

第八章　原題「〈都会の底〉に生きる少女たちの行方――室生犀星「女の図」と徳田秋聲「チビの魂」の比較を通して――」（『昭和文学研究』第五六集、平成二〇・三）

第九章　原題「救済なき復讐、漂流する「市井鬼」――室生犀星「龍宮の掏児」の試み――」（西早稲田近代文学の会『文學　物語・消費・大衆』平成一九・三）

第一〇章　原題「自伝小説の不可能性――室生犀星『弄獅子』と純粋小説――」（『いわき明星大学人文学部紀要』第二五号、平成二五・三）

第一一章　原題「犀星文学における「浅草」表象の変遷――室生犀星の関東大震災前後――」（『社会文学』第三九号、平成二六・二）

終章　原題「室生犀星の自己言及小説――「蜜のあはれ」の方法――」（『いわき明星大学人文学部紀要』第二四号、平成二三・三）

人名／作品名・書名索引

［ら］

［わ］

室生犀星書名・著作収載紙誌名索引

詩

評論・随筆ほか

室生犀星著作索引

小説

索 引

[凡例]

- 索引は「室生犀星著作」「室生犀星書名・著作収載紙誌名」「人名／作品名・書名」の三項目に分けて作成した。
- 「室生犀星著作」はさらに「小説」「詩」「評論・随筆ほか」に分類した。
- 室生犀星の著作名は、原則として初出時のものとし、後に改題されたものについては「／」の後に表記した。また、改題後の著作名についても立項し、「→」の後に初出時のものを記した。
- 重複する室生犀星の著作名は、区別のため初出雑誌名等を補った。また、「小説」中の「弄獅子」は四八章で構成されたもの、「弄獅子（昭和 10 年）」は昭和 10 年に連載されたものとして区分した。

［著者略歴］
能地克宜（のうぢ・かつのり）
1975年、東京都生まれ。
早稲田大学第二文学部文芸専修卒業。
早稲田大学大学院教育学研究科博士後期課程単位取得退学。
博士（学術）。
私立中高国語科非常勤講師を経て、現在、いわき明星大学教養学部准教授。

犀星《さいせい》という仮構

発行日……………………………2016年1月6日・初版第1刷発行

著者………………………………能地克宜
発行者……………………………大石良則
発行所……………………………株式会社森話社
〒101-0064 東京都千代田区猿楽町1-2-3
Tel 03-3292-2636
Fax 03-3292-2638
振替 00130-2-149068
印刷………………………………株式会社シナノ
製本………………………………榎本製本株式会社

ISBN 978-4-86405-089-0 C1095